ULLSTEIN

Das Buch

April 1945. Der Krieg in Europa geht seinem Ende entgegen. Dem Schicksal, nach dem Verlust seines Schiffes als Infanterist an die zusammenbrechende Ostfront kommandiert zu werden, entgeht der Oberfähnrich zur See Robert Flemming nur durch glückliche Umstände, die ihn zum Kommandantenschüler auf U 4001 machen. Niemand rechnet mehr damit, so kurz vor dem nahen Kriegsende doch noch hinaus in den Atlantik geschickt zu werden, als das Boot vom Typ XXI nach Norwegen verlegt wird. Doch sie täuschen sich. U 4001 geht mit dem Auftrag in See, drei Männer vor den siegreichen Alliierten ins neutrale Ausland in Sicherheit zu bringen, nach denen diese fahnden.
U 4001 entgeht zwar immer wieder den zermürbenden Angriffen britischer Luft- und Seestreitkräfte, endet jedoch nach einer wahren Höllenfahrt letztlich doch in der Clew Bay vor Irland.

Der Autor

Erik Maasch wurde zur Marine eingezogen, absolvierte erfolgreich die Marineschule Flensburg-Mürwik, nahm als Seeoffizier auf verschiedenen Kriegsschauplätzen am Zweiten Weltkrieg teil und ist als *Kapitän auf großer Fahrt* auf deutschen Kauffahrteischiffen zugelassen. Er wurde bekannt als Autor zahlreicher heiterer Romane (z. B. ›Los, gieß die Palmen‹, ›Dahlien pflanzt man nicht im März‹, ›Schattenspiele auf Rezept‹), des erfolgreichen Kriminalromans ›Schleuderspur‹ und des nicht minder erfolgreichen Seekriegsromans ›Duell mit dem nassen Tod‹.

Von Erik Maasch sind in unserem Hause bereits erschienen:

Auf Sehrohrtiefe vor Rockall Island · Duell mit dem nassen Tod · Im Fadenkreuz von U 112: English Harbour · Die U-Boot-Falle · U 112 auf Feindfahrt mit geheimer Order · U 115: Jagd unter der Polarsonne · Letzte Chance: U 112 · U 115: Operation Eisbär.

Erik Maasch

Tauchklar im Atlantik

Roman

Ullstein

Besuchen Sie uns im Internet:
www.ullstein-taschenbuch.de

Umwelthinweis:
Dieses Buch wurde auf chlor- und säurefreiem Papier gedruckt.

Ungekürzte Ausgabe im Ullstein Taschenbuch
1. Auflage März 2005
2. Auflage 2005

Umschlaggestaltung: Buch & Werbung, Berlin
Titelabbildung: Viktor Gernhard
Druck und Bindearbeiten: Ebner & Spiegel, Ulm
Printed in Germany
ISBN 3-548-26134-5

Ich stand am Hafenbecken IV der Deutschen Werke und starrte auf die trübe Brühe, die das Becken füllte. Auf seinem Grund lag meine ganze Hoffnung, diesen Scheißkrieg doch noch mit halbwegs heiler Haut zu überleben. Sie lag dort nicht allein. Mit den demolierten Funkmeßantennen am Mast von UJ 1793 schauten auch noch die Mastspitzen von Torpedobooten und Minenlegern aus dem Wasser, Zeugen des nächtlichen Luftangriffes auf die Kieler Werften, der sie gründlich zerstört hatte.

Kein Stein war auf dem anderen geblieben. Die Förde glich einem gigantischen See, der weit in das Werftgelände hineinleckte; denn die Bomben hatten auch mit den Toren der Hafenbecken kurzen Prozeß gemacht. Es gab sie nicht mehr und würde sie vermutlich auch nie wieder geben, nachdem dieser Krieg endlich zu Ende war. So planten es jedenfalls unsere Gegner.

Ich war einer der wenigen der Besatzung, der noch hier an Land herumstromern konnte. Die meisten Männer hatte gleich am Morgen der Heldenklau auf seine Listen für den Infanterieeinsatz gesetzt. Jetzt wartete dieses letzte Aufgebot zusammen mit den Besatzungen der versenkten Dickschiffe und anderen Schiffseinheiten auf den unabwendbaren Abtransport an die zusammenbrechende Ostfront. Nur vor den Offizieren und Deckoffizieren und vor einigen wenigen Spezialisten war er noch zurückgeschreckt, und dem Zögern verdankte ich jetzt meine Anwesenheit. Aber wie lange noch? Seit dem Morgen saß mir die Angst im Nacken.

Marlies fiel mir brennend heiß ein, das Mädchen, das ich erst vor zehn Tagen im Postamt kennengelernt hatte. Sie vegetierte mit ihrer Mutter und der jüngeren Schwester seit Monaten in einem der Hochbunker, da ihre Wohnung in Kiel-Gaarden den Bomben zum Opfer gefallen war. Ein liebenswertes Mädchen, blond, bildhübsch, sauber und zurückhaltend, mit einer zauberhaften Figur und einem so gewinnenden Wesen, daß ich mich sofort bis über beide Ohren in sie verknallt hatte. Kein Mädchen für flüchtige Abenteuer und noch weniger ein bereitwilliger Betthase für eine Nacht. Es funkte bei uns beiden schon bei der ersten Begegnung, und ich hätte sie schon nach wenigen Tagen am liebsten auf der Stelle geheiratet. Angesichts der Kriegslage natürlich ein geradezu blödsinniger Einfall, aber …

Ihr hatte diese Bombennacht bestimmt nichts anhaben können. Aber mich hatte sie um alles gebracht; denn bis auf mein Lederpäckchen, die typische Bordkleidung, lagen meine Klamotten auf dem Grund des Hafenbeckens IV. Ich mußte zur Offizierskleiderkammer, um mich neu auszustaffieren, und das gab mir Gelegenheit, bei ihr vorbeizuschauen.

Daß ich meinem ehemaligen Kommandanten von U 996 ausgerechnet in der Wassertorstraße im Hafenviertel Kiels begegnen werde, damit hätte ich an diesem Nachmittag am allerwenigsten gerechnet. Kapitänleutnant Georg Klatte kam aus der Pension *Fördeblick,* und es war ihm nicht einmal peinlich. Dabei wußte doch jeder, daß sich hinter diesem harmlosen Namen der bekannteste und berüchtigste Puff Kiels verbarg.

Er grinste nur und schüttelte mir erfreut die Hand. »Sieh da, der Robert Flemming! Willst du da etwa auch rein?«

Ich lachte. »Nee, Georg, dort nicht! Ich will zur Offizierskleiderkammer und mich neu einpuppen.«

Wir duzten uns, das mochte manchem im Hinblick auf den Rangunterschied verwunderlich erscheinen. Aber wir kannten uns von frühester Jugend an, denn wir hatten in Berlin in der gleichen Straße gewohnt. Er war Klassenkamerad meines älteren Bruders gewesen, und ich war mit seinem jüngeren Bruder Werner ebenfalls in dieselbe Klasse gegangen. Dadurch hatte auch zwischen unseren Familien ein enger Kontakt bestanden. Als er zur Kriegsmarine ging, verloren wir uns aus den Augen. Er kam nur noch kurzzeitig auf Urlaub.

Jahre später trafen wir uns auf U 996 wieder. Er war der Kommandant, dem ich, der Fähnrich zur See, als Wachoffizierschüler zugeteilt worden war. In Gegenwart anderer siezten wir uns selbstverständlich, aber ansonsten war die gemeinsame Jugend unvergessen.

»Zur Kleiderkammer? Und was treibst du sonst hier in Kiel? Bist du nicht nach unserem Kladderadatsch vor vier Monaten auf einem Frontboot eingestiegen, auf einem piekfeinen neuen U-Jäger noch dazu?«

Ich nickte. Mit Kladderadatsch meinte er den 10. Dezember 1944, an dem uns britische Jagdbomber trotz einer schwerbewaffneten Eskorte doch noch kurz »vor der Haustür« erwischt und in die Tiefe gebombt hatten. Nur 25 Mann wurden durch unsere Begleitschiffe aus dem eiskalten Wasser vor der Küste gefischt, wir beide waren darunter gewesen.

Mir war danach nur ein kurzer Weihnachtsurlaub vergönnt. Inzwischen war ich Oberfähnrich geworden, und so landete ich als II WO auf einem in der Ostsee zur Geleitsicherung eingesetzten U-Bootjäger. Ich war darüber nicht böse. Nach jenem Kladderadatsch hatte ich nämlich von der U-Bootwaffe die Nase gründlich voll.

»Was ich hier treibe? Wir hatten Probleme mit der Maschine. Die haben sie in der Werft schnell in den Griff bekommen. Mit der Morgendämmerung wollten wir heute morgen wieder in See gehen, aber dann kamen in der Nacht die Amis.« Ich deutete hinüber zu den Werften auf der anderen

Seite der Förde, über denen eine dicke Rauchschicht schwebte, ausgelöst von den zahllosen immer wieder aufflackernden Bränden. »Die haben ganze Arbeit geleistet. Wir liegen noch immer im Hafenbecken vier, aber nicht mehr am Kai, sondern mit all den anderen Pötten auf dem Grund.«

»Au Scheiße! Und das jetzt, wo die russische Offensive auf Berlin jeden Augenblick losbrechen kann! Mensch, Robby, da landest du glatt bei der Marinedivision Ost, und zwar schneller, als du denken kannst. Das ist dann ein Freifahrschein in den Heldentod!« Sein Blick suchte die Dienstgradabzeichen auf meinem Lederzeug vergeblich. »Noch immer Fähnrich?«

»Nee, seit dem ersten Januar Oberfähnrich. Aber was hilft mir das jetzt noch?«

»Mal sehen!« Er sah auf seine Armbanduhr. »Ich hab Durst. Komm, laß uns dort drüben einen zur Brust nehmen.«

Ohne meine Antwort abzuwarten, steuerte er die Kneipe an. Es war eine der für diese Gegend typischen Kaschemmen in einem von den Bombenangriffen bisher noch halbwegs verschonten Haus. Kalter Tabakrauch hing in der Luft, es roch nach schalem Bier und aufgewärmtem Kohl. Hinter dem Tresen stand eine schlampige Vettel und spülte mißmutig Unmengen benutzter Gläser. Sie sah nur kurz auf, als wir eintraten, und plierte mit schiefem Kopf gegen den Rauch der Zigarette an, die in einem Mundwinkel ihres verlebten Gesichts qualmte.

»Scheint 'n Leistungssaufen stattgefunden zu haben«, brummte Georg beim Anblick der vielen Gläser, ehe er bestellte. »Zwei große Bier und zwei Kurze!«

»Korn oder Kartoffel?« nuschelte die Frau, ohne die Zigarette aus dem Mund zu nehmen.

»Cognac wär uns lieber, was, Robby?«

Die Frau griff wortlos unter den Tresen und füllte zwei Stamperl aus einer Flasche ohne Etikett. Genauso schweigsam zapfte sie die Biere und kam damit an unseren Tisch.

»Fünfzehn Mark, wenn ich bitten darf.«

»Haben Sie Angst, daß wir Ihnen weglaufen?« spottete Georg und zählte ihr den horrenden Preis in die fordernde Hand.

»Nee, aber vor dem nächsten Fliegeralarm. Danke!« Sie zockelte zu ihrer Gläserparade zurück.

»Na denn! Prost!« Georg hob sein Schnapsglas und trank mir zu. »Donnerwetter, kein Fusel, sondern tatsächlich französischer Cognac!«

Dafür taugte das Bier überhaupt nichts. Es war ganz erbärmliches Dünnbier.

»Und wie ist es dir inzwischen ergangen? Ein Landkommando?« fragte ich neugierig.

»Um Gottes willen, das wär das letzte, was ich mir jetzt wünschte! Nein, ich hab ein Boot, eines von den schnellen Elektrobooten. Sobald wir komplett sind, gehen wir nach Norwegen in See.« Er trank einen Schluck Bier. »Im Vertrauen gesagt, ich glaub nicht, daß wir noch zum Einsatz kommen. Aber Bergen ist immer noch besser als Kiel, denn in Kürze stehen hier die Tommies vor der Tür«.

»Komplett? Was heißt das?«

»Das heißt, daß wir Mühe haben, eine geschulte Mannschaft zusammenzubekommen. Ich brauch dir ja wohl kaum zu erzählen, wie es mit dem Nachwuchs aussieht, seit die U-Bootlehrdivisionen in Pillau, Gotenhafen und so weiter ausgefallen sind. Gut, wir haben einen gewissen Stamm zusammen, aber ansonsten hapert's.« Er sah mich nachdenklich an. »Du bist ja nach dem Debakel vor vier Monaten von der U-Bootwaffe restlos bedient gewesen, sonst könntest du jetzt bei mir als – nennen wir es mal – Kommandantenschüler und III WO einsteigen. Wäre immer noch besser als die Marinedivision Ost.«

Ich war völlig überrascht. »Im Ernst? Und du glaubst, du kannst das deichseln?«

»Kleinigkeit! Mein Flottillenchef ist froh über jeden erfahrenen Zugang, um die Boote seeklar zu bekommen. Du hast U-Booterfahrung, das zählt. Wie gesagt, ich könnte es dir nicht verübeln, wenn du ...«

»Willst du mich veräppeln?« unterbrach ich ihn. »Egal, was ich mal gesagt habe! Wenn du's hinkriegst, bin ich dabei!«

Ich machte der Vettel hinter dem Tresen ein Zeichen, uns noch zwei Cognacs zu bringen. Am liebsten hätte ich jetzt allerdings Champagner bestellt, denn ich gab mich längst keinen Illusionen mehr hin. Der Krieg war verloren. Man brauchte ja bloß auf die Landkarte zu sehen und den Wehrmachtsbericht damit zu vergleichen, auch wenn der den tatsächlichen Ereignissen immer um ein paar Tage hinterherhumpelte und vom Endsieg faselte.

Für mich ohne Bordkommando ging es nur noch darum, dem Erdeinsatz zu entgehen und die eigene Haut heil über das nahe Ende hinwegzuretten. Ich wäre ein hirnloser, verblendeter Trottel, wenn ich Georgs rettendes Angebot ausgeschlagen hätte.

Die Frau kam meiner Bestellung umgehend nach und strich das Geld blitzschnell ein.

»Ohne dich zu informieren, Robby? Du weißt doch gar nicht, was dir blüht. Ich will fair sein. Von U 996 gehören nur der LI, der Oberbootsmann, zwei Maate und einige Männer zur erfahrenen Besatzung. Sorgen bereiten mir die Neulinge, die erst auf See die rauhe Wirklichkeit kennenlernen werden. Das wird ein harter Kanten.«

»Und die Offiziere?«

»Der I WO hat zwar U-Boot-Ausbildung, aber keine praktische Erfahrung. War zwei Jahre Fähnrichsausbilder an der Marinekriegsschule und verdankt dieses Kommando jetzt mehr oder weniger seiner schnellen Freiwilligmeldung zur U-Bootwaffe, als seine Fähnriche sich am Kaiser-Wilhelm-Kanal als Infanteristen eingraben mußten.« Georg schnitt eine komische Grimasse. »Bin gespannt, wie der sich auf See macht. Hier im Hafen spitzt er die Leute jedenfalls ganz gewaltig an.«

»Du meine Fresse, ich krieg das Schott nicht dicht! Ein Komißhengst! – Der hat mir jetzt gerade noch gefehlt!«

Er lachte. »Das hast du gesagt! Aber keine Sorge, die alten Hasen läßt er schön in Ruhe. Wär ja auch blöd, sich mit denen jetzt noch anzulegen. – Wie sieht's denn bei dir mit Kriegsauszeichnungen aus? Noch was zum U-Bootkampfabzeichen und dem EK II hinzugekommen?«

»Ja, das EK I und der Sprudelorden. Die Frontspange dazu steht noch aus.«

Sprudel- oder Blumenkohlorden wurde das Kampfabzeichen für Minensuch- und U-Bootjagdverbände respektlos genannt, weil in der Mitte eines Eichenkranzes die Fontäne einer Minen- oder Wasserbombenexplosion dargestellt war. Er konnte – je nach Zahl der Kampfeinsätze – durch die Frontspange ergänzt werden, und bei mir war sie eigentlich fällig.

»Na, bitte, dann bist du besser dran als er. Er hat's nur zum Schnellbootabzeichen gebracht. Mit dem II WO wirst du klarkommen, der hat U-Boot-Erfahrung und ist ein ganz passabler Kerl.« Er trank mir zu. »Dann laß uns gleich Nägel mit Köpfen machen, damit du mir am Ende nicht doch noch durch die Lappen gehst.«

Es ging problemloser, als ich gedacht hatte. Ein paar Telefonate, dann unterschrieb der Flottillenchef meine Kommandierung auf U 4001 und hieß mich herzlich in seiner Flottille willkommen. Das war mir bisher noch nie widerfahren und bewies deutlicher als Georgs Worte, daß man jetzt froh über jeden befahrenen Mann war.

Ich fand sogar noch Zeit, mich mit Marlies für den Abend zu verabreden und mich mit all dem Zeug auszustaffieren, das mir nach dem Totalverlust zustand.

Von meinen Kameraden des U-Jägers glühend beneidet, zog ich noch am gleichen Abend in den U-Bootstützpunkt um. Von den Offizieren bekam ich in der Messe niemand zu Gesicht. U 4001 lag im Bunker in Sechs-Stunden-Bereitschaft, da nutzte jeder wachfreie Mann die Zeit nach dem Abendessen zum Landgang aus.

Den Pott noch am Abend in Augenschein zu nehmen, verkniff ich mir. So sehr unterschied sich der Dienstbetrieb auf diesem Typ XXI nun auch wieder nicht von dem auf einem VII C-Boot. Ich hatte nicht die Absicht, dafür meine Verabredung mit Marlies schießen zu lassen.

Allerdings machte ich mich etwas belämmert auf den Weg zu ihr. Inzwischen schlug ich mich nämlich mit zwiespältigen Gefühlen herum. Marlies hatte zwar erfreut aufgeschrien, als ich ihr am Telefon sagte, ich sei noch in Kiel; den Grund dafür hatte ich ihr jedoch nicht genannt. Zum einen hatte sie an ihrem Arbeitsplatz alle Hände voll zu tun, zum anderen brannte auch mir die Zeit unter den Nägeln.

Obwohl ich mich nach ihrer Nähe sehnte, bezweifelte ich jetzt doch, daß ich ihr weismachen konnte, der Dienst auf einem Unterseeboot sei eine Lebensversicherung.

»Abgesoffen?« wiederholte Marlies erschrocken. Als ihr die Bedeutung meiner Worte aufging, starrte sie mich angstvoll an. »Aber ... aber dann bist du ja ...«

»Nur keine Panik, Mädchen! Ich habe ...«

»Keine Panik?« unterbrach sie mich erregt. »Du bist gut! Meinen Vater haben sie zum Volkssturm geholt, obwohl er an der Ostfront zum Krüppel geschossen worden ist. Und da glaubst du, du kämst ungeschoren davon?«

»Aber gewiß doch!« Ich streichelte beruhigend ihre Hand. »Ich hab nämlich schon wieder ein Bordkommando als Kommandantenschüler und III WO. Ich weiß noch nicht, wann wir nach Norwegen auslaufen. Das kann schon morgen oder aber auch erst in ein paar Tagen sein. Bis dahin bleibe ich jedenfalls in Kiel.«

Sie war so überrascht, daß sie gar nicht auf die Idee kam,

mich über mein neues Kommando auszufragen, und das war mir recht.

»Nach Norwegen? Das ist ja phantastisch, Robert!« jubelte sie und fiel mir um den Hals. »Und ich hatte schon gefürchtet ...«

Ich küßte sie, bis mir und ihr die Luft ausging. »Dänemark wäre mir zwar noch lieber, aber Bergen ist auch nicht schlecht. Bin ich jedenfalls weit genug vom Schuß.«

Fair war das sicher nicht; aber warum sollte ich ihr unnötig den Kopf heiß machen?

Beim Frühstück in der Messe machte mich Georg mit den anderen Offizieren bekannt. Der I WO, Oberleutnant Sebastian Fischer, schüttelte mir nach einem Blick auf meine Kriegsauszeichnungen reserviert die Hand.

»U-Boot und Minensuch, eine seltene Kombination, Fähnrich!« schnarrte er verkniffen. »Und wo?«

»Ich bin Oberfähnrich zur See der Reserve, Herr Oberleutnant«, stellte ich lächelnd richtig, obwohl mir seine Ignoranz gegen den Strich ging. »Im Atlantik und in der Ostsee.«

Er verzog das Gesicht, als habe er auf eine Zitrone gebissen. Das kannte ich schon vom Schulschiff und von der Marineschule her. Dort galten wir Reservisten noch immer als Halbsoldaten, obwohl wir längst das Gros der Offiziere stellten.

»Nun sei'n Sie nicht so maulfaul, Flemming! Unser I WO will sich doch nur ein Bild von Ihnen machen!« sagte der LI, Oberleutnant Ing. Klaus Albrecht, spöttisch und legte mir seinen Arm demonstrativ um die Schultern. »Er kann doch ruhig wissen, daß Sie mit dem Kommandanten und mir auf U 996 gefahren und abgesoffen sind. So was verbindet. Ich freue mich jedenfalls, Sie gesund und munter hier wiederzusehen!«

Das war mehr als deutlich. Wenn mich nicht alles täuschte,

dann standen die beiden miteinander auf dem Kriegsfuß, und das war erstaunlich. Albrecht war nicht nur ein erstklassiger Offizier, sondern auch ein verständnis- und humorvoller Vorgesetzter, der bei allen auf U 996 beliebt gewesen war. Warum sollte es hier anders sein?

Der I WO schluckte stumm die unüberhörbare Kritik und wandte sich brummend seinem Frühstück zu. Georg sagte nichts. Er köpfte nur schmunzelnd sein Frühstücksei.

»Sie haben also schon Fronterfahrung, Oberfähnrich«, sagte der II WO, Oberleutnant z.S. Jochen Lutz, und schüttelte mir die Hand. »Das freut mich; wenn der Kommandant Sie nicht mit Beschlag belegt, werden Sie mit mir die Wache gehen. Wir werden das Kind schon schaukeln, was? Ich bin übrigens auch Reservist.«

Aha, daher wehte der Wind! Was immer auch vorgefallen sein mochte, der I WO hatte sich offenbar unter den Offizieren keine Freunde gemacht. Seine Stellung als Stellvertreter des Kommandanten und der Korpsgeist hielten die Männer vermutlich davon ab, ihm ganz offen auf die Füße zu treten. Das konnte heiter werden.

Zugeben mußte ich allerdings, daß der I WO schon rein äußerlich nicht zu den Menschen gehörte, denen man auf Anhieb Sympathie entgegenbrachte. Die Wirkung der schnarrenden Stimme, der verächtlich herabgezogenen Mundwinkel und des stechenden Blicks aus seinen engstehenden Augen unter den dichten Augenbrauen vermochte selbst das dünne Lächeln nicht aufzuheben, das ständig um seine Lippen zu spielen schien. Anders gesagt, auch mir war er vom ersten Augenblick an alles andere als sympathisch.

Bei der üblichen Morgenmusterung grinsten mich Torpedoobermaat Schneider und zwei seiner Torpedomixer erfreut an, und neben dem Zentralemaat Kalinke entdeckte ich die ebenfalls lächelnden Gesichter einiger Stoker von U 996. Sie alle waren seinerzeit mit mir zusammen auf einem alten

M-Bock mit heißem Rum und ein paar Tropfen Tee darin wieder ins Leben zurückgeholt worden.

Oberbootsmann Ulrich Panse beließ es nicht bei einem Lächeln. Er riß mir beinahe die Hand aus den Gelenken, als er mich begrüßte. »Herzlich willkommen an Bord, Herr Flemming! Die Katze läßt das Mausen nicht, was?«

»Sagen wir lieber, der Schiß der Katze vor dem Infanterieeinsatz ist größer als vor den Mäusen, Herr Panse!« Ich schlug ihm lachend auf die Schulter. »Und du hast die Schnauze offenbar auch noch nicht voll, was?«

Ich sah dem Gesicht des I WO an, daß er solche Verbrüderungen zwischen dem Offiziersnachwuchs und dem Deckoffizier gar nicht schätzte, während der Alte und der LI darüber verständnisvoll grinsten. Sie wußten, wem die *Seemännische Nummer Eins* das Leben verdankte. Ulrich wäre seinerzeit mit seiner durchlöcherten Schwimmweste glatt abgesoffen, hätte ich ihn nicht zum rettenden Enternetz mitgezogen. Grund genug, anschließend das wieder erwachende Leben in unseren froststeifen Gliedern ausgiebig zu begießen. Seitdem duzten wir uns.

Die Morgenmusterung war nichts weiter als ein notwendiges militärisches Zeremoniell, wie es auf allen Einheiten der Kriegsmarine im Hafen üblich war. Danach diktierte der Dienstplan den Tagesablauf; aber an den war ich noch nicht gebunden. Ich sollte mich zunächst mit U 4001 vertraut machen.

An das VII C-Boot Typ 41 gewöhnt, überraschte mich nicht nur die Größe, sondern auch die ungewohnt kompakte Silhouette des Turms mit seinen Flak-Waffen. Nicht anders erging es mir unter Deck.

Ich kroch den ganzen Tag im Boot umher, um den imponierenden Kahn von vorn bis achtern kennenzulernen. Sechs Bug-Torpedorohre, das war schon etwas, von der übrigen Einrichtung ganz zu schweigen. Alles war größer, wenn auch nicht grundsätzlich anders. Das heißt, umdenken mußte ich schon. U 4001 war unter Wasser erheblich schneller als über Wasser, und das verdankte es nicht nur seiner Form, sondern vor allem seinen gewaltigen Batterien. U 996 war dagegen eine lahme Ente gewesen.

Am Abend hatte ich den Kahn halbwegs im Kopf. An Landgang war aber trotzdem nicht zu denken. Ich gehörte zur Backbordwache, und die war nicht wachfrei. Außerdem hatte der I WO die Szene bei der Morgenmusterung nicht vergessen. Er bedachte mich mit Aufgaben, die mir eine abendfüllende Beschäftigung aufzwangen und sowieso jeden Landgang ausschlossen hätten.

»Als was sind Sie hier eigentlich eingestiegen, Oberfähnrich? Als Badegast doch wohl kaum und als Kielschwein schon gar nicht – oder?« hatte er mich höhnisch gefragt, als ich ihm über den Weg lief. Es war nahezu ein Wunder, daß er mich nicht wieder zum Fähnrich degradierte. »Als III WO? Hmmm! Wußte gar nicht, daß es so was auf U-Booten gibt. Aber schön, man lernt ja nie aus! Der Funkmaat ist ein Arsch, den man mit der Nase auf alles erst stoßen muß, damit er die Funkkladde richtig führt. Die werden Sie sich jetzt mal vornehmen und dem Kerl auf die Sprünge helfen!« Er machte eine theatralische Pause und lächelte dünn. »Ach ja, da ist noch etwas! Als Absolvent der MKS-Mürwik kennen Sie sich doch hoffentlich mit der Navigation aus, ja? Dann möchte ich, daß Sie den Steuerleuten auf die Finger sehen und deren navigatorische ... äh ... Kunststückchen einer ständigen Kontrolle unterziehen. Um genau zu sein – Sie werden sich auch darum kümmern, daß die Berichtigungen der Seekarten hinsichtlich der minenfreien Wege, der Betonnung und der Befeuerung ordnungsgemäß erfolgen, klar?«

Natürlich war das klar, wußten wir doch beide, daß solche Berichtigungen mitunter recht lax abgehandelt wurden, weil sie einem ständigen Hüh und Hott unterworfen waren. Was heute noch galt, war morgen schon ein alter Hut, und da lag der Hase im Pfeffer. Das wußten auch die beiden Steuerleute;

deshalb war ich mir sicher, daß sie darauf ein wachsames Auge hielten.

Meine Kontrolle mußte daher auf die beiden geradezu beleidigend wirken, und das wußte er. Sie und ihre Steuermannsgasten hatten schließlich auf Frontbooten ihren Mann gestanden. Die Frage des I WO nach meiner navigatorischen Qualifikation, die letztlich nicht geringer als die seine war, bewies, worum es ihm wirklich ging: Wann immer es eine Panne gab, wollte er mich dafür verantwortlich machen, und das machte ihn mir nicht sympathischer.

Grollend machte ich mich über die Seekarten her und verglich sie mit den Änderungsanweisungen der letzten vier Wochen. Die Karten waren, wie nicht anders zu erwarten, auf dem letzten Stand und die Anweisungen ordnungsgemäß abgezeichnet und abgelegt. Es gab nichts daran auszusetzen. Nicht anders war es mit der Funkkladde.

Meine Überprüfungen blieben den Steuermanns- und den Funkgasten natürlich nicht verborgen. Ich hatte ja schließlich die notwendigen Unterlagen von ihnen einfordern müssen. Es sollte mich wundern, wenn das nicht sofort die Runde machte. Aber ich wußte auch, wie ich mich von dem Vorwurf, ein ganz scharfer Kommißknüppel zu sein, ganz schnell befreien konnte.

Vor der Morgenmusterung trat ich vor und meldete dem I WO so laut, daß es alle mithören konnten: »Befehl ausgeführt, Herr Oberleutnant! Funkkladde, Seekarten und Änderungsanweisungen kontrolliert. Keine Beanstandungen!«

Das Gesicht des I WO war sehenswert. Als ihm aufging, daß ich ihm damit vor versammelter Mannschaft den Schwarzen Peter zugeschoben hatte, lief er zornrot an. Er schluckte jedoch seine Wut und verbiß sich eine Antwort.

Der Smadding, der mit den anderen Deckoffizieren neben mir stand, stieß mich an und flüsterte: »Mensch, Robert, bist du lebensmüde, dir dieses magenkranke Ekelpaket zum Feind zu machen? Das vergißt der dir doch nie!«

»Abwarten, Ulli!« flüsterte ich zurück. »Der hat offensichtlich ’nen Fähnrichskomplex; aber wir sind hier nicht mehr auf der Marinekriegsschule. Ich hab inzwischen dazugelernt! Außerdem war das seine Idee, die Steuerleute und den Funkmaat zu kontrollieren, nicht meine.«

Ganz wohl war mir trotzdem nicht. Es war kein guter Anfang, denn der I WO saß am längeren Hebel.

»Was war das vorhin? Sie haben die Steuerleute und die Funker überprüft?« fragte mich der II WO ungläubig. Der mißbilligende Unterton war nicht zu überhören. »Das sind ja ganz neue Bräuche! Gab es dafür einen besonderen Grund?«

»Für mich nicht, wohl aber für den I WO, Herr Oberleutnant. Er hatte offensichtlich den Eindruck, ich sei unterbeschäftigt. Es war ’ne abendfüllende Betätigung, eine vollkommen überflüssige noch dazu, die mit Sicherheit die Steuerleute und den Funkmaat gegen mich aufgebracht hat.«

Er sah mich mit gerunzelten Augenbrauen an. »Und was war der Zweck der Übung? Nur reine Beschäftigungstherapie? Womit hat er das begründet? Nun los, spucken Sie es aus!«

»Er sagte wörtlich, der Funkmaat sei ein Arsch, den man mit der Nase auf alles stoßen müsse, damit er die Funkkladde ordentlich führe. Ich solle sie mir vornehmen und dem Kerl auf die Sprünge helfen. Ich habe keinen Grund zu Beanstandungen gefunden.«

»Na, da soll doch ...!« fuhr er hoch, und ich wußte, warum. Alle Funksprüche, viele waren es ja nicht, und die Funkkladde waren von ihm abgezeichnet, denn das fiel in seinen Dienstbereich. »Und warum die Steuerleute?«

»Denen solle ich künftig auf die Finger sehen und auch die Berichtigungen der Seekarten überprüfen. Auch das war völlig überflüssig, Herr Oberleutnant.« Ich schüttelte den Kopf. »Ich begreife nicht, warum er den beiden erfahrenen Steuerleuten Schluderei unterstellt. Die sind doch nicht lebensmüde.«

»Hmmm. Ungewöhnlich!« brummte er kopfschüttelnd. »Sie hatten seine Befehle selbstverständlich auszuführen. Wir werden sehen, was der Alte dazu sagt.«

Der Alte, wie Georg üblicherweise von der Besatzung genannt wurde, ließ mich wenig später durch einen Läufer holen. Er war nicht allein. Neben den beiden Steuerleuten hatten sich auch der I WO und der II WO eingefunden. Das überraschte mich nicht; denn der Oberbootsmann hatte mir inzwischen gesteckt, daß sich die beiden Steuerleute beim Alten über meine Schnüffelei beschweren wollten.

»Das geht nicht gegen dich persönlich, Robert. Die haben ja mitgekriegt, wer dir diese Überprüfung aufgeholzt hat«, versicherte er mir. »Du bist bloß der Aufhänger.«

Ich nickte. Gerade weil der Rangunterschied zwischen uns so gering war, mußte es sie doppelt ärgern, daß ich in ihrem Verantwortungsbereich herumgestochert hatte.

»Können Sie sich denken, worum es geht, Oberfähnrich?« fragte mich der Alte mit undurchsichtiger Miene.

»Jawohl, Herr Kaleu! Herr Obersteuermann Mäusele und Herr Obersteuermann Larsson haben sich darüber beschwert, daß ich in ihrem Dienstbereich herumgeschnüffelt habe. Dafür habe ich volles Verständnis.«

»Ach neee! Sie haben dafür volles Verständnis? Sieh mal einer an!« Er machte eine theatralische Pause. »Und warum haben Sie dann trotzdem im Dienstbereich der beiden Steuerleute herumgeschnüffelt, wie Sie es nennen? Auf diese absurde Idee sind Sie doch wohl kaum allein gekommen! Oder gehört das neuerdings zu den Aufgaben eines III WO am zweiten Tag seines Dienstantritts, Oberfähnrich?«

Mein Blick fiel auf den II WO und der feixte. Jetzt war ich mir sicher, daß die ganze Fragerei nur darauf abzielte, dem I WO eins überzubraten.

»Nein, Herr Kaleu! Herr Oberleutnant Fischer hat mir befohlen, den Funkern und den beiden Steuerleuten ...«

»Wenn ich mich mal einmischen darf, Herr Kaleu«, schnitt mir der I WO das Wort ab und bog sich mit seinem schmierigen Grinsen die Wahrheit zurecht. »Der Oberfähnrich ist doch hier als Kommandantenschüler eingestiegen, und da habe ich ihm in seinem eigenen Interesse aufgetragen, sich mal um den navigatorischen Bereich und um die Funkbude zu kümmern. Oder gehört das nicht zu seiner Ausbildung?«

Georg tat gekonnt überrascht. »Wie denn ... auch um die Funkbude? Dann darf ich doch wohl davon ausgehen, daß Sie das mit Herrn Lutz abgesprochen haben, nicht wahr?«

»Na ja, das nicht. Aber war das denn nötig? ... Ich meine ... der Oberfähnrich ... auch wenn er ... Ich hätte das selbstverständlich nachgeholt, aber ...« schnarrte der I WO verlegen.

Georg hatte ihn in der Zange. Der II WO konnte ein schadenfrohes Lächeln kaum unterdrücken. Zeit für Georg, sich an die beiden Steuerleute zu erinnern.

»Meine Herren, ich glaube, damit ist die Angelegenheit geklärt.« Sein Ton ließ keinen Zweifel daran, daß er ihre weitere Anwesenheit für überflüssig hielt. »Wie Sie gehört haben, ist das auf Anweisung des I WO erfolgt und war als Übung für den Oberfähnrich gedacht. Alles klar? Ich danke Ihnen.«

Die beiden Steuerleute knallten die Hacken zusammen und wandten sich zur Tür. Der Smadding quetschte sich an ihnen vorbei herein, ein verschlossenes Kuvert in der Hand.

»Was gibt's, Oberbootsmann?«

»Das ist eben von einem Läufer gebracht worden, Herr Kaleu! Es ist dringend, hat der Mann gesagt.« Er übergab dem Alten den Umschlag und wartete.

»Danke, Oberbootsmann!« Georg riß das Kuvert auf und überflog dessen Inhalt. »Es geht also los, meine Herren! Näheres erfahre ich in der Kommandantenbesprechung um zwölf. Oberbootsmann, tragen Sie ins Wachbuch ein: Seeklar um fünfzehn Uhr. Und dann richten Sie dem LI aus, er möge bitte zu mir kommen.«

Der Smadding salutierte und verschwand.

»Und nun zu Ihnen, Oberfähnrich. Durch welche Schulung Sie als Fähnrich und Wachoffizierschüler auf U 996 gegangen sind, habe ich noch in Erinnerung. Welche Funktionen haben Sie auf dem U-Jäger ausgeübt?«

»Alle für einen II WO üblichen seemännischen und navigatorischen Funktionen, Herr Kaleu. Außerdem war ich für den gesamten waffentechnischen Bereich verantwortlich, hinzu kamen die Verwaltung der Geheimsachen, die Menage und der übliche Kleinkram, der so an Bord anfiel.«

Georg nickte zufrieden und warf dem I WO einen Blick zu. »Haben Sie gehört? Kein blutiger Anfänger, sondern ein voll verantwortlicher II WO auf einem U-Jäger. Ist das nicht ungemein beruhigend, Herr Fischer?«

Deutlicher konnte er nicht werden, es hätte die Stellung des I WO untergraben. Der schluckte auch diesen versteckten Vorwurf mit unbewegter Miene.

»Und damit Sie auch hier an Bord zu einem vollwertigen III WO werden, Oberfähnrich, wird Oberleutnant Lutz Sie unter seine Fittiche nehmen und Sie mit allem aus seinem Dienstbereich vertraut machen. Wenn Ihnen dann noch Zeit bleibt, können Sie sich selbstverständlich auch mit der Navigation befassen. Aber ansonsten: Bei allen Manövern, ob auf der Brücke oder in der Zentrale, sperren Sie Augen und Ohren auf und weichen ihm oder mir nicht von der Seite, klar?« Das war ein neuer Seitenhieb gegen den I WO.

»Absolut klar, Herr Kaleu!«

Die Tür klappte. Der LI trat zu uns. »Seeklar um fünfzehn Uhr, hat mir die Seemännische Nummer eins ausgerichtet. Meine Stoker wissen schon Bescheid. Gibt's sonst noch was?«

»Nichts Aufregendes. Es kann nicht schaden, wenn der

Oberfähnrich auch mal in deinen Bereich hineinriecht. Sprichst du das bitte mit dem II WO ab?«

Der LI schlug mir auf die Schulter. »Kein Problem, was? Sie werden Augen machen, Flemming!«

»So, meine Herren, noch Fragen? Keine? Ich darf Sie dann bitten, alles Notwendige zu veranlassen. Danke!« Er hielt mich auf. »Nicht so eilig, Flemming! Mit Ihnen möchte ich noch einiges regeln!«

Er wartete, bis alle den Raum verlassen hatten. »So, nun raus mit der Sprache! Wie ist das wirklich abgelaufen, Robert. Warum hat er dir das aufgebrummt?«

Die allgemeine Hektik, die jedem Seeklar vorausgeht, kannte ich zur Genüge. Deshalb hatte ich meine Ersatzwäsche bereits am Vortag an Bord gebracht; es konnte ja ganz plötzlich losgehen.

Den Rest meiner Kleidung packte ich in Windeseile in den Koffer, der üblicherweise ins Lager des Stützpunktes wanderte, bis wir wieder von See zurückkehrten.

Der Abschied von Marlies war kurz und tat uns beiden weh; denn er beschränkte sich nur auf ein kurzes Telefonat. Dann steckte ich voll in den Auslaufvorbereitungen.

Im Boot ging es zu wie in einem Bienenstock. Alles wurde noch einmal durchkontrolliert, als habe U 4001 monatelang im Winterschlaf gelegen. Der II WO klapperte seinen gesamten Verantwortungsbereich ab und schleppte mich überall mit. Zum Schluß landeten wir in der Zentrale, seiner und meiner Wach- und Gefechtsstation, wenn wir getaucht fuhren.

Dort fiel ich dem LI in die Hände, und der stopfte mich so mit technischem Wissen voll, daß mir zum Schluß der Schädel brummte. Dabei wurde mir allerdings erst so richtig klar, wie groß der technische Unterschied dieses neuen Bootstyps gegenüber den bewährten VII C-Booten tatsächlich geworden war.

U 996 war ein Tauchboot gewesen, das über und unter Wasser operierte. U 4001 dagegen war ein reines Unterseeboot, dessen Stärke unter Wasser lag, und das war ein bedeutender Fortschritt. Dennoch winkte der LI ab.

»Er kommt zu spät, Flemming. Wir hinken ...« Er verschluckte den Rest. »Sehen Sie, Sie sind damals auf einem Frontboot mit einer eingefahrenen Crew eingestiegen. Einem Teil unserer Besatzung dagegen fehlt es aber an jeder praktischen Frontvorbereitung, weil uns jetzt der Übungsraum in der Ostsee versperrt ist. Bisher haben sie im Hafen nur Trokkenübungen absolviert, und das kann auf See bitter werden.«

Ich war überrascht. So pessimistisch hatte ich ihn damals selbst in den schwierigsten Situationen nicht erlebt. Mir war auf einmal gar nicht mehr wohl in meiner Haut.

Er wandte sich dem Leitenden Maschinisten zu, der mit irgendeinem Formular am Maschinenschott auf ihn wartete. Ich dagegen enterte die Leiter zur Turmplattform, der Brücke, empor, um frische Luft zu schnappen; denn den Mief unter Deck würde ich auf See noch zur Genüge schlukken müssen.

Mir bot sich ein überraschendes Bild. Nicht nur bei uns wurde seeklar gemacht, auch auf drei anderen VII C-Booten ging es nicht minder hektisch zu.

Der II WO kam aus dem Turmluk gekrabbelt und trat zu mir. »Teufel, was ist das denn? Allgemeiner Aufbruch?«

»Sieht so aus, Herr Oberleutnant. Laufen wir im Konvoi nach Norwegen?«

Er schüttelte den Kopf. »Glaube ich nicht. Bestenfalls bis in minenfreies Wasser, dann geht's ab in den Keller, und da laufen wir denen doch glatt weg.«

»Sind wir eigentlich komplett, Herr Oberleutnant?«

Er sah mich erstaunt an. »Wie meinen Sie das? Daß wir bis an die Halskrause voll gebunkert und vorproviantiert sind, sollten Sie doch eigentlich mitbekommen haben. Das dürfte für mindestens sechs Wochen auf See reichen. Also?«

»Ich meinte die Besatzung, Herr Oberleutnant.«

»Ach so! Nee, da sind wir's nicht. An der Sollstärke fehlen uns noch vier Mann, aber das fällt nicht ins Gewicht. Abgesehen davon«, er musterte mich abschätzend, »haben Sie heute morgen die Nachrichten gehört? Roosevelt ist tot. Das kann die Kriegslage grundlegend verändern. Vielleicht kommen wir dann gar nicht mehr zum Einsatz?«

Roosevelts Tod war nur ein Vorwand. Wie Georg glaubte auch er nicht mehr an einen Fronteinsatz; er wußte nur nicht, wie er mich einstufen sollte. Hatte mich die Hitlerjugend zu einem fanatischen Nationalsozialisten gemacht, dann mußte er jedes Wort auf die Goldwaage legen.

Aber das war unnötig. Ich hatte schließlich auch den optimistischen offiziellen Kommentar gehört und mir meinen Teil gedacht. Der hatte aus dem Tod des amerikanischen Präsidenten die irrsinnige Hoffnung abgeleitet, jetzt stehe ein Bruch der westlichen Alliierten mit den Russen unmittelbar bevor. Und das, obwohl zuvor der Wehrmachtsbericht verzweifelt zu verschleiern versucht hatte, daß Briten und Amerikaner in breiter Front unaufhaltsam Richtung Elbe vordrangen, sie vielleicht sogar schon erreicht und überschritten hatten. Alles sah nach einem gemeinsamen Wettlauf nach Berlin aus, denn an der Oder sammelten die Russen ihre Kräfte zu einer Großoffensive gegen die Reichshauptstadt.

»Hoffentlich! Man soll ja den Tag nicht ...«

Das Schrillen der Bootsmannsmaatenpfeifen schnitt mir das Wort ab. Es brach sich an den Wänden des riesigen Bunkers und kam als vielfaches Echo zurück. An Deck der VII C-Boote nahmen die Besatzungen zur Vollzähligkeitsmusterung Aufstellung. Die hatten wir, allerdings auf der Pier, bereits hinter uns.

»Aha, die Kommandanten kommen zurück!«

Der II WO griff zum B.Ü., um den I WO zu informieren. Doch der balancierte bereits mit dem Bootsmaat der Wache über die schmale Stelling an Land.

Georg war nicht allein. Ein Mann in grauem U-Bootdrillich ohne Rangabzeichen, aber mit einer Offiziersmütze auf dem Kopf und einem Koffer in der Hand, versuchte, mit ihm Schritt zu halten.

»Was ist das denn? Der kommt mit 'nem Koffer an?« flüsterte der Smadding, den das Gepfeife auf den Turm gelockt hatte, überrascht. »'n Badegast?«

»Sieht ganz danach aus«, gab ich ebenso leise zurück. »Und der Alte scheint nicht beglückt zu sein.«

Der I WO salutierte zackig und machte dem Alten Meldung.

»Nun sieh dir dieses olle Magengeschwür an! Jetzt is' er wieder in seinem Element. Zieht 'ne militärische Schau ab, um dem Badegast zu imponieren!« flüsterte er mir ins Ohr, jedoch nicht leise genug.

»Ein Glück, daß ich schwerhörig bin, Oberbootsmann!« fuhr der II WO herum. »So redet man nicht über Vorgesetzte!«

Ich zog den Smadding außer Hörweite und flüsterte: »Bist du von allen guten Geistern verlassen, Ulli? Warum nennst du den I WO olles Magengeschwür?«

»Sag bloß, du weißt das nicht«, flüsterte er zurück. »Das ist doch im ganzen Stützpunkt rum! Zwei seiner Fähnriche haben es von der Marineschule mitgebracht, dort pfiffen es die Spatzen von den Dächern. Zwei Jahre Fähnrichsoffizier an einer MKS. Und warum? Immer wenn ein Bordkommando anstand, hat er natürlich gejubelt. Aber dann brach sein Magengeschwür auf, und das Bordkommando war Sense. Sagt dir das genug, Robert?«

»Da bin ich ja baff! Und der II WO weiß das?«

»Hätte er sonst so reagiert? – Alle wissen es, mein Junge, auch der Alte. Hat er dir das nicht gesagt?« Ulli schüttelte den Kopf. »Ich denke, ihr duzt euch? Mir ist jedenfalls so, als hätte ich das damals bei dem Abschiedsbesäufnis mitgekriegt.«

»Schon, Ulli, aber das ist noch lange kein Grund, mir ein Gerücht aufzutischen.«

»Ob es bloß ein Gerücht ist, werden wir ja auf See sehen.«

Auf der Pier pfiff der Bootsmaat der Wache *Seite*. Gewohnheitsgemäß machten wir Front nach Steuerbord, obwohl uns von der Pier aus niemand sehen konnte.

Unser Badegast, ein rothaariger, sommersprossiger schlanker Mann mit einem fröhlichen, sympathischen Gesicht, wurde uns bei der Besprechung vom Alten vorgestellt.

»Meine Herren, dies ist Oberleutnant Sander, der uns als unser Gast nach Bergen begleiten wird. Herr Sander, ich heiße Sie in unserem Kreis herzlich willkommen.« Georg machte eine Pause. »Wie Sie mir sagten, ist Ihnen der Dienst auf einem U-Boot völlig fremd. Macht nichts, Sie sollen ja auch keinerlei Borddienst mitgehen. Um einige Erfahrungen wird es sie dennoch reicher machen. Wir werden Ihnen selbstverständlich behilflich sein, sich den Gegebenheiten an Bord anzupassen.«

»Ich danke Ihnen für die freundliche Aufnahme, Herr Kapitänleutnant.« Unser Gast deutete eine Verbeugung an und schüttelte uns freundlich lächelnd die Hände. »Hoffentlich haben wir eine ruhige Überfahrt. Mit meiner Seefestigkeit ist es nämlich sicher nicht so gut wie mit der Ihren bestellt.«

»Das macht mich neugierig, Herr Sander«, schnarrte der I WO. »Sie wurden uns als Oberleutnant vorgestellt. Oberleutnant zur See oder ...?«

»Oberleutnant, in Klammern Sonderführer, wenn's gestattet ist, Herr Kamerad.« Sander grinste dem I WO in das überraschte Gesicht. »Ich hoffe, das macht mich nicht zum Paria in Ihrem Kreis.«

Ich sah seinem Gesicht an, daß er sich über unsere Überraschung und ganz besonders über die des I WO köstlich amüsierte. Der Mann hat Humor, dachte ich, der erlebt das nicht zum erstenmal und macht sich jetzt einen Jux daraus.

»Aber nein, keineswegs!« kroch ihm der I WO auf den Leim. »Nur, was heißt Sonderführer in Ihrem Fall?«

»Daß ich zwar Marineuniform trage, aber das ist schon alles. Ich weiß ja nicht einmal, warum Ihre Leute bei jeder Gelegenheit ›Warschau!‹ brüllen. Wie sollte ich auch? Ich bin ja nie zur See gefahren!«

Unfug! Ich war sicher, daß er genau wußte, daß Wahrschau ein seemännischer Warnruf war und nichts mit der polnischen Hauptstadt zu tun hatte. Er zog den I WO auf, und das wiederum machte ihn mir noch sympathischer.

Der ließ jedoch nicht locker. »Aber, lieber Herr Sander, das ist doch völlig verständlich. Bloß, was tut man als Oberleutnant ... äh ... Sonderführer?«

»Als Oberleutnant eigentlich nichts, und als Sonderführer gehöre ich zur Propagandaabteilung der Deutschen Wehrmacht.«

Ich sah zu Georg hinüber. Der mußte doch wissen, was das für ein sonderbarer Vogel war, den wir mit nach Norwegen nehmen sollten. Er blickte jedoch mit ausdrucksloser Miene auf seine Hände und besah sich seine Fingernägel, als gehe ihn das Frage- und Antwortspiel gar nichts an.

»Sie denken dabei sicher an die Propagadakompanien, die das Kampfgeschehen für die Wochenschau filmen.« Sander schüttelte den Kopf. »Das ist nicht mein Metier. *Here is Germany calling!* Vielleicht sagt Ihnen das mehr über meine Aufgaben?«

Und ob! Der gehörte zur deutschen Gegenpropaganda in englischer Sprache. Seit ich eingezogen worden war, hatte ich diese gezielten Radiosendungen – wo immer es möglich war – gehört, um meine Englischkenntnisse aufzufrischen.

Das erklärte auch noch etwas anderes, für das ich ein feines Ohr hatte. Sander sprach zwar ein klares und sauberes Hochdeutsch, dennoch drang bei einigen Worten jener leichte, aber untrügliche Hauch eines Akzents durch, der häufig Leute aus dem englischen Sprachraum verriet.

»Ich glaube, wir sollten das abkürzen, meine Herren«, mischte sich Georg nach einem Blick auf die Uhr ein. »Herr Sander und drei seiner Kollegen auf den anderen Booten reisen mit einem Spezialauftrag nach Norwegen. Das bleibt aber bitte unter uns! Ich glaube, ansonsten ist alles klar. In einer Viertelstunde Leinen los.«

Das Boot »dampfte« in die vordere Spring ein und schor achtern von der Pier ab. Ein Manöver, wie ich es hundertfach erlebt und auch selbst befehligt hatte. In diesem Augenblick quoll jedoch nur eines aus meiner Erinnerung in mir empor und jagte mir einen Schauer über den Rücken. Für Sekunden sah ich mich wieder als Fähnrich auf der Turmplattform von U 996 stehen und mit ihm zu meiner ersten Feindfahrt auslaufen, nicht ahnend, daß am Ende die Vernichtung und entsetzliche Todesängste im eisigen Wasser auf mich warteten. Eine Erinnerung, die ich längst überwunden glaubte.

Das Grauen schüttelte mich und machte mich fast blind und taub für das, was um mich geschah. Wie durch Watte hörte ich Georgs Kommandos, sah das Leinenkommando wie im Nebel die vordere Spring einholen und den Spalt zwischen Boot und Pier breiter und breiter werden.

Unser Nebelhorn schrie auf. Von den Bunkerwänden ohrenbetäubend als vielfaches Echo zurückgeworfen, riß mich sein Ton zurück in die Wirklichkeit. Ich spürte mit einmal wieder das vertraute Vibrieren der Diesel unter meinen Füßen und vernahm den leisen Wellenschlag gegen den Bootskörper.

U 4001 glitt hinter den anderen U-Booten hinaus in die Förde. Ruder- und Maschinenkommandos brachten das Boot auf Kurs. Verblüfft beobachtete ich, wie schwerfällig es auf die Kommandos reagierte und nur langsam in das schäumende Kielwasser der VII C-Boote einschor.

»Verdammt, schlafen die da unten?« sagte ich leise zu Obersteuermann Mäusele.

»Die schlafen nicht, Herr Flemming. Über Wasser ist der Pott nicht nur sehr labil, sondern auch lahmarschiger als die VII C-Boote. Wenn wir in offenes Wasser kommen, dann steht uns bei Überwasserfahrt noch einiges bevor.«

Wie meinte er das? Ich sah ihn fragend an.

»Wenn's weiter so auffrischt, werden wir vorfluten müssen, sonst fällt uns allen das Essen aus dem Gesicht. Der kompakte Turm wirkt wie ein Segel, und dem hat der stromlinienförmige Bootskörper nichts entgegenzusetzen. Da, sehen Sie, wie der Eimer schon jetzt arbeitet, obwohl das bloß die Bugwelle dieses Winzlings dort ist?«

Der *Winzling* war das Torpedofangboot des Stützpunkts, das in hoher Fahrt unseren Kurs kreuzte und auf die Holtenauer Schleuse zuhielt. In seiner auslaufenden Bugwelle rollte U 4001 in einer geradezu abenteuerlichen Weise.

»Das kann ja heiter werden, Herr Mäusele.« Ich mußte mich noch immer überwinden, den Dienstgrad in der Anrede fortzulassen. Ulli hatte damit angefangen, und dabei war es geblieben. Der Rangunterschied zwischen den Deckoffizieren und mir war ja auch tatsächlich nur hauchdünn.

»Wahrschau, ein Mann von Zentrale auf den Turm!« Halb aus dem Turmluk ragend, wedelte einer der Funker mit einem Blatt Papier. »Der Wetterbericht, Herr Kaleu!«

Der Alte ließ sein Glas sinken. »Geben Sie ihn dem III WO, Schneider! Signalmaat, melden Sie uns bei der Signalstation ab! Hat jemand schon den M-Bock ausgemacht, der uns Geleitschutz geben soll?«

Die Klappbuchs ratterte los. Postwendend bestätigte die Signalstation den Spruch und wünschte uns gute Fahrt. Zugleich blitzte von einem grauen Schatten an der Hafensperre ein Blinkspruch zu uns herüber.

»Ist er das?«

»K an K: Bin zur Geleitaufnahme bereit. In Kiellinie folgen. Marschgeschwindigkeit zehn Knoten!« meldete der Signalmaat und bestätigte den Spruch.

»Kein Mann von langen Vorreden, dieser Kommandant!« spottete Georg. »Die Tommies haben die Einfahrten zum Kleinen und Großen Belt wieder mit Minen verseucht. Da kann man nur hoffen, daß der sein Handwerk versteht.«

»Wird er schon!« sagte der I WO und lachte auf. Es wirkte irgendwie krampfig. »Sieht sogar wie'n richtiges Kriegsschiff aus und nicht wie'n umgebauter Fischdampfer.«

Der M-Bock hatte sich von der Sperre gelöst und schwenkte in die Öffnung zur Außenförde ein. Vergeblich suchte ich sein Heck nach dem Minensuchgeschirr ab.

Ich ließ mein Glas sinken. »Er scheint seiner Sache sicher zu sein, Herr Kaleu. Jedenfalls führt er kein Minensuchgeschirr. Wäre ja bei der Marschgeschwindigkeit auch ein bißchen riskant.«

»So? Klingt ja so, als verstünden Sie was davon?« nahm mich das Magengeschwür prompt auf die Hörner. Mochte der Teufel wissen, was der Kerl gegen mich hatte.

»Sollte er doch wohl auch, Herr Fischer!« sprang mir der Alte bei. »Ich hab mir sagen lassen, daß U-Bootjäger im Geleit nicht nur mit Wasserbomben herumjonglieren, sondern auch bei Bedarf Minensuchgeschirr fahren müssen. Ich glaube, davon versteht der III WO mehr, als wir ahnen.«

Peng! Das saß. Der I WO warf mir einen strafenden Blick zu und wandte sich ab. Am Mast des Minensuchers wehten Signalflaggen aus, zugleich blinkte erneut eine Klappbuchs auf seiner Brücke auf.

«K an K: Aufschließen! Abstand voneinander dreihundert Meter«, meldete der Signalmaat. »Flaggensignal wiederholt: *Aufschließen, Abstand dreihundert Meter*, Herr Kaleu!«

»Schau an, der Mann kennt den Laden! Bestätigen Sie!« Georg drehte sich zu mir herum. »Na, was verkünden die Wetterfrösche, III WO?«

»Tiefdruckgebiet mit Kerndruck 990 Millibar über Schottland verlagert sich mit seinen Ausläufern im Laufe der Nacht nach Südskandinavien. Tendenz stark fallend. Auflebende

Winde Südwest, später recht drehend West. Skagerrak, Kattegatt und westliche Ostsee Nordwest bis Nord fünf bis sechs, zunehmend sieben bis acht, in Böen Sturmstärke erreichend. Weitere ...«

»Danke, das reicht! Freitag, der dreizehnte April, was kann man da schon Gutes erwarten? Wird 'ne lustige Vergnügungsreise werden! Ein Glück, daß es Gerechte und Ungerechte gleichermaßen trifft!«

Es traf tatsächlich alle, wenn auch unterschiedlich. Der Wind nahm konstant zu, und je weiter wir hinauskamen, desto ruppiger wurde die See. Dem M-Bock schienen die berüchtigten Grundseen der Ostsee nicht viel auszumachen. Den VII C-Booten und uns machten sie jedoch schwer zu schaffen, obwohl wir inzwischen vorgeflutet fuhren.

Die Boote vor uns verschwanden immer häufiger mit langen Gischtfahnen in der aufgewühlten See. Für uns war es die reinste Hölle. Wir torkelten wie ein Betrunkener hinter ihnen her und versuchten, Kurs zu halten. Da brauchte man schon einen stabilen Magen, und der fehlte so manchem, wie man an den bleichen Gesichtern sah. Am schlimmsten hatte es den I WO gepackt, der sah graugrün wie eine Wasserleiche aus.

»Wenn der wirklich Magengeschwüre hat, dann tut er mir leid«, flüsterte Mäusele. »Sonst nicht! Dann soll er kotzen, bis ihm der kleine braune Ring hochkommt!«

»Und was dann? Den wird er ganz schnell wieder runterschlucken, weil er sich sonst in die Hosen macht!« lästerte ich. »Peinlich, peinlich!«

Das war gemein, denn ich konnte gut lachen. Mir machte das Geschaukel nichts aus, dafür hatten die Monate auf UJ 1793 gesorgt. Trotzdem war es eine wahre Erlösung, wenn auch nur eine kurze, als wir halbwegs genügend Wasser unter dem Kiel hatten und tauchten, um das Boot zu trimmen. Ein Vorgang, der so routiniert ablief, daß ich erleichtert aufatmete, obwohl die Tiefe gerade noch dafür ausreichte. Die sogenannten Trockenübungen, von denen der LI gespöttelt hatte, erwiesen sich als durchaus ausreichend. Ich sah den kommenden Ereignissen auf einmal viel positiver entgegen.

Mit dem letzten Tageslicht verabschiedete sich der M-Bock in der Passage zwischen Langeland und Lolland von uns und wünschte uns allen eine gute Reise. Der übliche Wunsch: ›Gute Jagd und fette Beute!‹ fehlte in seinem Blinkspruch. Der hielt uns vermutlich auch schon für abgeschrieben.

Der Alte kam auf die Brücke und schnupperte in den steifen Westwind. »Hmmm, wenn wir Glück haben, geht's erst im Kattegatt richtig los. Bleibt mir bloß im tiefsten Fahrwasser! Man kann schließlich nie wissen.«

Von diesem Augenblick an gehörte das leise ›Pingping!‹ des Echolots ebenso zur Nachtmusik wie die lakonischen Meldungen vom FuMB-Gerät: »Keine Kontakte!«

»Auch was wert, daß die Tommies mit den Dänen so rücksichtsvoll umgehen«, spottete der II WO. »Keine Minen und keine Luftangriffe! Fast schon so, als sei der Krieg vorbei!«

So sah es wirklich aus. Von den Ortschaften auf den Inseln sahen wir nichts, während wir abgeblendet und ohne Positionslichter durch die pechschwarze Nacht und gegen den immer stärker auf Nord drehenden Wind ankämpften. Die Fähren zwischen Fünen und Seeland kreuzten hell erleuchtet unseren Kurs, und selbst an der Ausfahrt aus dem Großen Belt mußten wir querab von Kalundborg um einen Schwarm friedlich fischender dänischer Kutter einen Bogen schlagen, um nicht entdeckt zu werden.

Als wir Samsö passierten, holte uns der Krieg wieder ein.

»Luftkontakt in zwo-neun-null und null-fünf-zwo, schnell näher kommend!« scholl der Alarmschrei aus dem Turm.

Wir machten gar nicht erst den Versuch, die Flugzeuge, die uns im Schutz der dichten Wolkendecke anflogen, zu identifizieren. Blitzschnell verschwanden wir von der Wasseroberfläche und suchten mit Höchstfahrt unser Heil in der Flucht.

Wenn überhaupt, dann fielen die Bomben weit hinter uns in die See, obwohl sich ihre Detonationen für die Neulinge sicher noch verflucht nahe am Boot anhörten. Unwillkürlich mußte ich lächeln. Es war mir ja damals auf U 996 nicht anders ergangen. Gespannt lauschten wir nach achtern. Doch die Bomben blieben aus.

»Vermutlich sind wir vor deutschen Aufklärern getürmt«, meinte der I WO mit einem kritischen Unterton in der Stimme.

Georg maß den I WO mit einem Blick, als sei der nicht ganz bei Trost. »Deutsche Aufklärer mit RADAR? Ist das Ihr Ernst, Herr Fischer? Sie Optimist!«

»Und warum nicht?« begehrte der auf.

»Es liegt mir fern, Sie belehren zu wollen, Herr Fischer«, antwortete der II WO, weil der Alte schwieg. »Aber dafür gibt es gute Gründe. Zum einen haben die nicht mehr genügend Sprit, und zum anderen ist hier nichts aufzuklären. Für die Tommies ist das was anderes. Kattegatt und Skagerrak sind das Schlupfloch nach Norwegen, darum.«

»Hmmm, dann wissen die jetzt also, daß wir auf dem Weg nach Norwegen sind?« Das klang besorgt.

Du meine Fresse, das war mehr als blamabel! Der Mann hatte ja nicht die geringste Ahnung, wie die Echos bei solchem Seegang auf den Geräten aussahen.

»Dann müßten die Brüder Hellseher sein«, brummte der Alte peinlich berührt. »Deren Ortung kann von uns, von dänischen oder schwedischen Fischern oder vom Seegang stammen, Herr Fischer. Geisterecho nennt man so was, und dafür werden sie's halten, wenn sie aus den Wolken kommen und keine Objekte vorfinden. Sie können also ganz unbesorgt sein.«

Das klang optimistisch. Trotzdem saß uns allen eine Sorge im Nacken. Wenn es wirklich hart auf hart ging, dann ließ uns die geringe Tiefe zu wenig Spielraum, einer regelrechten Jagd unbeschadet zu entkommen.

Die begann jedoch viel später, als wir uns längst sicher glaubten. Zunächst einmal schlugen wir uns mit allerlei Pannen herum.

Das Boot nahm Wasser, mehr als üblich, und das war böse, zumal die Ursache längere Zeit nicht zu entdecken war. Die pausenlos laufenden Lenzpumpen aber waren ein Sicherheitsrisiko; denn ihre Geräusche konnten früher oder später unerwünschte Besucher anlocken. Ein Gedanke, der den Alten ganz kribbelig machte und uns eine Gänsehaut nach der anderen über den Rücken jagte.

»Verflucht, es kann doch nicht so schwer sein, das Leck zu finden!« machte der Alte seiner Sorge Luft. »Lahmarschige Bande!«

Das war ungerecht; denn der LI selbst kroch mit seinen Stokern durch alle Abteilungen des Bootes. Endlich kam er durch das Kugelschott in die Zentrale zurück. Mit einem Putzlappen wischte er sich über das schweißnasse Gesicht und reinigte sich die verschmutzten Hände. Es roch plötzlich intensiv nach Dieselöl.

»Die verfluchte Bande in der Werft hat gepfuscht!« wetterte er. »Zwei Stopfbuchsen im Achterschiff undicht! Hundert Meter tiefer wäre das aber 'ne böse Überraschung gewesen!«

Georg atmete erleichtert auf. »Lieber jetzt als anders! Und? Was machst du denn für ein Gesicht?«

»Da ist Dieselöl in der Bilge! Viel mehr als normal. Meine Leute versuchen herauszufinden, wo das herkommt. Irgendwo muß 'ne Tankverbindung locker sein; aber die finde erst mal da unten!«

»Heißt das etwa, wir lenzen auch Öl außenbords? Mensch, das gibt doch 'ne Ölspur!«

»Unsinn, doch nicht bei dem Seegang! Und so viel ist es nun auch wieder nicht! Aber finden müssen wir das Leck trotzdem.«

Sie fanden es. Damit war die Pannenserie jedoch längst

nicht zu Ende. Nach Wachwechsel kam Obermaat Weber in den O-Raum, wo wir beim Mittagessen saßen.

»Was ist los, Weber?« fragte Georg. »Haben Sie irgendwas mit Ihrem Zauberkasten ausgemacht?»

Er meinte das hochempfindliche Gruppenhorchgerät, mit dem man angeblich sogar Fischschwärme belauschen konnte. Weber schüttelte betreten den Kopf.

»Nein, Herr Kaleu, das Mistding spielt verrückt. Irgendwo steckt der Wurm drin. Mal nimmt es selbst die Hafengeräusche von der schwedischen und dänischen Küste auf, und dann streikt das Aas wieder! Kann nur 'n Wackelkontakt sein; aber bis wir den gefunden haben, ist das GHG unklar.«

Wir sahen uns erschrocken an. Das war ein lebensgefährliches Handicap. Hatten wir erst einmal Skagen passiert, mußten wir mit britischen Seestreitkräften rechnen, und zwar vornehmlich mit Jagd-U-Booten. Dann waren wir geliefert, weil wir sie nicht rechtzeitig hörten.

Georg stieß seinen Teller zurück und sprang auf. »Und das sagen Sie so leichthin, Weber? Das hat uns gerade noch gefehlt! Machen Sie Ihren Leuten Feuer unter dem Arsch, bis dahin ...«

Er stürzte in die Zentrale. Seine Befehle überschlugen sich. Beide Maschinen stopppten. Die Tauchtanks wurden geflutet. Sanft glitten wir in die Tiefe, bis wir mit einem leichten Ruck auf Grund aufsetzten.

Georg kam zurück. »Absolute Ruhe im Boot! Ich bin ja nicht abergläubisch; aber es hat schon was für sich, wenn manche Leute an einem Freitag, noch dazu an einem dreizehnten, lieber nicht in See gehen.«

Wir nickten beifällig. Selbstverständlich waren auch wir nicht abergläubisch. Aber wie man sah, war offenbar doch etwas daran; denn es dauerte bis zum nächsten Wachwechsel, ehe das Gruppenhorchgerät wieder einwandfrei funktionierte.

Erleichtert übernahm Georg das Kommando. Sanft löste

sich das Boot vom Grund und stieg bis auf Sehrohrtiefe nach oben. Das hätten wir lassen können; denn vom Skagerrak drückte der steife Nordwind das Nordseewasser ins Kattegatt hinein. Der Seegang hatte so zugenommen, daß die kurzen, harten Kreuzseen über die Sehrohroptik wuschen.

»Hat keinen Zweck«, Georg gab auf und fuhr das Sehrohr ein. »Ich sagte ja schon, ein Glück, daß es Gerechte und Ungerechte gleichermaßen trifft! Ab in die Tiefe! Auf fünfundzwanzig Meter einpendeln! Beide Maschinen voll voraus! Kurs drei-drei-drei!«

»Kurs drei-drei-drei?« wiederholte der I WO ungläubig. »Ich dachte, wir gehen unter Land, sobald wir die schwedischen Hoheitsgewässer nicht mehr verletzen können?«

»In Gedanken können Sie das gerne tun, wenn Sie lebensmüde sind, Herr Fischer«, sagte Georg ironisch. »Wir anderen möchten gerne noch 'ne Weile leben.«

»Und was heißt das? Ich meine ...«

Georg holte zu einer sarkastischen Antwort Luft. Doch dann ging ihm wohl auf, daß Fischers U-Bootausbildung zwei Jahre zurücklag. Seit 1943 hatten sich die Kräfteverhältnisse grundlegend geändert. Aus Jägern waren Gejagte geworden, denn die alliierten See- und Luftstreitkräfte beherrschten inzwischen die Meere. Zwei Jahre Fähnrichsausbilder an einer MKS, das waren zwei Jahre fern der Praxis. Diese Erkenntnis stimmte Georg offensichtlich milder.

»Herr Fischer, wo würden denn Sie als britischer Kommandant Ihr Boot in Lauerstellung bringen, um den Deutschen ordentlich eins zu verplätten?«

»Sie meinen?« Der I WO war kein Schnelldenker. Bei ihm fiel der Groschen pfennigweise. Man konnte es buchstäblich hören. »Ah ja, selbstverständlich ... natürlich!«

Der II WO verzog das Gesicht und wandte sich ab; ihm war das vor Oberleutnant Sander irgendwie peinlich. Der jedoch, der sich bisher nie in unsere Gespräche eingemischt hatte, horchte interessiert auf.

»Entschuldigen Sie, Herr Kaleu, wenn ich jetzt 'ne dumme Frage stelle. Ich bin ja Laie. Warum ist das lebensgefährlich, wenn wir unter Land gehen? Norwegen ist doch fest in deutscher Hand.«

»Das ist richtig, Herr Sander, aber die See davor kontrollieren die Tommies. Wir wollen nach Bergen, und da ist der kürzeste Weg durchaus nicht der beste. Wir brauchen freien Raum, um die Stärken unseres Bootes ausspielen zu können.« Er tippte auf die Seekarte. »Den gibt es unter Land nicht. Im Gegenteil, auf der einen Seite die felsige Küste, auf der anderen die Briten. Die reinste Falle, die die Tommies bloß zuzuklappen brauchen. Deshalb, mein Lieber! *Britannia rules the waves*!«

Er unterschlug schamhaft, daß weder die Luftwaffe noch deutsche Marineeinheiten gegen diese alliierte Überlegenheit ankommen konnten, weil es sie kaum noch gab.

Sander nickte. »Danke, Herr Kaleu! Wir sitzen ganz schön in der Tinte, was?«

»Wie man's nimmt! Aber kein Grund zum Durchdrehen!«

Georg war ein erfahrener Kommandant und zugleich ein gewitzter Taktiker, der nichts dem Zufall überließ. Während wir mit unseren leisen E-Maschinen nach Westen hinaus in die offene See liefen, ließ er immer wieder stoppen, um eine Horchrunde einzulegen. Das war für mich neu. An sich war das bisher nur üblich gewesen, wenn man schnorchelte, weil sonst das Rumpeln der Diesel das Horchgerät störte. Seine Erklärung dafür war jedoch einleuchtend.

»Die Wissenschaftler auf der anderen Seite schlafen auch nicht. Wissen wir denn, was die in den letzten Monaten ausgetüftelt haben? Vielleicht sitzt uns schon ein Tommy im Nacken und wartet nur darauf, uns 'nen Fangschuß zu verpassen, während wir noch vertrauensselig mit unseren E-Maschinen durch die Gegend gurken. Oder hat einer von euch schon einschlägige Erfahrungen damit sammeln können?« Er sah uns forschend an. »Sehen Sie, ich auch nicht! Ich traue dieser neuartigen Außenhaut und den Latexverkleidungen an den Sehrohren und dem Schnorchel erst, wenn die bewiesen haben, daß sie tatsächlich die ASDIC- beziehungsweise die RADAR-Kontakte schlucken. In der Nacht werden wir schnorcheln, um die Batterien aufzuladen. Dann wird sich ja zeigen, ob die halten, was man uns versprochen hat.«

Je weiter wir hinauskamen, desto mehr ging die ruppige See in eine lange Dünung über, von der wir selbst in Sehrohrtiefe kaum noch etwas spürten. Endlich konnten wir auch die neuartige Tiefensteuerung einsetzen, die das Boot automatisch in der eingesteuerten Tiefe halten und somit die Tiefenrudergänger entlasten sollte. Mit einer gewissen Skepsis nahmen wir sie in Betrieb und erlebten eine Überraschung.

Sie funktionierte blendend, und das galt auch für die Latexverkleidungen, die uns vor RADAR-Ortungen schützen sollten. Unser Funkmeßgerät (FuMB) fing zwar Kontakte auf, und wir stießen jedesmal sofort in die Tiefe, um eventuellen Wasserbomben aus der Luft zu entgehen, doch die blieben aus. Das war ungemein beruhigend.

Die Nacht verging ereignislos, und ebenso begann der neue Tag. Die Stunden verrannen, Wache um Wache wechselte. Die See blieb leergefegt. Trotzdem durfte unsere Wachsamkeit keine Sekunde nachlassen.

Da half nur Beschäftigung. Wir simulierten den Ernstfall und hetzten die Besatzung durch alle Situationen, die wir im Extremfall beherrschen mußten, um zu überleben. Selbst der richtige Gebrauch der problembeladenen U-Boot-Toiletten wurde immer wieder intensiv durchexerziert. Das weckte ganz besonders das Interesse unseres Badegastes.

Er lächelte. »Sieht aus, als hätte nicht nur ich damit Probleme. Das tröstet. Ich bin gewiß nicht auf den Kopf gefallen, aber mit dieser Gebrauchsanweisung ...«

»Mit der kommen nur die zurecht, die die U-Bootlehrdivision erfolgreich absolviert haben!« unterbrach ich ihn. »Ich hab' den Eindruck, daß die ULDs überhaupt nur dafür geschaffen worden sind. Wenn es Sie beruhigt, ich habe damit auch schon wunderbare Fontänen produziert und deren unappetitliche Folgen auskosten müssen. Und nicht nur ich.«

»Lieber Himmel, warum bloß so eine umständliche Mechanik?«

»Wie wollen Sie sonst die Exkremente außenbords befördern? Stellen Sie sich doch bitte mal den Außendruck in hundert Meter Tiefe vor.« Ich wurde ernst. »Aus der unappetitlichen Fontäne wird ein knallharter Strahl, der Sie das Leben kostet und das ganze Boot gefährdet!«

»Himmelfahrt auf einem Druckstrahl! Das sind ja erfreuliche Aspekte!« Er schüttelte sich. »Da verkneif' ich mir das lieber, bis wir in Bergen sind! Haben Sie eine Vorstellung, wann das sein wird?«

Die hatte ich, denn ich hatte mir während unseres Rollenspiels unsere Kurse auf der Seekarte angesehen und aus dem Logbuch die zurückgelegten Seemeilen zusammengerechnet. Dabei war ich auf ein so erstaunliches Ergebnis gekommen, daß ich zuerst an einen Rechenfehler geglaubt hatte. Doch meine Rechnung stimmte. Die Fahrleistung des Bootes unter Wasser stellte alles in den Schatten, was ich auf U 996 erlebt hatte.

Ich lächelte. »Da werden Sie sich noch etwas gedulden müssen, wenn Sie sich wirklich alles verkneifen wollen. »Vorausgesetzt, es geht alles glatt, dürften wir Bergen übermorgen mittag oder nachmittag erreichen. Werden Sie das durchstehen«?

Er lachte auf. »Man tut, was man kann! Ich werd' meinem Innenleben gut zureden. Vielleicht hilft das.«

Georgs Rechnung schien aufzugehen. Unangefochten erreichten wir am Nachmittag unseren westlichsten Punkt und schwenkten auf einen nördlichen Kurs nach Bergen ein.

Wie üblich legten wir eine Horchrunde ein, denn der Wachwechsel stand unmittelbar bevor.

»Schraubengeräusche in drei-eins-fünf!« schreckte uns Webers Meldung vom Horchgerät auf. Sie wirkte wie der Stich ins Wespennest. »Weit ab und noch nicht zu identifizieren!«

Ein »stiller Alarm« jagte uns auf die Gefechtsstationen. Der Alte kroch in das Horcherschapp und stülpte sich einen der Kopfhörer über.

»Schleichfahrt, Herr Albrecht!« befahl der wachhabende II WO. »Absolute Ruhe im Boot!«

Selbst in der Zentrale war das leise Sirren der E-Maschinen nicht zu hören, obwohl das Maschinenschott offenstand. Wie auf Samtpfötchen schlich das Boot durch die Tiefe. Kein Laut kam aus den einzelnen Abteilungen, um die Horcher nicht zu stören.

Aus den Lautsprechern drang die Flüsterstimme des Kommandanten: »Gott sei Dank, keine Jagdgruppe. Ein Einzelfahrer, aber kein Zerstörer. Ein Fischer? Hier draußen? Eher unwahrscheinlich. Läuft ebenfalls nach Norden. Müßte man eigentlich sehen können. Auf Sehrohrtiefe anblasen!«

Er kam aus dem Horcherschapp und eilte zum Sehrohr. Sanft stieg das Boot in die Höhe und pendelte in Sehrohrtiefe ein.

»Nichts!« sagte er nach einem Rundblick und ließ enttäuscht den Spargel in den Schacht zurückgleiten. »Absolut klare Sicht und trotzdem nichts zu entdecken. Macht das GHG wieder Mätzchen?«

»Er ist weg, Herr Kaleu!« Webers Stimme überschlug sich beinahe. »Muß gestoppt haben. Jedenfalls höre ich ihn nicht mehr, obwohl ich die ...«

»Das gibt's doch ...« Georg stockte und schlug sich mit der flachen Hand gegen die Stirn. »Ein U-Boot! Na klar! Ist weggetaucht und auf E-Maschinen umgestiegen!«

»Oder hat geschnorchelt, Herr Kaleu«, gab der II WO zu

bedenken. »Kann das einer von uns sein? Oder schnorcheln jetzt auch die Tommies?«

Georg kaute nachdenklich auf seiner Unterlippe. »Kann sein, kann nicht sein. Gehört haben kann er uns jedenfalls nicht, er steht viel zu weit ab. Vielleicht macht er jetzt auch bloß 'ne Horchrunde?«

Das ist alles drin, dachte ich. Wenn die jetzt wie wir Wachwechsel machen, dann kann es durchaus eins von unseren Booten sein. Oder wechselten die Tommies im gleichen Rhythmus die Wachen?

»Ich weiß nicht recht, was man daraus machen soll«, brummte der Kommandant nachdenklich. »In diesem Seegebiet hier würde ich jedenfalls nicht ums Verrecken am hellichten Tag schnorcheln. Aber es gibt eben sone und solche.«

Sander stieß mich an und flüsterte: »Und warum nicht?«

»Wegen der Flugzeuge! Der Schnorchel zieht so was wie ein Kielwasser nach. Weiß man denn, ob das nicht durch einen dämlichen Zufall von oben gesehen wird?«

Mein Blick fiel auf den I WO. Der stand neben dem LI und sagte kein Wort, während sich die anderen den Kopf zerbrachen. Ein komischer Heini.

»Egal«, kam Georg zu einem Entschluß, »der wird uns nicht gefährlich. Dem laufen wir glatt davon. Beide Maschinen voll voraus!«

Während der Hundewache hörten wir sie kommen. Diesmal war es kein Einzelfahrer, sondern ein Verband aus Zerstörern oder Fregatten. Weber, der sofort gepurrt worden war, hatte ein phantastisches Gehör dafür.

»Vier sind's, Herr Oberleutnant, kommen schnell aus zwo-acht-null auf«, meldete er dem II WO. »Entfernung etwa vierzehn Seemeilen. Aber bei der Brassfahrt ...«

»Purren Sie den Kommandanten, Flemming!«

Den hatte jedoch sein »Ahnimus«, wie er es immer nannte, bereits aus der Koje in das Horcherschapp getrieben.

»Eine Jagdgruppe, Weber? Kein Zweifel?«

»Kein Zweifel, Herr Kaleu. Hören Sie selbst. Die fahren zwar Rabatzbojen, aber das helle hochtourige Mahlen schlägt doch durch.«

Auf Webers sensibles Gehör war immer Verlaß. Dennoch lauschte der Alte eine ganze Weile nach draußen.

»Tatsächlich! Wenn die so weiterlaufen, haben wir sie spätestens in einer halben Stunde auf dem Hals! Frage Wassertiefe?«

»Zwischen zweihundert und dreihundertvierzig Meter, Herr Kaleu!« antwortete Mäusele, der zu unserer Wache gehörte. »An einigen Stellen sogar bis achthundert Meter abfallend.«

»Hmmm, das dürfte reichen. Vorausgesetzt, die haben jetzt nicht bessere ASDIC-Geräte als vor fünf Monaten an Bord, meine Herren.«

Eine Erinnerung stieg in mir auf. Damals hatten sie uns nur deshalb verloren, weil wir unter 200 Meter getaucht und so den suchenden ASDIC-Strahlen entkommen waren. Unterschiedlich dichte Salzwasserschichten hatten sie reflektiert. U 996, nur für eine Tauchtiefe von 100 Metern konstruiert, hatte unter dem enormen Wasserdruck allerdings in allen Verbänden beängstigend geknirscht und geknackt. Es war kein Erlebnis, an das ich mich gern erinnerte.

»Weber, melden Sie laufend, wie der Verband zu unserem gegenwärtigen Kurs peilt! Und Sie, Obersteuermann, wissen, was Sie zu tun haben!«

Beide antworteten wie aus einem Mund: »Jawohl, Herr Kaleu!«

»Geben Sie stillen Alarm, Herr Lutz! Die sollen uns vorbereitet finden. Und du, LI, leg noch ein paar Kohlen drauf! Bin gespannt, wie sich unser Eimer bei Höchstfahrt macht! In die Tiefe flüchten können wir immer noch, wenn sie auf halbe Distanz ran sind.«

Ich weiß nicht, was ich erwartet hatte. Aber seine Ruhe

färbte nicht nur auf die Leute in der Zentrale ab, auch die anderen eilten auf ihre Gefechtsstationen, als hätten sie ihr ganzes Leben lang nichts anderes gemacht.

Unaufhaltsam rückte der Verband mit bullernden Rabatzbojen näher, die Schutz gegen unsere Geräuschtorpedos boten. Bald hörten es nicht nur die Horcher, sondern übertrug das Wasser das Bullern auch auf den Bootskörper. Der wirkte wie ein riesiger Resonanzboden. Für mich ein vertrautes Geräusch, für die Neulinge jedoch eine höllische Melodie.

Verblüfft starrten wir alle auf die Seekarte, in die Mäusele gewissenhaft unseren Kurs und den der Jagdgruppe eingetragen hatte. Die Jagdgruppe war nicht abzuschütteln. Wir konnten machen, was wir wollten, sie blieb auf Kollisionskurs.

Georg sah uns der Reihe nach ratlos an. »Verflucht, woher kennen die unseren Kurs? Wenn's hell wäre, würde ich auf eine verräterische Ölspur tippen. Aber es ist nicht hell! Haben die ein neues Ortungsgerät, das absolut lautlos arbeitet?«

»Kann es nicht auch ein Fühlungshalter sein, den wir am Hacken haben?« warf der II WO ein. »Das U-Boot vielleicht, das wir am Nachmittag im Horchgerät hatten?«

»Unmöglich! Dann wäre uns das ja in der Geschwindigkeit über! Außerdem hätten wir es mit Sicherheit gehört!« Georg maß den Abstand auf der Karte zwischen uns und den Verfolgern. »Kein Risiko mehr, die sind schon zu dicht dran. Alarmtauchen!«

Bullernd schoß das Wasser in die aufgerissenen Tauchzellen. Unter dem Druck der extrem gelegten Tiefenruder und dem Schub der auf Hochtouren laufenden E-Maschinen gewann das Boot schnell an Tiefe.

»Sechzig Meter gehen durch!« meldete der LI. »Boot fällt noch immer schnell weiter!«

»Beide Maschinen Kleine Fahrt! Tiefenruder auf Null!«

Das Boot verlor an Fahrt und pendelte auf ebenem Kiel ein, sank aber noch weiter in die schützende Tiefe. Achtzig Meter gingen durch, bald waren wir auf hundertfünfzig Meter. Noch immer erfaßte uns kein ASDIC-Strahl, obwohl uns der Verband schon gefährlich nahe gekommen war.

Plötzlich verstummten die Rabatzbojen, der Verband holte sie ein. An seine Stelle trat das helle Mahlen von Zerstörer- oder Fregattenschrauben. Dann brach aber auch das ab.

»Aha, 'ne Horchrunde. Die Herrschaften befragen die Fische!« grinste der Alte. »Frage Tiefe!«

»Einhundertachtzig gehen durch, Boot fällt noch immer!«

»Bei zweihundertfünfzig einpendeln. Beide Maschinen stopp! Umkuppeln! Boot geht auf Schleichfahrt. Kurs null-drei-fünf!«

Im Boot herrschte gespannte Stille. Was kam jetzt? Ich sah auf den Kompaß. Sacht drehte das Boot auf den neuen Kurs ein und schlich mit vier Knoten aus dem Gefahrenbereich. Ein dumpfes Dröhnen erschütterte plötzlich den Rumpf. Der enorme Wasserdruck ließ die Quer- und Längsspanten stöhnen und knacken. Unwillkürlich zogen wir die Köpfe ein.

»Was geht durch?«

»Zweihundertdreißig, Herr Kaleu. Boot fällt noch immer!«

»Nicht schlecht für einen Eimer, der für hundertfünfunddreißig Meter plus konzipiert ist! Was macht der Verband, Weber?«

»Liegt auf der Stelle, Herr Kaleu. Versucht vermutlich, uns zu orten.«

»Ich hoffe, es gelingt ihm nicht! Sind das nun wieder die dichten Salzwasserschichten, oder ist es die neue Außenhaut? Was meinst du, LI?«

»Ehrlich gesagt, es ist mir scheißegal, Georg! Hauptsache, die Bande da oben gibt bald auf. Ich zittere bei dem Gedanken, unter dem Außendruck könnte wieder irgendwo irgendwas leckspringen. Ein Rasiermesser ist dann gegen den Strahl gar nichts!«

Ich schlüpfte zu Weber in das Horcherschapp. »Was ist dort oben los, Weber? Irgendwas zu hören?«

»Nur die üblichen Bordgeräusche, Herr Oberfähnrich. Liegen in Suchformation und rätseln vermutlich, wo wir abgeblieben sind.« Er hielt mir Kopfhörer hin. »Wollen Sie selbst mal hören?«

Ich stülpte sie mir über und staunte. Es herrschte keineswegs die Stille, die ich erwartet hatte. Lag es daran, daß Weber das Gerät voll aufgedreht hatte?

Eine wahre Sinfonie unterschiedlichster Geräusche drang auf mich ein, die noch dazu die Stärke und die Richtung wechselten, als Weber an seinem Kasten herumfummelte.

»Menschenskinder, wie finden Sie sich denn darin zurecht?«

»Reine Übungssache!« griente er und bewegte ein Rad leicht hin und her. »Das hier ist einer von denen da oben, liegt am weitesten weg, etwa zwei Seemeilen. Und der hier, der ist uns am nächsten. Hören Sie seine Pumpen?«

Ich schüttelte den Kopf und gab ihm den Hörer zurück. Mir war es ein Rätsel, woran er die Pumpengeräusche erkannte.

»Muß man wohl besondere ...« Über uns sprangen die Maschinen an. Hochtouriges Mahlen drang zu uns herunter.

Weber drehte an den Knöpfen. »Achtung! Achtung! Verband läuft ...«

Die Hölle brach los. Ohrenbetäubende Detonationen machten jede Verständigung unmöglich. Wasserbomben! Dicht an dicht in Formation und in so rascher Folge geworfen, daß eine Explosion in die andere überging. Unzählige Bomben mit unterschiedlicher Tiefeneinstellung, ein regelrechter Wasserbombenteppich. Es klang, als explodiere er unmittelbar neben, über und unter dem Boot.

Bleiche Gesichter starrten voller Furcht nach oben, preßten

die Lippen zusammen, um nicht zu schreien, als die Druckwellen U 4001 durchschüttelten. Ich hielt mir die schmerzenden Ohren zu und wünschte ein Ende des Bombensegens herbei.

Plötzlich brach das höllische Feuerwerk ab. Wohltuende Ruhe trat ein, das gequälte Gehör kam zurück, nahm wieder das gräßliche Mahlen der Schrauben über uns wahr.

»Neuer Anlauf!« meldete Weber ungerührt, als sei so ein Bombardement die normalste Sache der Welt. »Gegner dreht auf dem Teller, nächste Serie müßte noch weiter ab liegen!«

»Noch weiter ab, Weber?« kreischte der I WO so hysterisch los, daß alle in der Zentrale zusammenzuckten. »Was nennen Sie denn weit ab, Sie Komiker?«

»Der Weber ist kein Komiker, Herr Fischer! Der kennt sich aus!« widersprach Georg unangenehm berührt. »Die Bomben lagen weit ab und waren zu hoch eingestellt, weil uns die Brüder nicht in zweihundertfünfzig Meter Tiefe ver ...«

Die neue Serie riß ihm die Worte vom Mund. Sie lag tatsächlich weiter ab, klang aber nicht weniger gefährlich. Trotzdem entspannten sich die Gesichter, obwohl die Tommies dort oben nicht aufgaben. Die mußten Unmengen von Wasserbomben mit sich herumschleppen. Immer wieder liefen sie an und bombardierten die Fische, während wir aus dem gefährlichen Bereich schlichen.

Wir verloren jegliches Zeitgefühl. Wie lange dauerte das nun schon? Egal, mit jeder Schraubenumdrehung blieben sie weiter hinter uns zurück, und allein das zählte.

Doch noch war die Gefahr nicht vorüber. Immer häufiger legten sie Horchpausen zwischen den Angriffen ein, zerbrachen sich vermutlich den Kopf, warum wir uns nicht durch Schraubengeräusche verrieten und uns auch ihr ASDIC nicht fassen konnte. Das veranlaßte sie alsbald zu einer anderen Taktik.

Sie kämmten das Seegebiet in Suchstreifen mit immer nördlicheren Kursen ab und warfen auch keine Serien mehr, sondern nur noch vereinzelt Schreckbomben, um uns aufzustöbern.

»Die alte Masche, Leute, dem Hause wohlbekannt!« spottete Georg und rieb sich das Gesicht. »Irgendwann geben sie auf.«

Sie gaben jedoch nicht auf. Vielmehr kamen sie zurück und suchten uns weiter südlich. Zwar nahm dadurch die Entfernung ständig zu, und wir konnten auf sechzig Meter anblasen. Dennoch schlichen wir wie ein geprügelter Hund davon, immer gewärtig, irgendwann wieder vor ihnen in die schützende Tiefe verschwinden zu müssen.

Vier Stunden später hatten wir die Engländer noch immer im Horchgerät, allerdings schon meilenweit von uns entfernt. Wir liefen mit Höchstfahrt ab. Man konnte ja schließlich nie wissen.

»Ich bin sicher, die haben uns für ein VII C-Boot gehalten«, meinte Georg und strich sich genüßlich sein Frühstücksbrot. »Wie sie uns allerdings entdeckt haben, ist mir ein absolutes Rätsel.«

»Durch unsere E-Maschinen können wir uns nie und nimmer verraten haben«, brummte der LI. »Wir hätten sie ja sonst schon wieder im Nacken.«

Der II WO goß sich Kaffee nach. »Jedenfalls kannten die unseren Kurs ganz genau, und das vom ersten Augenblick an! Müssen uns also geortet haben, ohne daß wir es gemerkt haben. Aber womit? Mit ASDIC? Über eine so große Entfernung? Dann müßten sie es aber gewaltig verbessert haben, und das glaube ich nicht. Dann wären wir auch jetzt noch in ihrem ASDIC-Bereich, und das sind wir ganz offensichtlich nicht.«

Ein dumpfes Grollen ließ uns aufhorchen.

»Wasserbombendetonationen in eins-neun-vier, Herr Kaleu!« meldete Weber. »Stammt von der Jagdgruppe, die auch uns angegriffen hat.«

Die Detonationen rissen nicht ab, kehrten in Intervallen immer wieder. Ich blickte in betroffene Mienen. Der Gedanke an die armen Kerle, die der Verband jetzt in der Mangel hatte, jagte uns allen einen Schauer über den Rücken.

»Klingt nicht nach Schreckbomben, sondern nach einem ganz massiven Angriff, Herr Kaleu«, ließ sich Weber vernehmen.

Georg schob seinen Teller zurück. »Nicht zu überhören, Weber. Könnte dem U-Boot gelten, das uns gestern nachmittag durchs Horchgerät gegeistert ist. Also doch kein Tommy, meine Herren.«

»Die armen Schweine tun mir leid«, sagte der II WO. »Kriegen jetzt den ganzen Ärger ab, weil wir dem Verband durch die Lappen gegangen sind.«

»Oder die Tommies glauben, sie hätten uns nun endlich doch erwischt, Herr Oberleutnant«, warf ich ein.

»Was wiederum die Frage aufwirft, warum die nicht scheues Kaninchen gespielt haben und den Brüdern von der anderen Feldpostnummer rechtzeitig aus dem Weg gegangen sind. Gehört haben müssen sie die Tommies doch!«

Der Alte nickte mit grimmiger Miene. »Allerdings! Irgendwie haben die sie aber doch aufgestöbert; aber womit?«

Eine Frage, die uns noch lange beschäftigen sollte.

Ich hatte richtig gerechnet. Am folgenden Nachmittag bekamen wir den Leuchtturm von Marstein in die Sehrohroptik, nachdem wir die Küste entlang nach markanten Landmarken navigiert hatten, und das war alles andere als einfach gewesen.

»Donnerwetter, Herr Mäusele, fast auf den Punkt genau die südliche Durchfahrt nach Bergen!« lobte ich den Obersteuermann. Es ging ihm runter wie Öl. »Alle Achtung!«

»So ein Lob hörte ich auch gern mal vom I WO!« meinte er und tippte auf die Felsenküste. »Aber das dicke Ende kommt ja noch. Wir müssen erst mal drin sein.«

Sander, der zugehört hatte, blickte uns erstaunt an. »Warum kommt das dicke Ende erst noch? Gefährliches Fahrwasser durch Schären und Riffe?«

»Nicht unbedingt, obwohl wir so weit wie möglich getaucht fahren müssen«, sagte ich. »Bergen ist einer der wichtigsten U-Bootstützpunkte geworden. Auf den haben die Briten ein wachsames Auge. Es ist noch hell genug, da müssen wir mit feindlichen Fliegerangriffen rechnen.«

»Keine schönen Aussichten, was?«

»Nee, ganz und gar nicht! Aber keine Sorge, wenn wir erst mal zwischen den Inseln und dem Festland sind, kommen wir in den Schutz von Flakbatterien. Möglicherweise bekommen wir auch Geleitschutz.«

Er horchte auf. »Hört sich an, als seien Sie nicht zum erstenmal in Bergen. Kennen Sie sich dort aus?«

»Ein bißchen schon. Kommt darauf an, was Sie wissen wollen.«

»Warten Sie mal, ich habe da ...« Er holte einen Zettel aus seiner Brieftasche und hielt ihn mir hin. »Wissen Sie, wo das ist?«

Ich warf nur einen kurzen Blick darauf und lächelte. »Torget, den kennt jeder. Das ist direkt am Hafen, können Sie gar nicht verfehlen.«

»Das ist ja sehr erfreulich. Danke!«

Wir bekamen tatsächlich Geleitschutz, einen uralten M-Bock zwar, aber immerhin einen Kasten, den man mit allerlei Flak aufgemöbelt hatte. Und das machte Eindruck, zumindest auf den englischen Aufklärer, der urplötzlich querab von uns über den Bergkuppen auftauchte. Als ihm der M-Bock mit seiner 8,8 cm-Kanone ein paar Granaten vor die Kanzel pflasterte, schlug er in einem respektvollen Abstand einen Bogen um uns und machte sich im milden Abendlicht nach Westen aus dem Staub.

»Damit mußten wir rechnen«, sagte Georg verdrießlich.

»Keine Jäger in der Luft, und die Flak an Land scheint auch zu pennen. Soll mich wundern, wenn wir morgen früh nicht Besuch bekommen.«

Ich nickte. »Wer weiß, was der gemacht hätte, wenn er uns hier vor der Hafeneinfahrt allein angetroffen hätte. Für solche Fälle haben diese Brüder doch immer ein paar böse Überraschungen parat.«

»Wie meinen Sie denn das, Oberfähnrich?« schnarrte der I WO und musterte mich mit seinen stechenden Augen. »Was sind das für böse Überraschungen?«

»Wasserbomben natürlich, Herr Fischer!« kam mir Georg zuvor. Er deutete auf den M-Bock, an dessen Signalrah Flaggen auswehten. »Signalmaat, wem gilt das, uns oder dem Schlepper dort?«

»Uns beiden, Herr Kaleu. Flaggensignal: *Ende des Geleits. Wünsche gute Fahrt!«*

»Blinkspruch vom Schlepper, Herr Kaleu!« meldete der Ausguck.

Der Spruch war kurz und bündig. *»K an K: Bitte folgen!«* las ich laut ab.

»Ist ja direkt ein hochherrschaftlicher Empfang!« spottete Georg. »Bestätigen Sie, Signalmaat! Na, dann übernehmen Sie mal, Herr Fischer, und bringen Sie uns an unseren Liegeplatz.«

Der ehemalige Hafenschlepper setzte sich vor uns und lotste uns durch die Hafeneinfahrt in den Kriegshafen. Es verblüffte mich wieder, wie schwerfällig das Boot dabei auf die Maschinen- und Ruderkommandos reagierte.

Inzwischen war die Sonne untergegangen. Es dämmerte. Auf der Pier blitzte eine Klappbuchs auf und wies uns unseren Liegeplatz an.

»Die Ebbe hat voll eingesetzt, Herr Oberleutnant«, sagte Obersteuermann Larsson warnend und deutete auf eine Spierentonne, die ganz schräg im Ebbstrom tanzte. »Der Ebbstrom ist ziemlich kräf...«

»Das sehe ich selbst, Larsson!« fuhr ihm der I WO über den Mund. »Ich bin ja nicht blind!«

Das nicht, dachte ich, aber reichlich leichtsinnig! Kein vernünftiger Mensch geht unter solchen Umständen mit so viel Fahrt und in einem solchen Winkel an die Pier, und schon gar nicht mit einem so labilen Pott!

Georg sagte nichts dazu, aber ich kannte ihn gut genug. Er stand wie auf Kohlen und verfluchte vermutlich seine Entscheidung, dem I WO das Kommando in einer so kitzligen Situation übergeben zu haben. Der I WO tigerte auf der Brücke hin und her und dachte gar nicht daran, die Fahrt aus dem Boot zu nehmen.

Er lehnte sich über das Schanzkleid. »Klar zum Anlegen! Boot geht mit Steuerbord an die Pier! Verflucht noch mal, wo bleibt das verluschte Leinenkommando?«

»Mein Gott, ist das Magengeschwür wahnsinnig?« flüsterte mir Larsson ins Ohr und deutete auf die Dalben, um die der Ebbstrom schäumte. »Warum nimmt der die Fahrt nicht raus?«

Als habe es Fischer gehört, befahl er: »Beide Maschinen stopp! Ruder hart Backbord! Klar bei Wurfleinen!«

Das klang versiert, kam jedoch zu spät. Der Bug »brummte« mit einer solchen Wucht gegen den Dalben, daß wir auf der Turmplattform gegen das Schanzkleid taumelten. Viel schlimmer traf es jedoch das Leinenkommando. Der Mann, der gerade die Wurfleine für die vordere Spring geworfen hatte, flog im hohen Bogen über Bord. Und achtern, wo niemand mit einem solchen Aufprall gerechnet hatte, fielen gleich zwei Mann in den Bach. Sie trugen zwar alle Schwimmwesten, aber der starke Ebbstrom packte sie und trug sie mit einer atemberaubenden Geschwindigkeit von uns fort.

»Mann über Bord!« brüllte der Oberbootsmann so laut, daß es über den Hafen hallte.

Ein Alarmschrei, auf den in diesem Augenblick bei uns an Bord niemand reagieren konnte; denn die Ereignisse überschlugen sich. Das Leinenkommando an Land hatte die vordere Spring noch schnell herangeholt und ihr Auge über den Poller geworfen. Damit war der Bug fest mit der Pier verbunden; aber der Ebbstrom drückte das Heck ebenso schnell von der Pier ab.

»Beide Maschinen voll voraus!« schrie der I WO. »Warum ...«

Die Maschine reagierte sofort. Das Ruder lag noch immer voll Backbord. Voller Entsetzen sah ich, wie 1621 Tonnen mit zweimal 1300 PS gegen den Ebbstrom andrängten, aber auch gegen die vordere Spring. Sie dehnten sie bis an die Grenze ihrer Belastbarkeit.

Erst sprang ein Kardeel ab und räufelte sich mit irrsinniger Geschwindigkeit auf, dann brach die Spring unmittelbar in unserer Klüse mit einem lauten Knall. Wie eine dicke Peitschenschnur zuckte das freie Ende auf die Pier zu und mitten in das Leinenkommando hinein. Die Wirkung war furchtbar. Wie von einer Axt gefällt, brachen die Leute zusammen. Ihr Geschrei ging in dem dröhnenden Geräusch unter, mit dem das Boot an den Dalben entlangschrammte, nachdem der Bug freigekommen war.

Das war zu viel.

»Beide Maschinen stopp!« schrie Georg. »Ruder mittschiffs!«

Der Ebbstrom drückte den Bug von der Pier weg, während das Heck noch immer gegen die Dalben drängte. Ohne den Schraubendruck löste sich das Boot endlich mehr und mehr und kam langsam ganz frei. Wir trieben mit der Ebbe vom Kai ab.

»Klar zum Mann-über-Bord-Manöver!«

Ein überflüssiges Kommando; denn inzwischen hatte schon der Schlepper reagiert. Er fischte die drei Männer aus dem Wasser und näherte sich uns in langsamer Fahrt.

»Brauchen Sie Hilfe?« schrie eine Stimme durch ein Megaphon von der Brücke. »Ich komme längseits!«

Geschickt manöverierte der Schlepperkapitän seinen Pott an unsere Backbordseite. Leinen flogen hinüber. Sein Kielwasser schäumte auf. Mit seiner geballten Kraft schob er uns an die Pier zurück, auf der von allen Seiten Männer zusammengelaufen waren und sich um die von der Spring niedergestreckten Leute kümmerten.

Der Rest war ein Kinderspiel. Helfende Hände warfen unsere Trossen über die Poller. Wir lagen endlich fest.

Georg kochte innerlich vor Wut, doch er beherrschte sich. Er warf dem I WO nur einen vernichtenden Blick zu, dann wandte er sich dem Schlepper zu, der bereits loswarf.

»Vielen Dank für Ihre Hilfe!« schrie er hinüber. »Ich hoffe, wir können nachher in der Messe einen zur Brust nehmen?«

»Wenn Ihnen so viel Zeit bleibt – gerne! Bis dann!«

Georg winkte ihm zu und sah dann auf die drei aufgefischten Männer hinunter.

»Wer hat euch Helden denn erlaubt, während der Dienstzeit von Bord zu gehen, um ein Bad zu nehmen? He?« überspielte er seine Erleichterung, die Männer unverletzt zu sehen. »Oberbootsmann, ich bestrafe die drei wegen Disziplinlosigkeit zu je drei doppelstöckigen Gläsern Rum! Sorgen Sie dafür, daß die Männer ihre Strafe sofort antreten!«

Einen Augenblick herrschte verblüfftes Schweigen. Dann brach befreites Gelächter los.

Alle Achtung, der versteht's aber, dachte ich. Das mußt du dir für den Fall merken, wenn du mal in solch eine Situation kommst. Schließlich war ich Kommandantenschüler.

Die blamable Vorstellung des I WO war das Gesprächsthema des Abends, und zwar nicht nur unter der Besatzung. Sie hatte auch noch ein Nachspiel unter vier Augen im Kommandantenlogis, und das war so lautstark, daß die Stimme des Kommandanten, bedingt durch die räumliche Enge, bis in den letzten Winkel des Bootes drang.

»Ich weiß nicht, wo man Ihnen solche spektakulären Anlegemanöver beigebracht hat, Herr Oberleutnant Fischer! Aber vier mehr oder weniger Schwerverletzte an Land und drei Mann im Bach, das sind sieben Leute zuviel!«

Was der I WO antwortete, war nicht zu verstehen. Es brachte den Kommandanten jedoch noch mehr in Rage.

»Wollen Sie damit sagen, Sie hätten bei den Übungsfahrten auf der Förde nicht mitbekommen, wie das Boot reagiert? Nehmen Sie gefälligst zur Kenntnis, daß wir kein mickriges Schnellboot, sondern eines der modernsten deutschen Tauchboote unter dem Arsch haben! Danken Sie Gott, wenn das Boot keinen Schaden genommen hat! Sie wissen, was das für Ihre weitere Laufbahn bedeuten würde!«

Wieder war das Gebrabbel des I WO nicht zu verstehen.

»Ja, ja, verdammt, das weiß ich! Kann ich etwas dafür, daß Sie zwei Jahre Fähnrichsoffizier sein durften? Das ist einzig und allein Ihr Bier, Herr Fischer! Ich hab Sie schließlich nicht an Bord geholt!«

Der I WO schwieg offenbar.

»Dann ist ja wohl alles gesagt. Sorgen Sie dafür, daß sofort nachgebunkert und der Verbrauch ergänzt wird, Herr Fischer! Die Antwort des Schlepperkapitäns gibt mir zu denken. Wenn so viel Zeit bleibt – das kann alles bedeuten!«

Der I WO kam wie ein geprügelter Hund aus dem Kommandantenlogis geschlichen. Wir taten alle, als hätten wir wahnsinnig viel zu tun.

»Ja, ich hab das nicht vergessen, Herr Sander. Aber hier steht unmißverständlich, daß Sie mich zum Stab zu begleiten haben.« Georg tippte auf das Schreiben, das ein Läufer gebracht hatte. »Wenn geklärt ist, warum, dann können Sie tun und lassen, was Ihnen beliebt. Der Oberfähnrich kommt mit und wird Sie begleiten, damit Sie nachher wieder zurückfinden. Wie es aussieht, bleiben Sie ja wohl nicht in Bergen – oder?«

»Nein, das ist tatsächlich nicht vorgesehen, Herr Kaleu. Ich will nicht vorgreifen, aber ...«

Er zuckte mit den Schultern und hob die Hände wie ein arabischer Basarhändler. Das sagte eigentlich alles, auch ohne Worte.

»Gut! In fünfzehn Minuten gehen wir von Bord. Wenn Sie mich jetzt entschuldigen wollen. Ich hab mit dem III WO noch etwas zu besprechen.«

Sander verabschiedete sich mit einer Geste, die alles andere als militärisch war, und verließ das Logis.

»Ich hab ein ganz komisches Gefühl im Urin, Robert. Irgendwas haben die mit ihm und uns vor. Der ist niemals Oberleutnant und sei's auch nur als Sonderführer. Ich möchte zu gern wissen, woran wir mit ihm sind. Versuch ihn auszuholen, wenn du ihn zum Torget begleitest, ja?«

»Gut, mach ich. Und was machst du mit dem I WO?«

»Na, was wohl? Ich versuch', ihn loszuwerden. Nach dem Debakel vorhin ist der doch für alle an Bord bloß noch ein aufgeblasener Kasper. Ein Erster Wachoffizier, der kein Anlegemanöver fahren kann! Unglaublich! Bei der christlichen Seefahrt hätte man den jetzt gefeuert!«

Bevor wir an Land gingen, schnallte ich das Koppel mit meiner Pistole um, ein Weihnachtsgeschenk meiner Freunde. Sander beobachtete meine Vorbereitungen mit Verwunderung.

»Warum so kriegerisch, Herr Flemming?« Seit er gehört hatte, wie mich die Deckoffiziere anredeten, hatte er die Anrede übernommen, obwohl der I WO unüberhörbar geknurrt hatte. »Erwarten Sie, daß plötzlich die Briten hier auftauchen?«

Ich steckte noch ein Reservemagazin in die Tasche. »Das nicht; aber haben Sie den Deutschlandsender gehört? Die russische Offensive über die Oder hat begonnen, und das kann für die norwegischen Widerstandskämpfer das Signal sein, auch hier auf die Pauke zu hauen.«

»Und Sie möchten nicht gern unvorbereitet sein, was?«

»Sagen wir es anders: Ich fühle mich bedeutend wohler, wenn ich nicht unbewaffnet in einen Hinterhalt tappe. In der Nacht sind bekanntlich alle Katzen grau, aber einer Katze, die sich wehrt, gehen die meisten anderen Katzen vorsichtshalber lieber aus dem Weg.«

Der Offizier vom Dienst, ein Leutnant zur See, der uns empfing, musterte mich erstaunt. Er sah an meinem Mützenschirm auf einen Blick, daß ich kein Leutnant oder Oberleutnant war.

»Herr Kaleu, Sie und Herr Oberleutnant Sander werden erwartet. Aber Sie kommen zu dritt. Ich weiß nicht ...«

Georg winkte ab. »Das hat schon seine Richtigkeit. Ich konnte ja nicht ahnen, daß wir in geschlossener Gesellschaft tagen, sonst ...«

Er wandte sich an mich: »Robert, du wartest besser hier in der Schreibstube. Sie haben hoffentlich nichts dagegen, Leutnant?«

Die Anrede Leutnant und der Ton ließen keinen Zweifel daran, daß das keine Frage, sondern ein unmißverständlicher Befehl war. Prompt klappte der Leutnant die Hacken zusammen und deutete eine Verbeugung an.

»Selbstverständlich nicht, Herr Kaleu! Wenn mir die Herren bitte folgen wollen?«

Die drei verschwanden in einem Gang. Ich sah mich in der Schreibstube um. In einer Ecke dudelte ein Radio. Schmissige Marschmusik, das war jetzt ein schlechtes Zeichen. Früher, da folgten solcher Musik immer Sondermeldungen über irgendwelche grandiosen Siege. Aber damit war ja wohl nach Lage der Dinge kaum noch zu rechnen.

Ich sah auf die Uhr. Kurz vor den 22-Uhr-Nachrichten. Ich suchte mir einen Stuhl in der Nähe des Radios. Die Männer in dem Raum dösten vor sich hin, lasen oder lösten Kreuzworträtsel. Sie horchten erst auf, als die Musik abbrach und der Nachrichtensprecher den Wehrmachtsbericht verlas.

»Teufel!« sagte ein Schreibersobermaat und kratzte sich den Schädel. »Das hört sich aber gar nicht gut an! Schwere Abwehrkämpfe an der Oderfront, Einbrüche von schnellen Alarmeinheiten aus dem Hinterland abgeriegelt, Volkssturm und Wehrmacht fügen den anstürmenden Sowjethorden schwere Verluste zu. Mein lieber Mann, da stinkt's aber ganz gewaltig!«

»Fehlen bloß noch die üblichen Frontbegradigungen«, spottete ein anderer. »Aber die melden sie bestimmt erst morgen, weil du sonst weißt, daß der Iwan die Oder überwunden hat und im Vormarsch auf Berlin ist. Ich glaube nicht ...«

»Das möchte ich nicht gehört haben, Pinkowski!« fuhr ihn der Offizier vom Dienst an, der unbemerkt eingetreten war. »Die russische Offensive wird im massiven Feuer der Verteidiger blutig zusammenbrechen, und dann geht's anders herum! Schließlich leitet der Führer selbst die Schlacht an der Oder!«

»Ach du meine Fresse!« murmelte ich und stand auf. »Das habe ich ja ganz vergessen! Ich glaube, mich ...«

»Was heißt denn das? Was wollen Sie damit sagen?« bellte der Leutnant zornrot los. »Wer sind Sie überhaupt?«

»Oberfähnrich Robert Flemming, III WO und Kommandantenschüler auf U 4001, Herr Leutnant.« Ich lächelte ihm entwaffnend in das aufgebrachte Gesicht. »Mir ist eben eingefallen, daß ich die Post an Bord vergessen habe. Die wollte ich eigentlich mitnehmen. Aber das läßt sich ja nachholen, nicht wahr?«

Ich fand, daß ich mich damit ganz elegant aus der Affäre gezogen hatte, und hätte mir dafür am liebsten selbst auf die Schulter geklopft. Aber dieser aufgeblasene Wichtigtuer begriff ganz genau, daß das nur eine ganz faule Ausrede war, und die anderen auch, denn die feixten hinter seinem Rükken.

Folglich war er mit mir noch nicht fertig. Er fand prompt ein anderes Haar in der Suppe.

»So, so! Und warum tragen Sie keinen vorschriftsmäßigen Dienstanzug, wenn Sie hier schon aufkreuzen?«

Er war so versessen darauf, mir am Zeug zu flicken, daß er die auf dem Gang näherkommenden Schritte nicht hörte.

»Warum sollte er?« fragte Sander amüsiert. »Für den Stützpunkt reicht doch wohl das U-Bootpäckchen aus, oder?« Eine Antwort wartete er nicht ab. »Kommen Sie, Herr Flemming. Die Besprechung dauert noch ’ne Weile, da können wir inzwischen meine Angelegenheiten erledigen.«

»Danke, Herr Oberleutnant!« sagte ich, als wir draußen standen und uns in der Dunkelheit zu orientieren versuchten. »Mir lag schon eine Antwort auf der Zunge.«

»Die Sie unweigerlich in Schwierigkeiten gebracht hätte, was?« unterbrach er mich. »Sie haben schon eine seltsame Begabung, sich bei manchen Leuten ganz schnell unbeliebt zu machen. Was hat’s denn gegeben?«

»Ach, er hat da was aus meinen Worten herausgehört, was ihm nicht paßte«, wich ich aus. »Und da versuchte er, mir ’nen Bonbon ans Hemd zu kleben.«

»Hmmm!« brummte Sander und stakste eine Weile schweigend neben mir her. »Sie duzen sich mit dem Kommandanten, nicht wahr? Das ist doch eigentlich ungewöhnlich.«

»Zwischen uns nicht. Wir kennen uns seit unserer frühesten Jugend, weil wir in der gleichen Straße gewohnt haben. Außerdem ist er ein Klassenkamerad meines älteren Bruders, und ich bin mit seinem Bruder ebenfalls in dieselbe Klasse gegangen.«

»Aha! Na, das ist ja dann wirklich ein doppelt ungewöhnliches Zusammentreffen; denn ich habe vom LI gehört, daß Sie auch auf seinem vorigen Boot mit ihm gefahren sind.«

»Gefahren und abgesoffen!« nickte ich, obwohl er das in der Dunkelheit gar nicht sehen konnte.

»Ja, ich weiß. Hat Ihnen das nicht gereicht?«

»O doch! Aber U 4001 ist für mich jetzt das kleinere Übel. Ich wäre sonst als Infanterist an der Ostfront gelandet, und da ist mir die Luft zu bleihaltig. Außerdem ...« Ich verschluckte lieber den Rest. Warum sollte ich ihm auf die Nase binden, daß wir alle hofften, nicht mehr zum Einsatz zu kommen?

»Verständlich! Und ihr Bruder ist auch Soldat? Auch bei der Marine?«

»Das weiß ich nicht. Und wenn, dann jedenfalls nicht bei der deutschen Kriegsmarine.«

Er blieb abrupt stehen. »Was heißt denn das nun wieder?«

»Mein Bruder lebt als Arzt in Irland. Er ist dort vom Krieg überrascht worden. Kann aber auch sein, daß er gerade deshalb drüben geblieben ist. Außerdem ist er mit einer Irin verheiratet, und Mary hatte bestimmt keine Ambitionen, in einer so kritischen Situation nach Deutschland überzusiedeln.«

»Hmmm! Arzt in Irland«, kaute er auf meinen Worten herum und ging nachdenklich weiter. Nach einer Weile blieb er wieder stehen. »Und wo?«

Warum wollte er das wissen? Ich hatte die Sache falsch herum angefangen; denn eigentlich hatte ich ihn ja aushorchen wollen.

»Zuerst in Dublin als Assistenzarzt, dann in verschiedenen Orten an der Westküste im Gesundheitsdienst oder wie das dort heißt. War wohl so 'ne Art Praktikum.«

»Und wo genau?«

»In Galway, Castlebar und Ballina, soweit ich mich erinnere. Wenn er sich inzwischen nicht verändert hat, dann praktiziert er noch immer in Westport.«

Sander zog überrascht die Luft laut ein.

»Sagen Sie bloß, Sie kennen Irland?«

»Und Sie?« wich er meiner Frage aus.

»Und ob! Ich bin ein Jahr Gastschüler in Irland gewesen und hab' im Haus meines Bruders in Westport gewohnt, bis der Krieg ausbrach. Meine Eltern meinten damals, richtiges Englisch lerne man nur im Lande. Da bot sich das an.« Ich lachte in mich hinein. »Von wegen richtiges Englisch! Ich lernte ein phantastisches irisches Englisch!«

»Das glaube ich«, sagte er zerstreut und setzte sich wieder in Bewegung.

Wir ließen die alte Festung hinter uns und liefen den menschenleeren Kai zum Torget entlang. Er schwieg beharrlich.

Ich grübelte noch, wie ich den Bann brechen könnte, als es plötzlich vor uns lebendig wurde. Nagelstiefel kratzten über das Pflaster, das Licht einer Taschenlampe leuchtete uns in das Gesicht. Unwillkürlich griff ich an meine Pistolentasche.

»Das lassen Sie schön bleiben!« Deutsch, eine deutsche Wehrmachtsstreife, wie der silberne Brustschild verriet, als einer der Männer in den schwachen Widerschein der Lampe geriet. »So spät noch unterwegs? Wo soll's denn hingehen?«

»Zum Torget fünfzehn. Nehmen Sie die Lampe weg, Sie blenden mich.« Sander schob die Hand mit der Lampe einfach zur Seite.

Einer der Männer lachte auf. »Das trifft sich aber gut. Da wollten wir ja auch gerade hin. Dann man los!«

Das Haus, in das uns die Streife brachte, war ein riesiger Kasten, der als eine Art Standortkommandantur diente. Ein ehemaliges Hotel wahrscheinlich, wie die Einrichtung vermuten ließ. Was mich allerdings irritierte, waren die vielen SS-Angehörigen, die darin herumwieselten. Der Streifenführer, ein Feldwebel, machte ein dummes Gesicht, als sich herausstellte, daß Sander erwartet wurde. Er und seine Leute hatten es dann eilig, wieder nach draußen zu verschwinden.

»Vielleicht setzen Sie sich solange ins Casino, bis ich hier meine Angelegenheiten erledigt habe?« sagte Sander zu mir und wandte sich an den Mann, der unsere Soldbücher kontrollierte. »Oder gibt's hier keins?«

»Aber selbstverständlich, Haupt … äh … Herr Oberleutnant!« Sein Arm wies den Gang hinunter. »Geradeaus, Herr Oberfähnrich, Sie können es gar nicht verfehlen!«

Ich dankte und ging los, ohne nach rechts oder links zu sehen, so sehr war ich mit meinen Gedanken beschäftigt. Georg hatte recht. Sander war kein Oberleutnant, er spielte ihn nur. Das hatte er ja selbst gesagt. Aber was war er dann?

Hauptmann? Dann hätte man ihn als Kapitänleutnant ausstaffiert. Hauptgefreiter? Unbewußt schüttelte ich den Kopf. Das war noch unwahrscheinlicher. Die beförderte man nicht kurzerhand zum Oberleutnant, es sei denn, es gab einen besonderen Grund.

Aber warum zerbrach ich mir noch den Kopf? Wir hatten ihn heil nach Bergen gebracht, alles andere war nicht unser Bier.

Bier! Genau danach stand mir jetzt der Sinn. Ich betrat das Casino und blieb überrascht stehen. Das war nicht nur ein Hotel gewesen, das war es offenbar noch immer. Von den Offiziersmessen der Kriegsmarine war ich ja schon einiges gewöhnt, dieses Casino hier aber stach alle meine bisherigen Erfahrungen aus. Nicht, weil es sein früheres Dasein als Bar nicht verleugnete, es waren vielmehr die Stewards oder Ordonnanzen in weißen Affenjäckchen, die dienstbeflissen von Tisch zu Tisch eilten.

Ich steuerte einen leeren Tisch an, von dem ich das ganze Casino überblicken konnte, falls Sander mich suchte. Ich war keineswegs der einzige Marineangehörige hier, allenfalls der rangniedrigste. Praktisch waren alle Wehrmachtsteile vertreten. Schon erschien einer der Stewards an meinem Tisch.

»Guten Abend!« Er umging eine direkte Anrede; denn auch er suchte meine Rangabzeichen auf dem U-Bootpäckchen vergeblich. »Haben Sie einen Wunsch?«

»Den habe ich. Was trinkt man denn bei Ihnen hier zu besonderen Anlässen?«

»Alles – vom französischen Cognac bis zum Champagner! Oder hätten Sie lieber russischen Wodka?«

»Davor bewahre mich das Schicksal!« grinste ich. »Dann schon lieber 'ne Flasche Champus.

»Mit einem oder mit zwei Gläsern?«

»Wieso, gibt's hier auch flotte Miezen?«

Das verschlug ihm die Sprache. Er eilte davon und kehrte tatsächlich mit einer Flasche Champagner an meinen Tisch zurück.

»Möchten Sie gleich zahlen?« fragte er, nachdem er eingegossen hatte. »Oder haben Sie bei uns ein Konto?«

»Sehe ich so aus? Das zahlt der Herr, auf den ich warte.«

Als Sander endlich erschien, war nicht mehr viel in der Flasche, und ich hatte gehörig einen in der Krone.

»Hier läßt sich's leben, was?« sagte er nach einem Blick auf die Champagnerflasche. »Du lieber Himmel, haben Sie das alles allein getrunken?«

Er stellte einen kleinen Handkoffer auf einem der Stühle ab und setzte sich zu mir. Dabei rückte er sein Koppel mit einer Pistole zurecht. Diensteifrig eilte der Steward herbei und stellte wortlos ein zweites Glas auf den Tisch.

Ich lächelte. »Keine flotten Bienen, keine Musik – was blieb mir da anderes übrig? Und wenn Sie schon die Flasche bezahlen müssen, weil ich keinen Pfennig bei mir habe, dann sollten Sie mir wenigstens beim Rest helfen.«

Ich schenkte ihm das Glas voll. Von einem der Tische tönte lautes Gelächter zu uns herüber. Nach der Menge der leeren Flaschen zu urteilen, war man dort längst über einen normalen Schwips hinaus.

»Die feiern offenbar schon den Endsieg, Herr Oberleutnant.« Ich hob mein Glas. »Da sollten wir denen nicht nachstehen.«

»Ein bißchen verfrüht, möchte ich meinen.« Er trank sein Glas auf einen Zug leer. »Is wohl eher so, daß die schleunigst die Casinovorräte verkasematuckeln, ehe der letzte Vorhang fällt.«

Er goß sich den Flaschenrest ein und machte dem Steward ein Zeichen. Mein umnebeltes Gehirn brauchte einen Augenblick, bis ich die Bedeutung seiner Worte begriff.

»Schlechte Nachrichten?«

»Stalin will vermutlich zu Hitlers Geburtstag in Berlin sein. Jedenfalls haben die Russen nordöstlich und südöstlich von Berlin die deutsche Verteidigung zerschlagen und dringen unaufhaltsam nach Westen vor. Sieht nach 'ner Zangenbewegung aus, um Berlin einzukesseln.«

»Das ist ja 'ne schöne Bescherung!« Ich schwieg, weil der Steward die neue Flasche brachte und ihm nachschenkte.

»Bescherung ist gut!« brummte er und trank. »Prost Mahlzeit kann man dazu nur sagen! Im Westen sieht's nämlich nicht anders aus. Wird nicht lange dauern, dann treffen sich die Amis und Briten mit den Iwans an der Elbe oder auf dem Kurfürstendamm.«

Ich trank ebenfalls. »Klingt nicht nach Wehrmachtsbericht.«

»Ist es auch nicht. Stammt vom B-Dienst, die haben BBC abgehört.«

Der B-Dienst überwachte den feindlichen Funkverkehr und hörte auch die Feindsender ab, um daraus Schlüsse auf die Absichten der Alliierten zu ziehen. Die Leute dort waren daher immer besser als die kämpfende Truppe über die allgemeine Kriegslage informiert.

»Haben Sie sich etwa deshalb diese Zimmerflak besorgt?« spöttelte ich und deutete auf die großkalibrige Pistole.

Er lachte und hob sein Glas. »Nee, ich hab da eher an die nächtlichen Katzen gedacht! Lassen wir den Champagner nicht schlecht werden! Prost!«

Ein Kübelwagen brachte uns zum Stützpunkt zurück. Das war auch gut so; denn Sander hatte den größten Teil der zweiten Flasche allein getrunken und stand darum auch nicht mehr ganz sicher auf den Beinen. Nachdem uns der

Wagen vor dem Kommandogebäude abgesetzt hatte, blieb er mit seinem Handköfferchen unschlüssig neben mir stehen.

»Was machen denn Sie jetzt? Zurück an Bord?«

»Ja, aber nicht gleich. Erst noch 'n kleiner Umweg zur Messe. Der Kommandant wollte mit dem Schlepperkapitän einen zur Brust nehmen. Vermutlich wird's nicht bei einem geblieben sein. Mal sehen, ob er tatsächlich noch den Becher schwingt.«

»Messe? Hmm, kein schlechter Gedanke. Ich könnte jetzt auch noch'n Scheidebecher vertragen.«

Er stiefelte wortlos neben mir her. Irgend etwas schien ihn zu beschäftigen.

»Sagen Sie«, meinte er plötzlich, als ich die Tür der Messe öffnete, »Ihr Bruder ...«

»Ja, was ist mit dem?« fragte ich, weil er nicht weiterredete.

»Ach, nichts! Er fiel mir eben nur so ein.« Er lächelte. »Sie haben sich nicht geirrt! Da ist Ihr Kommandant tatsächlich noch.«

Aber es war nicht der Schlepperkapitän, mit dem er dort zusammensaß. Vermutlich war der schon abgeschwirrt, denn Mitternacht war lange vorbei. Er plauderte mit zwei Kommandanten. Einen von ihnen kannte ich. Es war Franzen, unser ehemaliger I WO von U 996, der jetzt als Kaleu ein eigenes Boot kommandierte.

»Mensch, Flemming, das sind doch nicht etwa Sie gewesen, der so naßforsch die halbe Pier mitgenommen hat?« rief er mir entgegen, als er uns entdeckte. »Na ja, Anfängerpech! Kein Wunder bei dem Kommandanten!«

Er und der andere Kaleu gackerten laut los. Fischers Eskapade war also auch im Stützpunkt das Tagesgespräch.

Georg lachte und verabschiedete sich. »Hör nicht auf diese Lästermäuler, Robert! So geht das nun den ganzen Abend. Ich hab schon gedacht, Sie finden überhaupt nicht mehr zurück, Herr Sander. Ihr Gepäck und ihre beiden Kollegen sind schon an Bord. Wir müssen uns sputen. Am Ende der Hundewache gehen wir in See.«

»Ach du Scheiße!« entfuhr es mir. »Und ich habe ge ...«

»Danke, Herr Flemming, daß Sie mich an das vermaledeite Klo auf Ihrem Pott erinnern!« spottete Sander. »Geben Sie mir noch soviel Zeit, daß ich meines Leibes Notdurft befriedigen kann, Herr Kaleu?«

»Wenn's nicht 'ne Stunde dauert, ja!« brummte Georg. »Wir warten draußen.«

War es der Schock oder die frische Luft? Egal, was immer, mein umnebeltes Gehirn konnte plötzlich wieder glasklar denken.

»Du lieber Himmel, Georg, warum ausgerechnet wir?«

»Weil wir das größte und modernste Boot sind. Außerdem sind wir nicht allein dran. Auch Franzen und der Grundei laufen mit uns aus, allerdings mit einem Unterschied. Sie haben einen eindeutigen Kampfauftrag, wir nicht. Wir sollen jeden Feindkontakt meiden und nur dann unsere Waffen einsetzen, wenn's unumgänglich ist. Komisch, was?«

Ich brauchte einen Moment, um seine Worte zu verdauen. »Mann, das sind ja ganz neue Aspekte! Und wohin soll's gehen?«

Er zögerte und prüfte das Wetter. Der Wind war eingeschlafen. Träge trieben dünne Wolken über den Himmel und ließen zwischen ihren Lücken bleiches Mondlicht hindurchschimmern. Die Konturen der Schiffe im Hafen verschwammen in der leichten Dunstschicht über dem Wasser.

»Nicht schlecht, was? Wird bis zur Morgendämmerung noch dichter werden und uns vor neugierigen Augen verbergen.« Er scharrte mit dem Schuh etwas Sand zusammen. »Ja, wohin? Zunächst zwischen den Orkneys und den Shetlands hindurch nach Westen. Auf acht Grad West erfahren wir mehr. Hast du über Sander etwas herausbringen können?«

»Kaum, es war eher umgekehrt. Er zeigt ein auffallendes Interesse an Irland, das heißt, an meiner Zeit in Irland und an Jochen. Und Oberleutnant ist er auch nicht. Einer der Männer in diesem ehemaligen Hotel am Torget versprach sich. Er sagte ›Haupt‹ und verbesserte sich dann ›Herr Oberleutnant‹. Ich hab die ganze Zeit geknobelt, was hinter diesem verdammten ›Haupt‹ stecken könne. Hauptmann? Dann hätte der ›Herr Hauptmann‹ gesagt. Was meinst du?«

Doch Georg war mit seinen Gedanken ganz woanders. »An Jochen? Was macht der jetzt überhaupt? Ich meine, daß er Arzt ist, weiß ich ja. Aber ansonsten?«

»Vor sechs Jahren hatten Mary und er 'ne eigene Praxis. Aber jetzt? Keine Ahnung! Seit unser Vater gefallen und Mutter bei einem der Fliegerangriffe im Luftschutzkeller verbrannt ist, ist die Verbindung mehr oder weniger abgerissen. Der Briefwechsel über die Schweiz wurde immer dünner. Vermutlich sind die Briefe irgendwo bei der *Gestapo* im Papierkorb gelandet. Ein Scheißladen ist das!«

»Haupt sagtest du?« fädelte er meinen Bericht von der anderen Seite auf. »Das kann vieles heißen. SS-Hauptsturmführer beispielsweise, wenn es so was überhaupt gibt. Da redet man sich nicht mit Herr an. Man sagt ja auch nicht Herr Parteigenosse.«

»SS? Mensch, mach keine Witze! Wie kommst du ...«

»Ich mache keine Witze, ich denk mir nur meinen Teil. Wozu denn sonst diese ganze Heimlichtuerei, ha? Weil wir so lange wie möglich über die wahre Identität unserer Badegäste im unklaren bleiben sollen! Von wegen Geheimauftrag! Die Ratten verlassen das sinkende Schiff! Natürlich in Zivil, wie Sanders Kollegen, und wir sollen ihnen dabei helfen.«

Ich starrte ihn entgeistert an. In meinem Kopf begann es zu dämmern. Na klar, anders konnte es gar nicht sein!

»Mir soll's recht sein, wenn wir dadurch auch unsere Haut heil über das Kriegsende retten.« Georg sah auf die Leuchtziffern seiner Uhr. »Verdammt, wo bleibt der Kerl?«

»Der wird schon kommen, wenn deine Annahme stimmt. Bist du wenigstens den I WO losgeworden?«

»Keine Chance! Nicht nach dieser Blamage. Du hast doch selbst gehört, wie über ihn gelästert wird. Wir werden …« Er stockte, denn Sander stieß endlich zu uns. »Ich weiß nicht, Herr Sander, aber ich hab' mir unter Notdurft immer etwas Schnelles vorgestellt.«

Das klang nicht nur ungnädig, das war ein unüberhörbarer Tadel.

»Ich auch, Herr Kaleu. Mein Innenleben war aber leider anderer Meinung. Ich kann mich dafür nur entschuldigen.« Sein Köfferchen schwenkend, schloß er sich uns an. »Sie sagten vorhin, zwei meiner Kollegen seien schon an Bord. Abgesehen davon, daß die nicht meine Kollegen sind, waren es nicht ursprünglich drei?«

Georg blieb abrupt stehen. »Nicht Ihre Kollegen? Ja, was dann? Ich dachte …«

»Wir hatten lediglich das gleiche Ziel, und das ist auch schon alles. Daß ich das nicht gleich berichtigt habe, als Sie mich vorstellten, war mein Fehler, Herr Kaleu.«

»Geschenkt! Bleibt Ihre Frage nach dem dritten Mann. Wenn er Glück hatte, ist er jetzt in britischer Gefangenschaft.« Georg sah wieder auf die Uhr und grinste. Das sah in dem diffusen Mondlicht regelrecht diabolisch aus. »Seit vorgestern nachmittag reagiert das Boot, das ihn hierher bringen sollte, nämlich selbst auf dringende Funksprüche nicht mehr. Keine erfreulichen Aussichten, was?«

Lautlos löste sich U 4001 von der Pier und glitt, von der Dunstschicht wie in weiche Watte gehüllt, hinaus ins freie Wasser. Kein lautes Kommando zerriß die nächtliche Stille. Bis auf die Brückenwache und die Flakbedienungen verschwanden die Männer unter Deck, klar zum Alarmtauchen, sobald wir genügend Wasser unter dem Kiel hatten.

Vor uns ragte der Signalmast des Minensuchers mit seinen

Funkmeßantennen aus der flachen Waschküche. In dem schwachen Licht ein recht dürftiger Orientierungspunkt, den die beiden anderen Boote nur ahnen konnten, die hinter uns ablegten und schemenhaft in der Nebelsuppe verschwanden. Dank unseres höheren Turms waren wir besser dran, wir ragten noch immer mit der Turmoberkante aus der schützenden Schicht heraus.

»M-Bock nimmt Fahrt auf, Kurs zwo-sieben-zwo!« gab der BÜ leise die Meldung ObStm. Larssons weiter, der unter Deck die Schiffpeilungen des Horchgeräts in Kompaßkurse umrechnete. Das war unsere einzige nautische Hilfe, falls der Dunst dichter werden und alles verschlucken sollte.

»Kurs zwo-sieben-zwo!« befahl der Alte.

Alle drei U-Boote liefen mit E-Maschinen und orientierten sich mit ihren Horchgeräten nach dem M-Bock, der mit lärmenden Rabatzbojen vorauslief und das ohnehin kaum hörbare Sirren der E-Maschinen schützend übertönte. Eine Vorsichtsmaßnahme, denn wir hatten verständlicherweise nicht das geringste Verlangen danach, einer britischen Jagdgruppe vor den Bug zu laufen. Die norwegischen Widerstandskämpfer überwachten nämlich nicht nur optisch den Hafen, sondern auch akustisch. Dazu bedurfte es keiner besonders aufwendigen Apparaturen. In diesen Fjordgewässern genügte ein wassergeschütztes Mikrophon, um die Schraubengeräusche aufzufangen. Sie bekamen so jede Schiffsbewegung mit und konnten die Briten alarmieren.

So aber schlichen wir hinter dem lärmenden M-Bock unbemerkt hinaus in die offene See.

Doch das allein genügte uns noch nicht. Obwohl der mit seinem FuMO den Nebel abtastete, suchten wir mit unseren Nachtgläsern unablässig nach verdächtigen Schatten. Man konnte ja nicht wissen, ob sich darin nicht irgendwo ein winziges Fischerboot herumtrieb, das seinem Ortungsstrahl entging.

Außerordentlich beruhigend wirkten dagegen die lapidaren Meldungen von unserem FuMB-Gerät: »Kein Luftkontakt!«

Als die einsetzende Morgendämmerung die Wolken im Osten zaghaft zu färben begann, kam eine leichte Brise auf und trieb die Nebelschicht über dem Wasser in Schwaden auseinander. Immer häufiger traten die Aufbauten des M-Bocks daraus hervor. Wir waren weit genug frei von Land und hatten genügend Wasser unter dem Kiel.

Von der Signalnock des M-Bocks blitzte eine Klappbuchs zu uns herüber.

»K *an* K: *Ende des Geleits. Wünsche gute Jagd und fette Beute*!« meldete der Signalmaat dem II WO.

»Bestätigen Sie, Maat Krüger: *Danke für Geleit! Alles Gute*!«

Die Klappbuchs ratterte los. In diesem Augenblick löste sich auf dem M-Bock ein Schuß. Seine 8,8 cm-Kanone feuerte in die Wolken, Sekundenbruchteile später hämmerten auch seine Maschinenwaffen los. Ihr Ziel war weder zu sehen noch in dem Gefechtslärm zu hören.

»Auf Tauchstation! Alarmtauchen!«

Im Nu leerte sich die Turmplattform. Schon neigte sich der Bug in die Tiefe. Das Turmluk knallte zu.

»Turmluk ist dicht!«

Schnell gewannen wir an Tiefe und flüchteten aus unserem ursprünglichen Kurs. Reichte es, um den Wasserbomben zu entgehen?

Doch die blieben aus. Das Wasser übertrug nur das Abwehrfeuer des M-Bocks.

»Verflucht! Wo kommt diese Mistbiene plötzlich her?« tobte der II WO los. »Habt ihr am FuMB gepennt? Wollt ihr uns alle umbringen, ihr müden Tränen?«

»Nein, Herr Oberleutnant!« verteidigte Maat Weber seinen Wachgänger. »Ich habe neben Paulsen gestanden. Wir hatten keine Kontakte. Die haben kein RADAR benutzt.«

»Quatsch! Wie haben die uns denn sonst bei dieser schlechten Sicht gefunden?«

»Vielleicht haben die jetzt ’ne neue Masche, Herr Lutz?« besänftigte ihn Georg. »Außerdem – wenn die ihr RADAR nicht benutzt haben, dann haben die vermutlich nur den M-Bock ausgemacht. Wir waren für die bei diesem Licht noch nicht zu sehen. Frage Tiefe?«

»Vierzig Meter gehen durch! Boot fällt weiter.«

»Auf fünfzig Meter einpendeln! Nischt wie weg! Beide Maschinen voll voraus! Kurs zwo-sechs-null!«

Über uns verstummte der Gefechtslärm.

»M-Bock geht auf Gegenkurs und läuft nach Bergen zurück, Herr Kaleu!« meldete der Mann vom Horchgerät. »Erhöht die Fahrstufe.«

»Wen wundert’s? Wenn das ’n Aufklärer gewesen ist, wird’s keine zwei Stunden dauern, dann haben wir die Tommies auf dem Hals.« Er beugte sich über die Seekarte. »Der Franzen hat übrigens ein merkwürdiges Ding von See mitgebracht. Ein bojenähnlicher Körper mit ’ner Antenne hatte sich unter Wasser mit ’nem Fallschirm an seiner Flak verfangen. Sieht aus wie ’ne Bombe mit Fernzündung. Eine neue Masche der Briten, um uns ans Leder zu gehen?«

»Eine Bombe am Fallschirm? Was hätte die denn für’n Wert?« wandte der II WO kopfschüttelnd ein. »Die braucht doch endlos, bis sie unten ist. Nee, dann wohl eher ’ne Mine mit Fernzündung. Aber warum mit Fernzündung?«

»Und wenn ’s doch ’ne Bombe ist, die in einer bestimmten Höhe explodieren soll, um die Wirkung gegenüber Überwassereinheiten zu vergrößern?« warf ich ein.

»Könnte sein, wenn das Ding nicht so klein wäre. Wir werden sehen, was die Feuerwerker herausfinden. Knudsen will uns das Ergebnis funken.«

Beim Frühstück nach Wachwechsel hatten wir die Tommies tatsächlich im Horchgerät, noch weit entfernt zwar, aber durchaus kein Grund zur Freude.

»Horchkontakt in null-neun-zwo, Herr Kaleu!« meldete Maat Weber. »Mehrere schnelle Einheiten in Suchformation. Fahren Rabatzbojen, Kontakt wandert nach eins-neun-null aus.«

»Eins-neun-null«, wiederholte Georg nachdenklich. »Dann sollten wir wohl ...«

Er stand auf und jumpte in die Zentrale. Ich folgte ihm neugierig. Am Kartentisch beugte er sich über die Seekarte und prüfte unseren Kurs zum geschätzten Gegnerkurs.

»Man soll nichts dem Zufall überlassen, Flemming. Noch halten die direkt auf Bergen zu; aber bestimmt nicht mehr lange. Wenn ihr Commander ein alter Fuchs ist, wird er uns auf dem Weg zu den Orkneys vermuten. Was würden Sie jetzt an meiner Stelle tun?«

Meinte er mich oder den I WO, der unmittelbar neben ihm stand? Der schwieg jedoch überraschenderweise und starrte nur wie hypnotisiert auf das Kursdreieck, mit dem der Kommandant auf der Seekarte den Gegnerkurs demonstrierte.

»Nach Südsüdwest ausweichen und in der Norwegischen Rinne bleiben, wo wir genügend Tiefe haben, Herr Kaleu«, antwortete ich daher.

»Hmm!« vermied er eine direkte Zustimmung. »Und Sie, Herr Fischer?«

»Unseren Kurs beibehalten und unsere Unterwassergeschwindigkeit ausnutzen, mit der die Tommies bestimmt nicht rechnen. Wenn überhaupt, dann suchen die nach VII C-Booten.«

»Gut möglich; aber Vorsicht ist die Mutter der Porzellankiste. Neuer Kurs zwo-zwo-fünf!«

Der Rudergänger wiederholte den Befehl und legte Ruder. »Kurs zwo-zwo-fünf liegt an! Boot macht ...«

Im gleichen Augenblick brach über uns die Hölle los. Ohrenbetäubende Detonationen packten das Boot mit ihren Druckwellen und schüttelten es durch. Wasserbomben!

Mir platzte fast der Schädel. Vergeblich suchte ich nach einem Halt; denn schon folgte eine neue Explosionswelle, diesmal noch näher. Ich flog gegen einen Reglerkasten und ging in die Knie. Das Licht flackerte, Schmerzenschreie gingen in den dröhnenden Detonationen unter. Das Boot vollführte in den Druckwellen einen aberwitzigen Tanz und torkelte in die nächsten hinein.

Ich versuchte, mich aufzurichten, und schrie auf. Ein Stechzirkel, der mit den anderen Navigationswerkzeugen vom Kartentisch auf die Flurplatten gefegt worden war, bohrte sich in mein Knie.

Plötzliche Stille. Das Boot kam zur Ruhe und richtete sich auf. Entsetzte Gesichter warteten auf die nächsten Schläge.

Doch die blieben aus. Kein ASDIC, keine Schraubengeräusche über uns, nichts. Die Zentrale erwachte aus ihrer Erstarrung.

»Verdammt, wo kommt das her? Sind wir ahnungslos in eine lauernde Jagdgruppe hineingelaufen?« flüsterte der Alte, als könne man ihn oben hören. »Schleichfahrt! Ab in die Tiefe, aber dalli! Schadensmeldungen an Zentrale!«

Die Tauchzellen wurden aufgerissen, die Tiefenruder gelegt. Lautlos gewann das Boot an Tiefe. Die Meldungen aus den einzelnen Abteilungen gingen ein. Keine Schäden am Boot. Die Bomben waren viel weiter entfernt detoniert, als es uns die Stärke der Explosionen und der Druckwellen vorgegaukelt hatte.

Noch immer blieb oben alles ruhig und gab uns neue Rätsel auf. Eine Jagdgruppe? Die hätte nicht nachgelassen, sondern uns bis zur letzten Wasserbombe gejagt. Wer dann? Flugzeuge?

Das Boot pendelte auf 80 Meter Tiefe ein und schlich mit zwei Knoten Geschwindigkeit aus dem Gefahrenbereich. Gerade genug, um es manövrierfähig zu halten.

»Horchgerät, was erzählen die Fische?«

»Verband hat die Rabatzbojen eingeholt. Hält unvermindert Kurs. Entfernung etwa zehn Seemeilen, Herr Kaleu.«

»Keine weiteren Kontakte?«

»Keine, Herr Kaleu!«

»Seltsam. Dann waren das Flugzeuge, eins oder mehrere.« Georg sah uns der Reihe nach verunsichert an. »Hat jemand 'ne Idee, wie die uns gefunden haben könnten?«

»Eine Ölspur scheidet aus!« fühlte sich der LI angesprochen. »Wir haben die Tanks sofort gepeilt, die sind dicht!«

»Wenn wir geschnorchelt oder den Spargel benutzt hätten, könnte ich das noch verstehen«, meinte der II WO. »Von oben gesehen haben die uns in vierzig Meter Tiefe wohl kaum. Wie aber dann?«

Der I WO spielte wieder den großen Schweiger, obwohl ihn der Kommandant erwartungsvoll ansah.

»Und Sie, Herr Fischer? Keine Meinung?«

Über sein verkniffenes Gesicht huschte der Anflug eines gequälten Lächelns. »Keine, Herr Kaleu, mir fehlt da die Erfahrung der anderen Herren. Ich weiß nur eins, mir ist saubel. Mein verdammtes Magengeschwür spielt wieder verrückt.«

»Achtung! Feindverband dreht auf uns ein und nimmt Fahrt auf!« Webers Stimme wirkte wie ein Trompetensignal.

»Na, da hat sich Ihr Magengeschwür ja genau den richtigen Zeitpunkt ausgesucht«, spottete Georg. »Jetzt geht's wohl erst richtig los, meine Herren! Wenn's denn sein muß – spielen wir denen mal das scheue Kaninchen vor! Auf hundertdreißig Meter gehen!«

Die unheimliche Stille in einhundertdreißig Meter Tiefe durchdrang nur das hochtourige Sirren der Schrauben des Feindverbandes. Wie das immer lauter werdende bedrohliche Schwirren eines Wespenschwarmes kam es näher und näher.

Ich sah mich in der Zentrale um und blickte in Augen, aus denen mir die nackte Angst entgegenflackerte. Daneben die gelassenen Mienen der alten Hasen. Das kannte ich. Angst?

Doch nicht jetzt! Das Schlottern und Zittern kam immer erst hinterher, wenn einem klar wurde, wie dicht die Sense an einem vorübergesaust war. Dann aber doppelt und dreifach!

Ein Gefühl der Zusammengehörigkeit erfaßte mich und nötigte mir ein verständnisvolles Lächeln ab.

»Frau Wirtin hatt 'nen Leutenant,
der war als Renommist bekannt.
Der schwor bei tausend Teufeln,
daß er im Laufschritt … kegeln … könnt,
das möcht ich sehr bezweifeln!«

sang der Zentralemaat Kalinke plötzlich halblaut in die lastende Stille hinein und erntete dafür ein befreiendes Gelächter. Selbst Georg, der Frau-Wirtin-Verse an sich nicht besonders schätzte, schmunzelte amüsiert.

Damit war der Bann gebrochen. Das teufliche Sirren hatte auch für unsere Küken seine Gefährlichkeit verloren, zumindest bis wieder Wasserbomben fielen.

»Vier Einheiten in Suchformation, Herr Kaleu!« meldete sich Weber vom Horchgerät. »Den Schraubengeräuschen nach Zerstörer oder Fregatten.«

»Du lieber Himmel, woher will er denn das wissen?« flüsterte mir Sander ins Ohr.

Im Gegensatz zu den beiden anderen Badegästen entwikkelte er zunehmend ein unerwartetes Interesse am allgemeinen Bordgeschehen. So hatte er längst begriffen, daß die Tommies, auch wenn sie noch verhältnismäßig weit entfernt waren, nicht nur an ihren ASDIC-Geräten hockten, sondern auch ihre Horchgeräte besetzt hielten, die den deutschen Geräten vermutlich in nichts nachstanden. Da konnte jeder verdächtige Laut zu einem Nagel in unserem Sarg werden.

»Reine Erfahrungssache. Der hört das aus dem Chor der Schraubengeräusche heraus. Alle Schrauben klingen anders, ganz besonders die von Zerstörern und Fregatten«, flüsterte ich zurück.

»Die …« Er zuckte zusammen.

Eine Wasserbombenexplosion röhrte plötzlich durch die Tiefe. Viel zu weit ab, um uns zu gelten. Für einen unerfahrenen Badegast klang sie jedoch bedrohlich nahe.

Wir horchten auf. Wem galt das? Hatten sie eines der VII C-Boote aufgestöbert, die mit uns Bergen verlassen hatten? Dann ging es dort rund.

Es blieb jedoch ruhig. Trotzdem machte Georg dem LI mit dem Daumen nach unten ein Zeichen. Prompt ließ der das Boot weiter in die Tiefe sacken.

In der Ferne übertönten erneut detonierende Wasserbomben das Sirren der Schrauben. Ein müdes Lächeln glitt über die Gesichter der alten Hasen, denn die Masche kannten wir. Schreckbomben, auf gut Glück geworfen, um uns aufzuscheuchen und zu unüberlegten Handlungen zu verleiten.

»Nee, liebe Leute, nich' auf diese blöde Tour!« grinste Georg und ließ uns noch weiter in die schützende Tiefe sinken, obwohl der Bootskörper bereits gefährlich in den Verbänden zu knacken und zu knirschen begann.

Ich blickte um mich. Keine Angst diesmal, eher Vertrauen auf die Konstruktion. Warum sollte auch ausgerechnet jetzt der Kahn dem ungeheuren Wasserdruck nicht standhalten?

»Genug! Auf zweihundert Meter einpendeln! Das sollte vorerst genügen!«

Oben sägten sich die hochtourigen Schrauben immer näher an den kritischen Bereich heran, in dem ihre gefürchteten ASDIC-Strahlen für uns gefährlich werden konnten. Ein entnervendes Geräusch. Was dann, wenn sich die neuartige Außenhaut, die uns gegen ihre Ortung schützen sollte, am Ende doch als ein Schuß in den Ofen erwies? Ein quälender Gedanke, der noch immer beharrlich durch unsere Köpfe geisterte.

Unsere Ohrmuscheln wurden groß wie Rhabarberblätter, doch nichts geschah. Kein prasselndes ASDIC, keine Schreckbomben, nur das verdammte Sirren der Schrauben, mit dem sie unheilvoll die See abkämmten.

Plötzlich verstummte es. Die unerwartete Stille wirkte jedoch noch bedrohlicher. Kalter Schweiß brach aus allen meinen Poren, denn die Erinnerung an U 996 quoll in mir hoch.

So hatte es damals auch angefangen. Vier Tage lang hatten sie uns gnadenlos gejagt, uns immer wieder aufgestöbert und mit Wasserbomben traktiert, bis zu unserem Glück ein Orkanwirbel dem grausigen Katz- und Mausspiel endlich ein Ende bereitete.

Daran dachte offenbar auch Georg, denn er flüsterte beruhigend: »Nur 'ne Horchrunde, Leute! Sie sind sich nicht sicher, ob es uns überhaupt gibt.«

Träge verstrich die Zeit. Aus Sekunden wurden endlose Minuten. Irgend etwas brüteten die jetzt da oben aus, aber was? Endlich sprangen ihre Maschinen an, setzte das Sirren der Schrauben wieder hochtourig ein. Wenig später fielen Wasserbomben. Unwillkürlich zogen wir die Köpfe ein. Verflucht, womit hatten wir uns verraten?

Doch das befürchtete Bombardement blieb aus. Verunsichert sahen wir uns an. Was denn, der Verband griff nicht an? Schien sogar abzulaufen?

»Die haben sich geteilt, Herr Kaleu!« kam es vom Horchgerät. »Drei von ihnen laufen ab, der vierte liegt gestoppt oben. Der muß uns für taub halten; denn ich kann seine Bordgeräusche ganz deutlich hören.«

»Ist also doch kein alter Fuchs, dieser britische Commander«, brummte Georg irgendwie erleichtert.

»Und warum nicht?« wollte Sander von mir wissen.

»Weil auf diesen uralten Trick keine Sau mehr reinfällt. Wir sollen glauben, sie gäben auf. Machen wir voreilig Dampf auf, dann hört er uns und läßt uns nicht mehr aus seinen Klauen, bis die anderen drei wieder heran sind. Vier gegen einen, da stehen unsere Chancen denkbar schlecht.«

»Und warum serviert ihr die verdammten Briten nicht kurz und zackig ab? Ihr Torpedomaat hat mir versichert, das sei ein Kinderspiel für den Kommandanten.«

»Im Prinzip schon. Aber was glauben Sie, was dann passiert? Die saufen nicht sang- und klanglos ab. Für einen Notruf reicht es immer noch, und dann haben wir ganz schnell einen anderen Jagdverband auf dem Hals.« Ich grinste. »Daran kann doch eigentlich auch Ihnen und den beiden anderen Herren nicht gelegen sein. Sie alle wollen doch sicher unbeschädigt an Ihr Ziel gebracht werden, oder?«

»Die beiden anderen?« Er zuckte die Schultern und machte eine wegwerfende Handbewegung. »Ich weiß nicht, wohin die wollen; es interessiert mich auch herzlich wenig. Hab ich nicht schon mal deutlich genug betont, daß ich mit denen nichts, aber auch gar nichts gemein habe?«

Das hast du, dachte ich und fragte mich, was für ein Makel diesen beiden Ministerialbeamten anhaftete. Ich hatte sie bisher nur kurz zu Gesicht bekommen; der Smadding hatte sie im Deckoffizierslogis untergebracht. Auf U 4001 waren die räumlichen Möglichkeiten eben begrenzt, deshalb mußten sie dort in Hängematten schlafen. Für einen Ministerialdirigenten und einen Ministerialrat sicher kein angemessenes Quartier.

Ich sah ihn erstaunt an. »Nicht, Herr Oberleutnant? Haben Sie denn nicht das gleiche Ziel?«

»Pst!« mahnte der II WO. »Das Schnauzehalten gilt nicht nur für die Mannschaft, meine Herren!«

Sander schwieg daraufhin, er schüttelte lediglich den Kopf. Ich zuckte bedauernd die Schultern und wandte mich dem Kartentisch zu, an dem Obersteuermann Larsson mit Strömungskarte und Gezeitentafel herumhantierte. Er schob mir einen Zettel mit einer knappen Notiz über den Tisch.

Der Gezeitenstrom versetzt den Tommy nach
Norden, das hilft uns, aus dem kritischen
Bereich zu kommen.

Ich sah ihn fragend an. Lächelnd deutete er auf die Seekarte, in die er unseren Kurs und die von ihm berechnete Abdrift des Briten eingetragen hatte. Stimmte es, dann war das ein ausgemachter Glücksfall, denn in der Tiefe blieben wir von der Gezeitenströmung unberührt. Ein Gedanke, der dem Tommy offenbar noch gar nicht gekommen war.

Ich gab den Zettel an Georg weiter. Der las ihn und lächelte optimistisch. »Warum nicht? Ein blindes Huhn findet mitunter auch mal 'n Korn.«

Der I WO verzog dagegen sauertöpfisch das bleiche Gesicht. »Fast zu schön, um wahr zu sein. Wenn's stimmt ...«

»Daran habe ich keinen Zweifel, Herr Fischer«, schnitt ihm Georg das Wort ab. »Der Larsson versteht sein Handwerk. Vertrauen wir ruhig auf unser Glück. Irgendwann kapieren die Brüder da oben, daß wir gar nicht daran denken, ihnen auf den Leim zu gehen. Vielleicht kommen sie aber auch zu der Überzeugung, daß es uns überhaupt nicht gibt, meine Herren.«

Nach zwei Stunden gaben die lauernden Briten endlich auf, während wir uns auf Samtpfötchen immer weiter von ihnen wegschlichen. Mit Höchstfahrt schlossen sie zu den drei anderen Einheiten auf, die das Seegebiet vor der norwegischen Küste abkämmten, um vielleicht doch noch einen von uns zu erwischen.

»Na bitte! Mit Geduld und Spucke fängt man eine Mucke!« triumphierte Georg und legte das Boot auf Westkurs. »Auf vierzig Meter anblasen und dann nischt wie weg!«

Der Alarm wurde aufgehoben, die normale Bordroutine setzte ein. Kontinuierlich erhöhten wir unsere Geschwindigkeit, je weiter wir uns von den Tommies entfernten. Bald verloren ihre Schraubengeräusche ihre Gefährlichkeit, wurden zu einem harmlosen Grummeln im Horchgerät.

»Es juckt mich zwar, mal 'nen Blick zu riskieren«, meinte Georg, »aber ich will unser Glück nicht überstrapazieren. Am Ende schwirren da oben so'n paar Mistbienen herum, die nur darauf warten.«

Der II WO und der LI nickten zustimmend, obwohl die Gefahr angeblich gering war, dabei von oben entdeckt zu werden. Nur Sander fand ein Haar in der Suppe.

»Ich verstehe noch immer nicht, warum die Luftwaffe denen nicht die Hölle heiß macht. Ein paar Bomber ...«

»Aber jetzt doch nicht mehr, Herr Oberleutnant«, unterbrach ich ihn, weil er mich anschaute. »Die sind doch ...«

»Was wollen Sie denn damit sagen, junger Mann?« begehrte hinter mir eine Stimme auf. »Wer sind Sie überhaupt?«

Ich fuhr herum und blickte in das aufgebrachte Gesicht eines etwa vierzigjährigen Mannes in Zivil, der am Schott zum Offiziersraum stand und mich bitterböse anfunkelte. Die Haare militärisch kurz geschnitten und den Rücken straff wie auf dem Kasernenhof durchgedrückt, trug er den grauen Zivilanzug wie eine maßgeschneiderte Uniform. Er wirkte nicht einmal unsympathisch, obwohl mich sein arroganter Ton störte.

»Meinen Sie mich?« Ich musterte ihn von oben bis unten. »Offensichtlich! Um klarzustellen, ich bin nicht Ihr junger Mann, sondern hier an Bord der dritte Wachoffizier! Flemming ist mein Name. Und wer sind Sie?«

Mein Blick streifte Georg und die beiden anderen Offiziere, und die grinsten. Auch Sander zog amüsiert eine Augenbraue hoch. Das stärkte mir den Rücken.

»Ich ... äh ...« der Mann unterdrückte nur mühsam seine Überraschung und rang sich eine knappe Verbeugung ab. »Ich bin Ministerialdirigent, Doktor Hagen von der Stetten. Genügt Ihnen das, Herr Flemming?«

Er erwartete wohl, daß mir sein Titel imponierte. Doch ich blieb betont unbeeindruckt. »Aber sicher! Und was haben Sie auszusetzen?«

»Sie haben gesagt, jetzt nicht mehr. Wollen Sie damit sagen, daß es sich nicht mehr lohnt? Daß der Krieg verloren ist?«

»Gegenfrage: Haben Sie den Wehrmachtsbericht gehört?«

»Nein, wann denn?«

»Das hab ich mir gedacht, Herr von der Stetten! Und da fragen Sie? Dann sollten Sie mal heute nacht reinhören.« Ich machte demonstrativ eine Pause und trank meinen Kaffee. »Alle militärischen Kräfte sind an die Oder geworfen worden, um die sowjetische Großoffensive gegen Berlin in eine bluttriefende Niederlage zu verwandeln. Jetzt ist die Luftwaffe dort dringender denn je gefordert. Da sind wir hier Nebensache. Zufrieden?«

»Ja, aber in meinen Ohren klang es ...«

»Wie klang es denn in Ihren Ohren, Herr Doktor?« unterbrach ihn der II WO süffisant. »Defätistisch etwa?«

»Nein, natürlich nicht, ich dachte nur ... äh ...« Er verhaspelte sich vor Verlegenheit. »Wissen Sie, in dieser Zeit, da ...«

»Ministerialdirigent, Herr von der Stetten? Kann ich mir nicht viel drunter vorstellen«, half ihm der LI in seiner ruhigen und besonnenen Art aus der Verlegenheit. »Was tut man denn eigentlich in einer solchen Funktion?«

»Das, was auch Sie tun«, atmete der erleichtert auf. »Dienst für Führer, Volk und Vaterland, allerdings in einem Ministerium.«

»Interessant! Und in welchem?« hakte der II WO nach. »Oder ist das geheim? Dann will ich selbstverständlich nicht indiskret sein.«

»Ach Gott, geheim«, druckste Stetten herum. »Geheim ist das natürlich nicht. Geheim ist bloß meine jetzige Mission, und das muß sie auch bleiben. Darum möchte ich über meine Tätigkeit nicht reden, Sie verstehen?«

»Verstehe! Dann will ich natürlich nicht ...« Der II WO brach ab, weil der Smadding am Schott erschien. »Was gibt's?«

»In zehn Minuten ist Wachwechsel. Sie wollten gewahrschaut werden, Herr Kaleu.«

»Richtig, Oberbootsmann. Vielen Dank!«

Georg stand auf und schaute sich um, als wolle er zu dem Ministerialdirigenten noch etwas sagen. Doch der hatte die Gunst des Augenblicks genutzt und war schleunigst in sein Logis abgetaucht.

»Etwa zweihundertsiebzig Seemeilen bis acht Grad West, sechzig Nord, wenn wir uns zwischen den Orkneys und den Shetlands hindurchmogeln, Herr Kaleu«, sagte Obersteuermann Mäusele und tippte mit dem Stechzirkel auf die Seekarte. »Dreißig Stunden etwa, wenn alles glatt geht.«

Georg prüfte die Tiefenangaben und verzog skeptisch das Gesicht. »Ich weiß nicht, Obersteuermann. Verlockend, aber zu wenig Wasser unter dem Kiel. Umgehen wir die Shetlands nördlich, können wir tiefer abtauchen, falls uns jemand an die Wäsche will.«

Mäusele nahm die Entfernung von unserem gekoppelten Standort in den Zirkel und setzte sie am Kartenrand ab. »Das sind aber dann etwa 497 Seemeilen, Herr Kaleu.«

Er grinste und kniff ein Auge zu. »Na und? Wer treibt uns denn? Nee, Mäusele, mir sind tausend Meter Wasser unter dem Kiel lieber als hundertsiebzig! Außerdem – vielleicht bricht inzwischen der Frieden aus, und wir können Kurs Heimat nehmen?«

Mäusele grinste zurück. »Wenn's so ist, Herr Kaleu, ist mir der nördliche Kurs auch lieber.«

Ich überschlug Mäuseles Berechnung. Bei unserer gegenwärtigen Geschwindigkeit brauchten wir etwa 71 Stunden bis acht Grad West, wenn uns nicht jemand in die Quere kam. Aber wußte man es denn?

Georg schlug mir auf die Schulter. »Na, Flemming? Irgendwelche Bedenken?«

»Im Gegenteil, Herr Kaleu! Bloß kein Risiko, sonst verpassen wir am Ende noch den Endsieg, von dem im Wehrmachtsbericht eben die Rede war.«

Inzwischen war es nämlich oben Nacht geworden. Wir schnorchelten, um die Batterien aufzuladen. Die Antenne am Schnorchel hatte uns mit neuen Meldungen aus der Heimat versorgt, und die klangen mehr als düster, obwohl der Kommentator noch immer den Endsieg durch neue Wunderwaffen prophezeite.

Seine Phrasen konnten jedoch nicht darüber hinwegtäuschen, daß Amerikaner, Briten und Franzosen an den westlichen Fronten unaufhaltsam nach Osten, Norden und Süden vordrangen und eine wichtige Stadt nach der anderen eroberten. Der militärische Widerstand schien, wenn auch noch nicht gänzlich zusammengebrochen, doch an vielen Orten zunehmend in einen Rückzug übergegangen zu sein.

Optimistischer klangen die Meldungen von der Ostfront. Hier leisteten die Verteidiger angeblich nicht nur hinhaltenden Widerstand, sondern schlugen die anstürmenden Russen verlustreich zurück. Behauptungen, die wir mit einer gewissen Skepsis aufnahmen.

»Kann sein, kann aber auch nicht sein. Warten wir's ab«, brummte Georg.

Er beugte sich über die Seekarte, in die der Mäusele inzwischen unseren »wahren« Standort eintrug, wie ihn unsere Funkpeilungen ergeben hatten.

»Nicht schlecht navigiert, Obersteuermann!« lobte er, denn die Versetzung gegenüber dem blind gekoppelten Standort war gering. »Brauchen wir nicht aufzutauchen, um ein astronomisches Besteck zu nehmen.«

Funkmaat Weber tauchte am Schott auf, einen verschlüsselten Funkspruch in der Hand. »Eben mit dem Zusatz Kommandant eingegangen, Herr Kaleu.«

Jeder wußte, was das bedeutete. Der Funkspruch war nur mit dem Code zu entschlüsseln, den allein der Alte kannte, um den Kreis der Mitwisser kleinzuhalten.

Schweigend verschwand Georg damit in seiner Kammer, während wir herumrätselten. Ein geänderter Einsatzbefehl?

»Vielleicht sogar ein Rückruf?« sagte der I WO halblaut. Seine Augen leuchteten hoffnungsvoll. »Kann doch durchaus sein, daß wir vor Norwegen gebraucht werden, oder?«

»Oder das gilt unseren Badegästen, Herr Oberleutnant«, mutmaßte ich. »Vielleicht hat sich deren Geheimauftrag erledigt?«

Georg kam zurück. Er hörte meine Worte. »Nichts is', Flemming. Der Knudsen hat Wort gehalten, meine Herren. Die Tommies lassen sich doch immer wieder was Neues einfallen. Das Ding, das der Franzen von See mitgebracht hat, ist keine Bombe, sondern ein hochempfindliches Horchgerät mit einem Sender. Von einem Flugzeug abgeworfen, peilt es jedes U-Boot ein. Werfen die mehrere davon ab, kriegen die Piloten eine wunderschöne Kreuzpeilung. Eine schöne Bescherung, was?«

In dieser Nacht gab es nur ein Thema, das uns bewegte, nämlich das unerwartete Bombardement aus der Luft und das Auftauchen der beutelüsternen U-Jagdgruppe, als wir von Bergen Kurs auf die Orkneys genommen hatten. War es Zufall gewesen? Oder verdankten wir beides einzig und allein diesen heimtückischen Horchbojen? Dann stand uns ja einiges bevor.

Doch die Nacht verstrich unerwartet ruhig. Weder regnete es plötzlich Flugzeugwasserbomben auf uns herab noch bekamen wir Horchkontakte, obwohl wir die lärmenden Diesel alle 20 Minuten stoppten, um die Fische zu belauschen. Das war ungemein beruhigend, wenn auch absolut ungewöhnlich. Normalerweise trieben sich nämlich im Seegebiet zwischen den britischen Inseln und Norwegen ständig U-Jagdgruppen herum, deren Schraubengeräusche man immer irgendwann in das GHG bekam. Egal, uns konnte ihr Ausbleiben nur recht sein.

Unsere anfängliche Erleichterung darüber schlug jedoch in ein ständig wachsendes Unbehagen um, je länger diese trügerische Ruhe anhielt. Was dann, wenn die Tommies gerade hier die See mit diesen verdammten Dingern gespickt hatten und nur darauf warteten, daß wir ihnen in die Falle gingen?

Ein Gedanke, der uns die Ruhe raubte. Und prompt sprang die innere Unruhe der Offiziere auch auf die Mannschaft über, denn die schnappte gierig jedes Wort auf, das gewechselt wurde.

Angst breitete sich wie eine ansteckende Krankheit aus und schlich durch alle Abteilungen. Angst, so kurz vor dem absehbaren Ende des Krieges doch noch ins Gras beißen zu müssen.

Am Morgen waren wir darum mit unseren Nerven auf einem Tiefpunkt angelangt. Der Wehrmachtsbericht hatte mit seinen deprimierenden Meldungen von den Fronten noch ein übriges dazu beigetragen. Wir verfluchten heimlich den Geheimauftrag, der uns trotz der völlig aussichtslosen Lage hinaus auf die See getrieben hatte und dessen genaue Einzelheiten bisher noch nicht einmal dem Kommandanten bekannt waren. Selbst unsere Badegäste schwiegen sich ja darüber beharrlich aus.

»Eine beschissene Situation«, meinte der II WO beim Wachwechsel und zeichnete das Logbuch ab. »Es gärt unter den Leuten.«

»Es gärt? Was heißt denn das?« reagierte der I WO gequält. Er krümmte sich, weil sein Magengeschwür wieder rebellierte, das er neuerdings mit unappetitlichem Haferschleim zu beruhigen versuchte. »Erwarten Sie etwa eine Meuterei, Herr Lutz?«

Der II WO blickte überrascht in das bleiche verkniffene Gesicht. »Wie kommen Sie denn auf diesen Trichter, Herr Fischer? Sorgen um ihre Angehörigen machen sie sich und über den Sinn unseres Tuns. Das werden sie doch wohl letztlich noch dürfen, oder? Sorgen Sie sich denn nicht?«

Eine Frage, die den I WO auf dem falschen Fuß erwischte. Verblüfft kaute er auf seiner Unterlippe herum und suchte nach einer Antwort. »Nein, Herr Lutz! Ich bin aktiver Offizier, da sind mir solche Erwägungen absolut fremd! Wo kämen wir denn da hin!«

»Ach du meine Fresse!« unterbrach ihn Lutz hämisch lächelnd. »Soll das etwa heißen, daß Sie sich als aktiver Offizier das Denken abgewöhnt haben? Dann kann ich Sie nur bedauern, Herr Fischer! Aber vielleicht macht ja gerade das den Unterschied zwischen den Reservisten und den aktiven Offizieren aus.«

Teufel, das war harter Tobak vor den Leuten in der Zentrale. Obwohl die Unterhaltung leise geführt wurde, hatten alle die letzte Bemerkung mitbekommen und grinsten schadenfroh. Auch ich lächelte in mich hinein und gönnte dem I WO diese Backpfeife. Ehe er sich von diesem Schlagabtausch erholt hatte, bekam er Hilfe von ganz anderer Seite.

»Ich glaube, Sie sollten Ihre Diskussion über die Wertigkeit von Reservisten und aktiven Offizieren zu einem anderen und weitaus günstigeren Zeitpunkt fortsetzen, meine Herren!« fuhr Georg dazwischen. »Nach dem unmittelbar bevorstehenden Endsieg wird sich diese Frage doch ohnehin von selbst erledigen, meinen Sie nicht?«

Peng! Das war keine Hilfe, sondern eine schallende Ohrfeige, und die saß. Fischer lief knallrot an. Er wußte, worauf der Kommandant anspielte. Hatte er doch den Tiefenrudergänger Deitmann in der Nacht so lautstark zur Schnecke gemacht, daß wir Freiwächter aus dem tiefsten Schlaf gerissen wurden, bloß weil der sich über das ewige Endsieggefasel in den Nachrichten mokiert hatte.

Ungerührt trat Georg an den Kartentisch und maß den Abstand zu den britischen Inseln. »Schluß mit dem Schnorcheln, Herr Fischer, bevor es oben noch heller wird. Wir wollen kein Risiko eingehen.«

Fischer gab die notwendigen Befehle. Die Diesel verstummten, fast unhörbar schnurrten die E-Maschinen los.

Ereignislos reihte sich Stunde an Stunde, verstrich der Tag. Die übliche Bordroutine nahm uns so fest in den Griff, daß darüber unsere innere Unruhe langsam abklang. Die Wachen wechselten, und so ging der Tag in eine nicht minder ereignislose Nacht über. Kein Alarm riß uns aus dem Schlaf. Am Morgen sah man überall optimistische Gesichter.

»Ich will's ja nicht beschreien, aber sieht es nicht so aus, als sei der Krieg für die Tommies schon vorbei?« flachste Georg beim Frühstück gut gelaunt, klopfte aber vorsichtshalber dreimal an Holz. »Eine richtige Bäderreise, was?«

»Man soll den Tag nicht vor dem Abend loben«, warnte der LI. »Ich habe schon Pferde kotzen gesehen.«

Georg lachte. »Siehst du hier irgendwo ein Pferd? Olle Unke! Mensch, sei doch froh. Was ist los, Helmert?«

Der Funker nahm Haltung an und reichte Georg ein Blatt Papier: »Ein Funkspruch, Herr Kaleu, Offiziersschlüssel.«

»Danke!« Georg stand auf und ging in seine Kammer. Nach wenigen Minuten kam er zurück und gab das Blatt dem II WO. »Ihr Ressort, Herr Lutz. Ab sofort ist von einundzwanzig Uhr bis zum Morgengrauen diese Frequenz hier abzuhören. Veranlassen Sie das, bitte!« Als der aufstehen wollte, legte ihm Georg die Hand auf den Arm. »Nur keine Hast! Es reicht, wenn Sie das nach dem Frühstück veranlassen.«

»Gibt es einen besonderen Grund dafür?« fragte der LI irgendwie zögernd.

»Wird es wohl geben, Klaus. Ich vermute, es hängt mit dem Befehl zusammen, das Boot nicht in feindliche Hände fallen zu lassen, sondern zu versenken, falls ...«

Das war deutlich. Jeder von uns kannte diesen Befehl. Er galt vor allem für den Fall einer deutschen Kapitulation. Wir waren trotzdem überrascht und einen Augenblick regelrecht sprachlos.

»So schlimm sieht es also aus«, sagte der LI.

»Wie meinen Sie denn das?« fragte Sander aufgeschreckt, dessen Anwesenheit wir ganz vergessen hatten.

»Lieber Herr Sander«, unterbrach ihn Georg und bemühte sich um Schadensbegrenzung. »Hören Sie aus den Worten des LI bloß nichts Falsches heraus. Er meint, daß die feindliche Übermacht so groß ist, daß wir mit allem rechnen müssen. Auch damit, daß man uns zum Auftauchen zwingen könnte. Allein darauf bezieht sich der Befehl. Kein schöner Gedanke, was?«

»Ganz und gar nicht! Dann kann ich mir gleich eine Kugel in den Kopf schießen. Wenn mich die Briten in die Hände kriegen, machen die mit mir kurzen Prozeß!«

Der II WO schüttelte ungläubig den Kopf. »Bloß wegen der Propagandasendungen? Dann müßten sie ja das ganze Propagandaministerium an die Wand stellen! Nee, Herr Sander, das traue ich den Tommies nun doch nicht zu.«

»Ja, Sie nicht, aber ich! Meine Familie hat da ...« Er brach ab und biß sich auf die Lippen. »Ach, lassen wir das. Reden wir die Briten nicht herbei!«

Am Nachmittag bekamen wir querab von Lerwick Schraubengeräusche ins GHG, weitab und ungefährlich klingend. Vermutlich Logger, die im Schutze eines rostigen Vorpostenbootes vor den Shetlands fischten und sich deshalb einen Teufel um die U-Boote der Krauts oder Jerries, wie sie uns nannten, kümmerten. Es waren ja auch nur halbe Portionen, die einen Torpedo nicht lohnten. Vielleicht waren aber auch ein paar Sunderlands in der Luft, unter deren Schutz sie sich sicher fühlten.

»Wo gefischt wird, brauchen wir diese Scheißbojen nicht zu fürchten«, meinte Georg optimistisch. »Die nutzen den Tommies nischt, wenn die in Fischernetzen landen.«

Fischerboote, das sprach sich schnell herum. Ein ungemein tröstlicher Gedanke. Etwas Besseres konnte uns gar nicht widerfahren.

Der Tiefenrudergänger Gebhardt brachte es auf den richtigen Nenner: »Doch schön so 'n friedlicher Verein, wa? Ick weeß jar nich, wat manche Leute jejen Frieden haben, Mensch!«

»Genau! Ick weeß ja ooch nich, warum nich schon längst Schluß is'! Dann brauch ick mir wejen die Scheißrussen keen heißen Kopp mehr machen!« pflichtete ihm Deitmann bei. »Ick hab jedenfalls längst die Schnauze voll und würde jetzt viel lieber janz friedlich mit meine Muschi am Wannsee inne Sonne liejen und een schönet kühlet Bier zischen!«

Gelächter ertönte. Fischer, der den Deitmann ohnehin gefressen hatte, reagierte prompt. Solche Reden ausgerechnet an Hitlers Geburtstag, das konnte er einfach nicht hinnehmen.

»Was reden Sie da, Deitmann? Das ist Wehrkraftzersetzung!« zeterte er los. »Ich stelle Sie zum Rapport, Sie ...«

»Aber nicht doch, Herr Fischer!« schaltete sich Georg ein. »Das ist doch keine Wehrkraftzersetzung! Der Deitmann ist Berliner und redet sich nur die Sorgen um seine Frau von der Seele. Der tut das nun mal auf seine Art. Haben denn Sie nicht auch genug vom Krieg? Ich meine, Ihr Magengeschwür kommt doch auch nicht von ungefähr.«

Wumm! Fischer verschlug es die Sprache. In der Zentrale war es plötzlich mäuschenstill. Was kam jetzt?

Fischer holte tief Luft und setzte zu einer empörten Erwiderung an. Georg hob abwehrend die Hand.

»Wir wollen die Sache doch nicht auf die Spitze treiben, schon gar nicht in unserer Situation, Herr Fischer. Vergessen Sie es ganz einfach! Und Sie, Deitmann, überlegen sich künftig, was Sie sagen, bevor Sie wieder mit Ihrer Berliner Kodderschnauze die Pferde scheu machen! Verstanden?«

»Jawohl, Herr Kaleu!«

Doch schon bald war es mit der friedlichen Bäderreise vorbei. Wir waren gut vorangekommen und hatten Kurs auf die nördlichste Insel der Shetlands genommen, als von Südwesten hochtourige Schraubengeräusche aufkamen. Keine Zerstörer oder Fregatten, das filterten die Horcher ganz schnell heraus, aber auch keine Heringslogger. Ein schneller Verband, der mit hohem Tempo herangejagt kam.

Niemand sprach aus, was sofort wieder durch unsere Köpfe geisterte. Aber die Sorge war nun einmal permanent da, die Tommies könnten uns mit ihren verdammten Horchbojen irgendwie auf die Spur gekommen sein.

Noch bevor wir abdrehten, um ihnen mit Höchstfahrt aus dem Weg zu gehen, fuhr Georg das Periskop aus. Ein unnötiges Risiko, doch er ließ sich auch durch unsere skeptischen Mienen nicht davon abhalten.

»Teufel, haben die einen Zahn drauf! Gut und gerne ihre achtundzwanzig bis dreißig Knoten! Vier oder fünf Schnellboote, kaum zu sehen, nur riesige Bugwellen! Ich sag's ja, keine Contenance, diese Tommies! Nicht mal auf den Geburtstag unseres geliebten Führes nehmen sie Rücksicht.« Sein Spott galt dem I WO, der beim Wachwechsel eine Feier angemahnt hatte. Doch keiner der Offiziere hatte Interesse daran gezeigt. »Bei diesem Tempo sollten wir eigentlich vor ihnen sicher sein.«

Ja, dachte ich, und die vor unseren Torpedos, auch wenn sie keine Rabatzbojen fahren. Und ähnlich dachten auch die anderen, wie ich von ihren Gesichtern ablesen konnte.

»Trotzdem. Kein Risiko. Ab in den Keller, LI!«

Ich trat hinter die Tiefenrudergänger und verfolgte wieder fasziniert, wie schnell wir Tiefe gewannen. Das Boot sackte regelrecht weg. Fünfzig Meter gingen rasch durch, bald waren es siebzig.

Ständig veränderten sich die Schraubengeräusche. Wild zickzackten die Briten durch die See. Mal kamen sie dicht an uns heran, dann jagten sie wieder weit von uns weg. Dadurch wurde ihr Verhalten für uns immer rätselhafter.

»Wenn ich nur wüßte, was diese britischen Affenschwänze dort oben treiben!« brummte Georg und kratzte sich den Schädel. »Eine U-Bootjagd ist das jedenfalls nicht.«

»Vielleicht haben die ganz neue Methoden entwickelt?« Der II WO blickte auf die Tiefenmesser. »Boot fällt noch immer. Neunzig Meter gehen durch.«

»Für mich hört sich das eher wie eine Verbandsübung an. Torpedoangriffe in Formation, wenn es tatsächlich Schnellboote sind«, meinte der I WO. »Haben wir auch immer zwischen den Einsätzen im Schwarzen Meer gemacht. Sonst macht das Herumkutschieren doch gar keinen Sinn, Herr Kaleu.«

»Wohl ist mir aber erst, wenn wir die Brüder wieder vom Halse haben. Auf einhundertdreißig Meter einpendeln! E-Maschinen auf Schleichfahrt!«

»Don't panic!« Sander lehnte sich lächelnd gegen die Turmleiter. »Auch die Royal Navy kriegt irgendwann den Hals voll und trollt sich dann heimwärts.«

Ich horchte überrascht auf. ›Don't panic!‹, das erinnerte mich an Mike, das irische Faktotum meines Bruders, der diese irische Redewendung ständig im Munde geführt hatte, sobald etwas nicht nach Wunsch ging.

»Ihr Wort in Gottes Ohr oder in das der Tommies, Herr Sander!« spottete der II WO. »Und ich hoffe, die hören es auch!«

Sie schienen es zu hören, denn sie vollführten prompt wieder eine ihrer abenteuerlichen Kursänderungen.

Larsson, der ihre Zickzackbewegungen auf der Seekarte halbwegs mitzukoppeln versuchte, meinte plötzlich überrascht: »Die nehmen ja Kurs auf Lerwick, Herr Kaleu!«

»Wenn sie nicht wieder Haken schlagen, Larsson! Rudergänger, Steuerbord dreißig! Sicher ist sicher!« Georg verfolgte am Kompaß, wie das Boot dem Ruder folgte. Die Schraubengeräusche wanderten tatsächlich nach Backbord aus. »Komm auf, Ruder!«

Ein seltsamer Geruch breitete sich plötzlich in der Zentrale aus. Aufgescheucht reckte der LI die Nase in die Luft.

»Verdammt, da schmort doch was!« Er schnupperte.

»Riecht wie ... Kabel! Ein Kabelbrand! Wo kommt das her?«

Lautes Knistern. Ein greller Blitz zuckte. Ein entsetzter Schrei. Der Smutje taumelte in die Zentrale, die Hände vor das Gesicht geschlagen. Hinter ihm loderten Flammen, fraßen die Farbe von den Wänden.

»Feuer!« Er sackte zusammen. »Die Kombüse!«

Feuer! Mit das Schlimmste, was an Bord eines getauchten U-Bootes passieren konnte! Vergessen waren die oben herumjagenden Tommies. Der LI reagierte sofort.

»Feueralarm! Feuerlöschtrupp in die Kombüse!«

Er riß den Feuerlöscher aus der Halterung und jumpte damit durch das Schott. Männer des Löschtrupps stürzten hinter ihm her. Dicker schwarzer Qualm drang in die Zentrale, verpestete die Luft und legte sich beißend auf die Atmungsorgane. Geistesgegenwärtig knallte der Zentralemaat das Schott zu. Das riß mich aus meiner Starre.

Ich schob mich zum Smut' durch, über den sich der Zentralemaat beugte. Er zog ihm die Hände vom Gesicht. Entsetzt fuhr er zurück. Das Gesicht war krebsrot, Kopfhaare und Augenbrauen versengt, die Lippen schrumpelig und schrundig. Seine Kleidung verströmte den Geruch nach Fettgebackenem.

»Mein Gott, Smut', was ist passiert?«

»Die Fett ... Ein Blitz ... Die Fettpfanne ist ex ... O Gott ...« murmelte er und fiel bewußtlos zur Seite.

Ich richtete mich voller Mitleid auf. Das arme Schwein!

Dennoch, in mir löste dieser Gedanke plötzlich einen Knoten. Über mir hörte ich wieder die bedrohlichen Schraubengeräusche der Briten und nahm die Gesichter der entsetzten Männer in der Zentrale wahr. Georg sah mich fragend an. Auch ihm stand der Schock in den Augen.

»Verbrennungen, Herr Kaleu, das Gesicht und die Hände. Die Fettpfanne ist explodiert, er hat das siedende Fett offenbar voll abbekommen.«

Er brauchte einen Augenblick, bis ihm das ganze Ausmaß meiner Worte bewußt wurde. »Ach du Scheiße! Und wir haben keinen Arzt an Bord!«

»Aber einen Sani! Und auch ich versteh was von Erster Hilfe. Aber vielleicht ist alles gar nicht so schlimm, wie es auf den ersten Blick aussieht.« Der II WO griff zum BÜ. »Maat Gruber mit Verbandszeug in die Zentrale!«

Es war noch viel schlimmer, als es auf den ersten Blick ausgesehen hatte. Dagegen war der Brand in der Kombüse vergleichsweise harmlos gewesen. Ihn hatte der LI mit seinen Leuten schnell löschen können. Sie war durch den Brand allerdings unbenutzbar geworden.

Das Problem war der Smut'. Das siedende Fett in der Pfanne, in dem er Schmalznüsse für den Mittelwächter ausgebacken hatte, war offenbar explosionsartig entfacht und verspritzt worden. Es hatte nicht nur alle unbedeckten Körperteile voll getroffen. Auch dort, wo das Fett in die Kleidung eingedrungen war, hatte die Haut sich gerötet und stellenweise Brandblasen gebildet. Lediglich der Rücken und der durch das dicke Drillich geschützte Unterkörper waren verschont geblieben. So konnten wir ihn aus seiner Kleidung schneiden und auf dem Rücken in eine Koje betten. Er spürte nichts davon, denn noch immer umgab ihn eine gnädige Ohnmacht.

Der I WO warf nur einen kurzen Blick auf den Mann, dann wandte er sich ab. Ein Krampf zog den Körper zusammen. Er übergab sich in eine Pütz, bis er nur noch Blut spuckte. Kaum hatte sich sein Magen entleert, folgte eine neue Eruption. In diesem Augenblick tat er mir nur noch leid.

Der II WO tippte mit unglücklicher Miene auf eine Seite des ›Ärztlichen Ratgebers für den Bordgebrauch‹. »Mit unseren unzulänglichen Bordmitteln ist dem Smut' nicht zu helfen. Gott sei Dank ist die Haut nicht verkohlt. Ich werd' ihm 'ne Morphiumspritze verpassen, um seine Schmerzen zu lindern, wenn er aufwacht. Aber was dann?«

Er blickte in ratlose Gesichter.

»Die Haut mit Borwasser kühlen, Herr Oberleutnant«, schlug Torpedomaat Gruber vor. »Das hilft doch auch bei …«

Ein Geräusch über uns ließ ihn verstummen. Weit entfernt mischte sich ein dunkles Wummern in den hellen Chor der Schnellboote. Ein Frachter?

»Was ist das denn? Ein Fliegerangriff?« fragte Georg überrascht, denn zugleich übertrug das Wasser die Abschüsse von Maschinenwaffen. »Egal! Gegen diese Geräuschkulisse sind unsere E-Maschinen ein mildes Säuseln. Auf vierzig Meter anblasen! Beide Maschinen voll voraus! Kurs zwo-neun-null!«

Voll voraus, das ging über die Batterien. Deshalb stiegen wir auf die Diesel um, um sie aufzuladen und zugleich den penetranten Brandgeruch aus dem Boot zu bekommen, sobald die Geräusche hinter uns irgendwann verstummten. Das war glücklicherweise durch unseren Schnorchel möglich, weil – anders als bei U 996 – die Frisch- und Abluft voneinander getrennt waren.

Nicht so einfach ließen sich die Schäden in der Kombüse beseitigen. Ein durch den Kabelbrand hervorgerufener Kurzschluß hatte die gesamte Elektrik weitgehend zerstört und den folgenschweren Brand ausgelöst, der die Kücheneinrichtung total verwüstet und unbrauchbar gemacht hatte.

»Es wird dauern, Georg«, sagte der LI niedergeschlagen. »Meine Männer sind dabei, neue Leitungen zum Kochherd zu verlegen. Wir können nur hoffen, daß er dann wieder funktioniert. Ersatzteile dafür haben wir nämlich nicht an Bord. Wer rechnet denn mit so was.«

»Und wenn nicht, was dann?«

»Dann werden wir uns was einfallen lassen müssen.«

Er zuckte die Schultern. Das sagte mehr als alle Worte. Kalte Verpflegung für 54 Mann plus drei Badegäste, das ließ sich ein paar Tage durchhalten, länger nicht. In der spartanischen Enge eines U-Bootes mit den gravierenden Beschränkungen des persönlichen Lebens spielte die Verpflegung eine ganz andere Rolle als auf Überwassereinheiten oder gar an Land. Sie war der einzige Lichtblick für die zusammengepferchten Männer in dieser nach Dieselöl und menschlichen Ausdünstungen stinkenden und von der Außenwelt abgeschlossenen Eisenröhre, die sich jeden Augenblick in einen tödlichen Eisensarg verwandeln konnte.

Auf eine besonders gute und reichliche Verpflegung und einen versierten Smutje legte darum jeder U-Bootkommandant den größten Wert.

»Das sind ja herrliche Aussichten!« brummte der II WO. »Der Smut' läßt sich zwar durch den Neumann halbwegs ersetzen; aber was nutzt uns das?«

Richtig! Der Matrosenobergefreite Neumann hatte ja gerade einen Kochlehrgang absolviert und bisher schon dem Smutje als Helfer zur Seite gestanden. Ohne Herd konnte aber auch der beste Koch nichts ausrichten.

Und der Smut'? Mit dem konnten wir vorläufig überhaupt nicht rechnen. Wir konnten ihm nicht einmal helfen.

Georg griff zum Mikrophon. »Wie lange, LI? Irgend etwas muß ich den Männern schließlich sagen.«

»Was weiß ich? Ein paar Stunden vielleicht, möglicherweise aber auch länger. Vertröste sie!«

Im Morgengrauen passierten wir unangefochten die nördlichste der Shetland-Inseln und nahmen Kurs auf 8 Grad West und 60 Grad Nord. Wir hätten eigentlich zufrieden sein können, wären wir nicht mit einem neuen Problem konfrontiert worden.

Der I WO war die ganze Nacht von immer neuen Krämpfen geschüttelt worden und hatte jedesmal Blut und galligen Schleim erbrochen. Er lag völlig erschöpft in seiner Koje, bleich und hohläugig wie ein Sterbender. Schon kündigte sich mit grausig klingenden Rülpsern, die man bis in die Zentrale hörte, ein neuer Anfall an. Also doch kein Simulant, der hatte tatsächlich ein Magengeschwür.

»Dienstunfähig«, stellte der II WO fest. »Dazu braucht man kein Arzt zu sein. Der Mann gehört in ein Lazarett; denn wir haben nichts, womit wir ihn wieder auf die Beine bringen oder ihm auch nur Linderung verschaffen könnten.«

»Dieser Scheißgeheimauftrag! Am liebsten würde ich umkehren«, brummte Georg. Er nahm die Entfernung nach Bergen in den Zirkel und setzte sie auf dem Kartenrand ab. »Auf dem kürzesten Weg rund 200 Seemeilen, keine vierundzwanzig Stunden, wenn wir voll aufdrehen und uns keiner in die Quere kommt.«

Sander fuhr alarmiert hoch. »Das werden Sie doch nicht etwa tun, Herr Kaleu? Sie haben doch Befehl ...«

»Was heißt denn hier Befehl? Soll ich die beiden wegen Ihnen und der beiden aufgeblasenen Zivilisten verrecken lassen? Reden Sie nicht über einen Befehl, dessen vollständigen Inhalt noch nicht einmal ich genau kenne!« schnitt ihm Georg ohne Rücksicht auf die Zuhörer aufgebracht das Wort ab. »Haben Sie nicht selbst gehört, daß die Russen die Vororte Berlins erobert haben und daß um den Kern der Stadt heftige Kämpfe entbrannt sind? Sie können doch nicht so vernagelt sein, daß Sie nicht heraushören, wie es wirklich um Deutschland bestellt ist!«

»Das weiß ich, Herr Kaleu«, entgegnete Sander unerwartet ruhig. »Deshalb haben Sie mich und die beiden anderen Herren auch an Bord nehmen müssen. Und was die Vollständigkeit Ihres Befehls anbelangt, so brauchen Sie Ihre Order nicht erst auf acht Grad West zu öffnen. Soweit es mich betrifft, kann ich Ihnen alles jetzt schon sagen.«

»So, können Sie? Und das wäre?«

»Sie sollen mich auf dem schnellsten Wege nach Irland bringen und mich an Land setzen, wo ich es wünsche. Genügt Ihnen mein Wort nicht, dann öffnen Sie Ihre Order! Und ich verspreche Ihnen noch eins: Wenn ich in Irland bin, werde ich umgehend für ärztliche Behandlung der beiden Männer sorgen; ich habe sehr wohl gesehen, in welchem bedauernswerten Zustand sie sind! Auch wir haben Krankenhäuser!«

›Wir‹ hatte er gesagt. Wer war dieser Mann wirklich? Hart und bestimmt, und das verfehlte seine Wirkung nicht. Georg erinnerte sich plötzlich an die Zuhörer in der Zentrale.

»Es ist wohl besser, wir setzen das Gespräch in meiner Kammer fort, Herr Sander. Herr Lutz, Sie übernehmen ab sofort die Funktionen und die Wache des I WO. Ihre bisherige Wache und Funktionen übernimmt der Oberfähnrich. Trauen Sie sich das zu, Flemming?«

»Im Prinzip schon, Herr Kaleu. Wenn's allerdings ...«

Georg lächelte. »Ja, ja, ich weiß! Keine Sorge, wir beide gehen die Wache natürlich gemeinsam, wenn's dicke kommt. Wir werden das schon hinkriegen! Übernehmen Sie bitte, Herr Lutz! Obersteuermann, Sie haben gehört, worum es geht. Suchen Sie die entsprechenden Karten heraus, und Sie, Flemming, kommen damit in meine Kammer.«

Er drehte sich um und wollte mit Sander die Zentrale verlassen. Am Schott vertrat ihm jedoch der empörte Stetten den Weg.

»Es ist schon schlimm genug, daß Sie und Ihre Offiziere den Geburtstag des Führers mit keinem Wort zur Kenntnis nehmen, aber daß Sie uns vor Ihren Leuten aufgeblasene Zivilisten nennen, das schlägt dem Faß den Boden aus, Herr Klatte. Das ist eine Beleidigung! Ich fordere Sie auf, das sofort zurückzunehmen und sich zu entschuldigen!«

Georg maß ihn von oben bis unten. »Herr von der Stetten, falls Ihnen das entgangen sein sollte – Sie sprechen mit dem Kommandanten dieses Schiffes. Es ist mir darum herzlich schnuppe, was Sie fordern. Ich habe andere Sorgen! Im übrigen ist die korrekte Anrede Kapitänleutnant, wenn Sie mit mir sprechen! Und nun machen Sie gefälligst den Weg frei und verfügen sich in Ihr Quartier!«

Er schob den Ministerialdirigenten kurzerhand zur Seite.

»So, so, nach Irland also«, brummte Georg gerade nachdenklich, als ich seine Kammer betrat. »Und wohin da?«

»Mit Rücksicht auf die beiden Männer möchte ich Donegal vorschlagen. Dort gibt es mit Sicherheit ein Krankenhaus.«

Georg nahm mir die Karte ab und maß die Entfernung. »Lieber Mann, wissen Sie, was Sie da vorschlagen? Das sind mindestens zweihundertsiebzig Seemeilen! Mit einem Schnitt von sieben Knoten brauchen wir dafür rund neununddreißig Stunden! Außerdem müssen wir zwischen den Hebriden und Nordirland die stark gesicherte Hauptgeleitroute von den USA nach Großbritannien durchqueren. Nur ein Narr kann glauben, daß wir dort ungeschoren bleiben! Das bedeutet weitere Verzögerungen. Aus den neununddreißig Stunden können leicht fünfzig oder sechzig werden, wenn man uns aufstöbert. Können wir uns das bei dem Zustand der beiden Männer leisten?«

Er sah Sander an, dann mich. Sander sagte nichts und ich auch nicht.

Georg nickte. »Sehen Sie, Sie wissen es nicht und ich auch nicht. Dieser ›Ärztliche Ratgeber für den Bordgebrauch‹ schweigt sich über Magengeschwüre aus, die gibt es bei der Marine offenbar nicht. Funken, um ärztlichen Rat einzuholen, kann ich auch nicht, sonst haben wir die Briten sofort auf dem Hals. Was bleibt mir also übrig?«

Führte er Sander unsere Situation so eindringlich vor Augen, weil er schon längst zu einem Entschluß gekommen war?

Sander gab jedoch noch nicht auf. »Wenn ich vorhin richtig gehört habe, sind es nach Bergen lediglich siebzig Seemeilen weniger. Macht das so viel aus? Und weniger gefährlich ist die Rückfahrt auch nicht. Die Briten sind vor Norwegen nicht weniger aktiv. Warum dann nicht Irland, wo ich Ihnen helfen kann?«

»Sie haben vorhin ›wir‹ gesagt«, mischte ich mich ein und erntete dafür von Georg einen dankbaren Blick. »Was macht Sie denn so sicher? Haben Sie in Irland einen so großen Einfluß?«

»Nun ja«, Sander zögerte und suchte nach Worten, »gute Verbindungen, die ich nutzen kann.«

»Dann sollten Sie die Katze aus dem Sack lassen! Daß Sie kein Oberleutnant sind, haben Sie selbst gesagt. In Bergen hat man Sie mit ›Haupt‹ angesprochen und sich dann schnell verbessert. Was sind Sie denn nun wirklich?«

»Ein Kreuzverhör?« Sander grinste. »Nun gut! ›Haupt‹ hieß Hauptabteilungsleiter. So lautete der Marschbefehl, mit dem ich aus Berlin herausgekommen bin. Den bekam der Mann, der meine Papiere kontrollierte, zuerst in die Finger. In Kiel meinte man dann aber verständnisvollerweise, ein militärischer Dienstgrad sei in meinem Fall angebrachter, und man stellte mir dieses Soldbuch als Oberleutnant aus. Sehen Sie selbst.«

Er fischte ein Soldbuch mit ein paar losen Blättern aus seiner Brusttasche und reichte es Georg. Der blätterte es durch.

»Der Marschbefehl aus Berlin ist tatsächlich auf Hauptabteilungsleiter ausgestellt. Aber warum ist der militärische Dienstgrad in Ihrem Fall so wichtig?«

»Haben Sie nicht selbst gesagt, daß wir auf See mit allem rechnen müßten? Alles Tarnung, genau wie mein deutscher Name, falls uns die Tommies schnappen; was hoffentlich nie eintreten wird.« Wir sahen ihn entgeistert an. Amüsiert verzog er die Mundwinkel. »Sie sind überrascht? Nun, ich bin Ire und heiße eigentlich Seamus O'Sullivan. Wie wir Iren zu den Briten stehen, ist ja wohl hinlänglich bekannt.«

Und ob! Statt Krieg gegen ihre Nachbarn zu führen, hatten sie im Verlauf ihrer Geschichte der Welt jede Menge Missionare und diverse Heilige beschert, sich aber auch fatalerweise seit Oliver Cromwells blutiger Tyrannei bis in die heutige Zeit immer wieder auf die falsche Seite geschlagen, um das Joch der britischen Eroberer abzuschütteln. O'Sullivan war dafür der lebende Beweis.

Georg gab ihm die Papiere zurück. »Sie sprechen hervorragend Deutsch. Wie kommt das?«

»Meine Geschwister und ich sind zweisprachig aufgewachsen. Unsere Mutter kam als Deutsche nach Irland und ist geblieben.« Er lächelte. »Das soll ja öfter vorgekommen sein, nicht wahr, Herr Flemming?«

»Wenn ich Ihnen einen Rat geben darf, dann sollten Sie diesen verräterischen Berliner Marschbefehl schleunigst vernichten. Und wir sollten auch weiterhin bei Ihrem deutschen Namen bleiben, sonst ist Ihre Tarnung keinen Pfifferling wert.«

»Danke, Herr Kaleu! Und wie geht es nun weiter?«

»Das möchte ich mit meinen Offizieren erst noch besprechen. Hätten wir einen Arzt an Bord, dann fiele meine Entschei ...«

»Einen Arzt!« unterbrach ihn O'Sullivan. »Ich gebe ja sonst keine Gerüchte weiter, aber in Bergen wurde gemunkelt, die beiden anderen Herren seien so wenig Ministerialbeamte wie ich Oberleutnant. Wenigstens einer von ihnen sei Arzt, flüsterte man hinter vorgehaltener Hand. Aber wie gesagt, ein Gerücht.«

Uns verschlug es die Sprache. Ein Arzt, der sich selbst in einer so schwierigen Lage nicht zu erkennen gab? Unglaublich! Wut überkam mich bei dem Gedanken an den mit Brandblasen übersäten Smutje und an den I WO, der sich die Seele aus dem Leib kotzte, mochte er ansonsten auch noch so ein unsympathischer Kerl sein.

»Ein Gerücht, wenigstens einer von ihnen sei Arzt?« wiederholte Georg mit mühsam beherrschter Stimme ungläubig. »Was halten Sie davon?«

Ein schiefes Lächeln huschte über O'Sullivans Gesicht. »Habe ich Ihnen nicht auch eine Komödie vorgespielt? Ich stehe mit Sicherheit in den Fahndungslisten der Briten. Da habe ich nach jedem noch so trügerischen Strohhalm gegriffen, um zu entkommen. Warum soll es bei den Herren anders sein?«

»Das war deutlich!« sagte Georg grimmig. »Und falls es stimmt, werden es diese Schweinehunde nie zugeben, es sei denn ...«

Er lehnte sich in seinen Sessel zurück und kaute nachdenklich auf seiner Unterlippe. Wir schwiegen. Schließlich war es Sander, der die lastende Stille brach.

»Der Zweck heiligt die Mittel, Herr Kaleu. Warum eröffnen Sie uns dreien nicht ganz einfach, daß Sie nach Bergen zurückkehren müssen, weil Ihnen sonst die beiden Männer ohne ärztliche Hilfe glatt vor die Hunde gehen? Es soll mir ein Vergnügen sein, dabei mitzuspielen. Schließlich habe ja auch ich ein elementares Interesse daran, daß Sie es nicht tun.«

Georg empfing unsere drei Badegäste stehend und hielt sich gar nicht erst mit langen Vorreden auf.

»Wie Sie wissen, bedürfen zwei meiner Männer dringend ärztlicher Hilfe. Einer davon ist mein Stellvertreter, der Erste Wachoffizier. Was das für das Boot und letztlich auch Sie bedeutet, brauche ich Ihnen wohl kaum näher zu erläutern. Wir haben keinen Arzt an Bord. Ich bin also gezwungen, umzukehren und Kurs auf Bergen zu nehmen.« Er schwieg und ließ seine Worte wirken. »Sobald wir den südlichsten Punkt der Shetlands querab haben, werden wir uns zwischen den Inseln und den Orkneys hindurchzumogeln versuchen, die Zeit drängt! Ich will Ihnen nichts vormachen. Auf den Orkneys befindet sich der britische Flottenstützpunkt Scapa Flow, das sagt Ihnen vermutlich genug. Ich danke Ihnen für Ihr Verständnis!«

Damit waren die drei eigentlich entlassen. Georg setzte sich und nahm sich demonstrativ unser Logbuch vor. Doch die Herren dachten gar nicht daran, die Kammer zu verlassen. Wie gelähmt blieben sie stehen, als ihnen die volle Bedeutung seiner Worte aufging.

Georg blickte ungehalten auf. »Ja, was denn, meine Herren, Sie sehen, ich bin beschäftigt! Das war alles! Oder haben Sie noch Fragen?«

»Und ob! Ich habe wohl nicht richtig gehört! Sie wollen eine allem anderen übergeordnete geheime Order einfach so mir nichts, dir nichts mißachten?« legte von der Stetten mit zornrotem Gesicht los. »Ich bestehe darauf, daß Sie ...«

Georg fuhr ihm aufbrausend in die Rede: »Herr von der Stetten, hier bin ich der Kommandant! Ich trage die Verantwortung für meine Männer! Ich habe mich doch wohl auch für Sie klar genug ausgedrückt. Wir haben keinen Arzt an Bord, darum muß ich umkehren! Klar?«

»Aber das können Sie doch nicht machen, Herr Kaleu!« spielte Sander mit. »Sie ahnen ja gar nicht, was für mich davon abhängt, wenn Sie umkehren! Sie können doch nicht einfach Ihre Befehle ignorieren! Es muß doch ...«

»Schluß, Herr Sander! Ich kann keinen Arzt herbeizaubern! Es ist mir darum völlig wurscht, was für Sie davon abhängt! Meine Männer gehen in jedem Fall vor, verstanden?« Seine Stimme wurde gefährlich leise. »Keiner von Ihnen muß mit nach Bergen zurück, meine Herren. Auf den Shetlands ist man seit langem an Schiffbrüchige gewöhnt. Ich bin bereit, nach Einbruch der Dunkelheit aufzutauchen und ein Schlauchboot zu opfern, damit Sie an Land pullen können.«

Empört fuhr der angebliche Ministerialrat Kunze hoch. »Sind Sie völlig von Sinnen? Wir sollen uns in britische Gefangenschaft begeben?«

Georg grinste. »Warum denn nicht? Wenn es Ihr Wille ist? Die soll immerhin besser als die russische sein.« Er gab mir das Logbuch. »Veranlassen Sie, daß ich gepurrt werde, wenn wir Sumburgh Head querab haben. Der Obersteuermann soll eine Bucht heraussuchen, wo wir auftauchen und die Herren ungefährdet an Land gehen können. Und nun entschuldigen Sie mich!«

Einen Augenblick standen die drei noch unschlüssig da, dann räumten sie wortlos die Kammer. Sander tappte niedergeschlagen in das Offizierslogis zurück. Die beiden anderen wandten sich dem Deckoffizierslogis zu, in dem verabredungsgemäß der Oberbootsmann in seiner Koje lag und tief zu schlafen vorgab.

Sander sah mir erwartungsvoll entgegen, als ich nach Ende meiner Wache den O-Raum betrat. »Na, hat es was genutzt? Die beiden sind doch völlig verdonnert gewesen.«

»Tut mir leid, Herr Sander, die haben zwar heftig diskutiert, wie sie den Alten von seinem Entschluß abbringen können, aber ansonsten Fehlanzeige, habe ich gehört. Die müssen ganz schönen Dreck am Stecken haben, wenn die so einen Schiß vor den Alliierten haben.«

Er verzog das Gesicht zu einem unechten Lächeln. »Das haben doch alle, die jetzt verzweifelt versuchen, aus Deutschland rauszukommen. Sehen Sie mich an! Glauben Sie, ich hätte sonst die Frau in Berlin zurückgelassen, die ich liebe?«

Ich schüttelte ungläubig den Kopf. »Nur weil Sie als Ire für die deutsche Gegenpropaganda gearbeitet haben? Steigern Sie sich da nicht in etwas hinein?«

In seinem Gesicht arbeitete es. Er kämpfte offenbar mit sich.

»Ich habe bei den Briten bedeutend mehr auf dem Kerbholz. Als die deutsche Luftwaffe ihre schweren Angriffe auf Belfast geflogen hat, stammten die Informationen über lohnende Ziele von mir und meinen Freunden im irischen Untergrund. Und das ist längst nicht alles.«

Ich nickte stumm, denn ich kannte den Haß der Iren auf die

Briten. Ihre Untergrundbewegung hatte nicht nur Spionage für uns getrieben, sondern auch durch Sabotageakte die Briten allenorts empfindlich getroffen. War Sander wirklich darin verwickelt, dann sah es für ihn böse aus.

Ich sah zum I WO, der mit blutleerem Gesicht apathisch in seiner Koje lag und gegen die Decke starrte.

»Der irische Untergrund – sind das Ihre Verbindungen, die ihm und dem Smut' helfen sollen?«

Er lächelte. »Nicht nur. Es gibt viele Männer und Frauen, die uns helfen, wenn wir darum bitten. Ich bin sicher, daß auch Ihr Bruder hinter denen nicht zurückstehen wird.«

»Zumal, wenn der eigene Bruder mit von der Partie ist, nicht wahr?« ergänzte ich. »Mir ist allerdings ein Rätsel, wie Sie das bewerkstellen wollen.«

»Da gibt es Mittel und Wege«, gab er unumwunden zu. »Aber ziehen Sie keine falschen Schlüsse. Er hat von uns nichts zu befürchten, wenn er die Hilfestellung verweigert. Eine Frage: Der Kommandant wird tatsächlich nach Bergen umkehren, wenn ...?«

»Aber sicher! Was bleibt ihm denn übrig?«

Er nickte und stand von der Backskiste auf. »Dann sollte ich den beiden wohl mal einen Besuch abstatten. Wann gehen wir auf Gegenkurs?«

»In zwei Stunden etwa.« Ich grinste. »Aber vielleicht will jemand von Ihnen vorher noch an Land gesetzt werden?«

»Das habe ich mir gedacht«, meinte Georg, als ich meinen Bericht über das Gespräch mit Sander beendete. »Gnade Gott dem Scheißkerl, der Arzt ist und uns nicht hilft!«

»Vorsicht, Georg!« warnte der LI. »Noch wissen wir nicht, was an dem Gerücht dran ist.«

Georg griff zum Mikrophon. »Das werden wir gleich sehen! Wir werden sie schon zum Reden bringen! Ich bin auch nicht untätig gewesen. Oberbootsmann Panse zum Kommandanten!«

Ulli war so schnell zur Stelle, als habe er auf den Befehl nur gewartet.

»Oberbootsmann, bitten Sie unsere Badegäste zu mir in die Kammer!«

Der schwirrte ab. Wenig später kam er mit den dreien zurück. Jetzt wurde es eng in der Kammer.

»Befehl ausgeführt! Dieser Funkspruch ist eben eingegangen, Herr Kaleu«, er reichte Georg ein Formular.

»Danke, Nummer Eins! Bleiben Sie bitte hier, ich brauche Sie möglicherweise noch.«

Georg trat an die Schlüsselmaschine und jagte die Buchstabengruppen hindurch. Er drehte sich zu uns herum. »Die Antwort aus Bergen, nicht ganz vollständig; aber was ich wissen wollte, ist drin.«

Der LI sah mich überrascht an, ich war es nicht minder. War Georg denn von allen guten Geistern verlassen, die Funkstille zu brechen? Er wußte doch, daß es für die Tommies auf den Inseln oder auf See ein Kinderspiel war, selbst die kürzesten Funksignale in Sekundenbruchteilen einzupeilen und daraus unseren Standort zu ermitteln. Ein unbegreiflicher Leichtsinn, der uns das Leben kosten konnte!

»Man ist einverstanden, daß wir umkehren, meine Herren. In Kürze schwenken wir nach Bergen ein. Wer von Ihnen möchte vorher an Land gesetzt werden?«

»Ich protestiere, Herr Kaleu! Das ist doch keine Alternative!« begehrte Sander auf. »Beides ist gleich schlimm!«

Der Oberbootsmann, der hinter den dreien stand, grinste und kniff ein Auge zu. In diesem Augenblick fiel bei mir der Groschen. Alles nur Theater!

Kunze, der kleinere von den beiden Zivilisten, trat nervös von einem Bein auf das andere. »Ist mir ein Einwand gestattet, Herr Kapitänleutnant? Ich bin zwar kein Arzt, aber ich kann uns allen vielleicht aus den … äh … Kalamitäten helfen. Bevor ich in den Staatsdienst gegangen bin, habe ich ein paar Semester Medizin studiert.«

Georg fuhr wütend auf ihn los. »Sie haben Medizin studiert? Verdammt, warum rücken Sie erst jetzt damit heraus?«

Kunze, ein stämmiger, untersetzter Mann mit einem Frettchengesicht, zuckte zurück. »Es sind doch nur ein paar Semester gewesen, kaum der Rede wert!«

»Kaum der Rede wert? Wie viele?«

»Bis zum Physikum.«

Der Kerl log, das spürte auch Georg. Aber warum?

»Bis zum Physikum?« wiederholte Georg ironisch. »Schön, dann wollen wir doch mal sehen, was davon hängengeblieben ist. Ich gebe Ihnen eine halbe Stunde Zeit, in Ihrer Erinnerung zu kramen. Gnade Ihnen Gott, wenn Sie versuchen, uns aufs Kreuz zu legen, damit wir nicht nach Bergen zurückkehren! Auch wenn Sie schwimmen können, wird Ihnen das dann nicht helfen! Habe ich mich deutlich genug ausgedrückt, Herr Kunze?«

»Ich bin sicher, Herr Kunze wird sein Bestes tun«, versicherte von der Stetten mit seinem schmierigen Lächeln. »Er weiß ...«

»Herr, wer hat Sie denn gefragt? Haben auch Sie Medizin studiert? Auch bloß bis zum Physikum oder so? Dann sollten Sie Ihrem Kumpan helfen, wenn Ihnen Ihr Leben lieb ist, mein Herr!«

So hatte ich Georg noch nie erlebt! Das klang nicht nach Theater! Drehte er etwa durch, weil ihm die Sache über den Kopf zu wachsen drohte?

Von der Stetten verschlug es sekundenlang die Sprache. »Kumpan? Wie reden Sie denn mit mir? Ich werde ...«

»Das fragen ausgerechnet Sie? Wie man mit Leuten reden muß, die sich jetzt, da in Deutschland die Lichter ausgehen, gar nicht schnell genug ins neutrale Ausland absetzen können und sich einen Scheißdreck darum kümmern, ob andere dabei draufgehen! Eine halbe Stunde, habe ich gesagt, keine Sekunde länger! Und nun raus!«

Doch Theater! Er provozierte sie, behandelte sie wie Straßenköter, um sie zu entlarvenden Äußerungen zu verleiten; denn das konnten sie nicht hinnehmen. Aber die beiden kuschten, und das sprach Bände. Sander blieb stehen, ballte eine Faust mit dem Daumen nach oben und grinste. *Durchschaut* hieß das.

Keiner von uns traute den beiden über den Weg. Selbst Sander, der wie kein anderer von uns daran interessiert war, nicht nach Bergen zurückkehren zu müssen, zeigte ein bemerkenswertes Mißtrauen.

»Ich weiß nicht, Herr Flemming, irgendwie ist da der Wurm drin. Die beiden wollen doch unter keinen Umständen nach Norwegen zurück. Da wird ihnen jedes Mittel recht sein. Wie können Sie denn verhindern, daß die Sie kaltlächelnd verschaukeln?«

»Indem wir ihnen auf die Finger schauen! In der HJ ist fast jeder von uns irgendwann mal in Erster Hilfe ausgebildet worden, nicht nur Oberleutnant Lutz. *Feldscher* hieß das, ein Begriff aus der Landsknechtszeit, der Ihnen kaum etwas sagen wird. Alles Vorbereitung auf den kommenden Krieg. Wir haben das damals nur nicht begriffen. Jetzt wird sich zeigen, ob diese Ausbildung etwas wert war. Die beiden werden kritische Zuschauer bei dem haben, was sie in dieser halben Stunde tun.«

Und die hatten sie tatsächlich. Wir bekamen sehr schnell mit, daß dieser Kunze nicht nur den Sachverstand eines Mediziners besaß, sondern sich auch so benahm. Von der Stetten spielte dabei nur den interessierten Zuschauer und vermied alles, was auf eine medizinische Ausbildung hätte hinweisen können.

Die Untersuchung des Smutje, der gerade von Neumann mit Hilfe eines Trichters eine Flüssigkeit in die schrundige Mundöffnung gegossen bekam, verlief verhältnismäßig kurz.

»Der Mann ist über den Schock hinweg. Die Verbrennungen oder Verbrühungen sind zwar schmerzhaft, aber nicht so schwer, wie sie einem Laien zunächst erscheinen. Die Haut wird sich regenerieren, und es werden vielleicht nicht einmal Narben zurückbleiben. Dafür läßt sich außerdem in jeder Klinik etwas tun. Lebensgefährlich können die Verletzungen nur werden, wenn eine Vergiftung durch denaturiertes Hauteiweiß oder eine Sekundärinfektion eintritt.« Er warf einen Blick in die Medikamentenliste, die ich ihm reichte, und inspizierte kopfschüttelnd Grubers Verbandskasten.

»Brandbinden, die können Sie bestenfalls für die Arme und Hände verwenden. Ansonsten aber ... Hoffen wir, daß die Blasen nicht nässen, sondern komplikationslos eintrocknen und daß sich der Körper selbst hilft, bis er stationär behandelt werden kann.«

Nicht schlecht. Das kam alles so selbstsicher heraus, daß es durchaus nicht für ein abgebrochenes Medizinstudium sprach.

»Haben Sie gehört, was ich gesagt habe?« fragte er den Smutje. Der nickte. »Fein, dann vermeiden Sie alles, was die Blasen verletzen könnte.«

Er drehte auf dem Absatz um und marschierte vor uns her in den Offiziersraum, und das verriet ihn endgültig.

»Macht der Gewohnheit«, flüsterte mir der II WO ins Ohr. »Der Chefarzt mit seinem Rattenschwanz bei der Visite!«

»Ihrem Ersten Offizier ist mit den Bordmitteln nicht zu helfen, Herr Kapitänleutnant«, dozierte Kunze. »Wie er mir sagte, handelt es sich bei ihm um ein latentes Problem. Ein Ulcus ventriculi, das ihm immer wieder zu schaffen macht, wenn er in schwierige Situationen gerät. Also ein mental bedingtes Geschwür, wie es häufig bei labiler seelischer Verfassung auftritt.«

Georg starrte den verwandelten Kunze mit offenem Mund an. Mir erging es nicht anders. Kunze vergaß nicht nur alles um sich herum, der vergaß auch sich selbst und sein Inkognito völlig. Er bewegte sich plötzlich wieder in seinem gewohnten Metier.

»Und was heißt das genau, Doktor?« sagte Georg.

Kunze ignorierte den Doktor. »Er spuckt Blut, das ist bedenklich. Man müßte ihn röntgen, um das Geschwür beurteilen zu können. Können wir aber nicht. Medikamente haben wir auch nicht. Was bleibt also? Schondiät, angefangen mit Haferschleim und vielleicht Kamillentee, damit die Krämpfe sich lösen. Später dann ganz leichte Kost. Aber wirklich helfen kann ihm nur noch die Chirurgie.«

»Chancen?«

Kunze zuckte die Schultern. »Unmittelbare Lebensgefahr nur, wenn das Geschwür in die Bauchhöhle durchbricht. Jede psychische Belastung führt aber zwangsläufig zu einer Verschlimmerung. Mithin ist der Mann auf einem Kriegsschiff im Einsatz völlig fehl am Platze, besonders als Erster Offizier. Entbinden Sie ihn von seinen dienstlichen Pflichten, dann bessert sich auch sein Zustand. Aber, wie gesagt, er gehört in stationäre Behandlung; alles andere ist Murks.«

»Irgendwelche Zeitzwänge?«

»Bei beiden nicht. Wenn Sie die beiden, wie Oberleutnant Sander vorgeschlagen hat, in Irland an Land setzen können, ist ihnen und uns geholfen. Sind Sie zufriedengestellt?«

»Das müssen wir erst mal abwarten.«

Wir ließen die Shetlands hinter uns und nahmen mit recht zwiespältigen Gefühlen Kurs auf acht Grad West, 60 Grad Nord. Kunze hatte eine imponierende Vorstellung geliefert; trotzdem wurden wir insgeheim den Verdacht nicht los, ihm auf den Leim gegangen zu sein. Kein Wunder, daß wir von diesem Gedanken nicht loskamen.

Georg brachte es auf den Punkt. »Hoffentlich ist das kein Fehler, daß wir dem Urteil eines gescheiterten Medizinstudenten vertrauen.«

Der II WO schüttelte den Kopf. »'n gescheiterter Medizinstudent ist der ganz und gar nicht, Herr Kaleu. Sonst wäre ihm der Fachjargon nicht so flott über die Lippen gegangen. Der ist oder war Arzt, vermutlich sogar Chefarzt in einem Krankenhaus oder in einer größeren Klinik, so wie der auftritt.«

»Verdammt noch mal, warum spielt er uns dann hier eine Komödie als Ministerialbeamter vor?«

»Na, warum wohl?« fragte der LI sarkastisch. »Weil er untertauchen muß, bevor in Deutschland der Ofen aus ist, Georg! Weiß der Teufel, was der ausgefressen hat. Aber es muß so zum Himmel stinken, daß er jetzt schleunigst die Kurve kratzt, um nicht den Alliierten in die Hände zu fallen.«

»Jetzt geht die Phantasie aber wirklich mit Ihnen durch, Herr Albrecht«, widersprach der II WO. »Ein als Ministerialbeamter getarnter Arzt muß nicht unbedingt Dreck am Stecken haben. Vielleicht ist er in geheimer Mission unterwegs?«

»Dann hätte er doch wohl kaum gekuscht und die Ohren angelegt, als ihn der Kommandant so provoziert hat, Herr Oberleutnant«, warf ich ein. »Der ist Arzt, das ist auch meine Meinung, und irgendwo ganz oben angesiedelt, sonst wäre er jetzt nicht an Bord.«

»Richtig, und das gilt auch für den anderen schrägen Vogel«, stimmte Georg mir zu. »Deshalb halten die eisern das Maul. Keiner von uns soll wissen, wer sie wirklich sind.«

»Warum öffnest du nicht einfach die Order, bevor wir acht Grad West erreichen?« fragte der LI. »Sander hat sich ja selbst enttarnt. Vielleicht findest du darin 'ne Erklärung für die beiden anderen?«

»Daran habe ich nach dem Gespräch mit ihm auch schon gedacht; der kennt die Order ja angeblich.«

Georg stand auf und öffnete das Stahlfach mit den geheimen Unterlagen. Obenauf lag ein versiegelter Umschlag. Bevor er das Siegel brach, wog er ihn einen Augenblick nachdenklich in der Hand. Der Umschlag enthielt zwei verschlossene Kuverts.

»Der hier betrifft Oberleutnant Sander, der andere die sogenannten Ministerialbeamten von der Stetten und Kunze. Dann wollen wir doch mal sehen!« Er schlitzte den Umschlag auf und las die Anweisung. »Mensch, der kannte den Inhalt ja tatsächlich! Wir sollen Irland anlaufen und ihn – seinen Wünschen entsprechend – unbemerkt an Land setzen. Danach ist die Order zwei zu befolgen. Beides Geheime Kommandosache, meine Herren!«

»Na, klüger macht uns das auch nicht«, moserte der LI.

»Stimmt«, antwortete Georg. »Aber dafür können wir jetzt direkten Kurs auf die Hebriden nehmen.«

Die Fahrt durch das Gebiet, das von den Briten beherrscht wurde, ließ sich trotzdem gut an. Der LI hatte nicht zu viel versprochen, seine Stoker machten die Kombüse tatsächlich wieder voll benutzbar. Neumann konnte zur Freude aller endlich unter Beweis stellen, was er gelernt hatte. Damit hatten wir wenigstens ein Problem vom Hals.

Dafür machte sich ein anderes bemerkbar. Sah man von den paar Stunden in Bergen ab, dann standen wir jetzt den neunten Tag in See, davon die meiste Zeit unter Wasser. Unter diesen anomalen, lebensfeindlichen Bedingungen ging der normale menschliche Lebensrhythmus, geprägt vom Wechsel zwischen Tag und Nacht, glatt vor die Hunde. Obwohl die Wachen turnusmäßig wechselten, verloren wir jedes Zeitgefühl.

Für die alten Hasen war das kein Problem, wohl aber für die Neulinge, die ohnehin schon mehr oder weniger unter der räumlichen Enge litten.

Beim ersten warmen Essen nach dem Küchenbrand machte Sander seinem Herzen Luft. »Verflucht, jedesmal, wenn ich auf die Uhr schaue, weiß ich nicht, ist das nun Tag oder Nacht. Und haue ich mich dann todmüde aufs Ohr, habe ich das blöde Gefühl, die verdammte Koje über mir und die Stahlwände stürzen auf mich herab und erdrücken mich. Und schlafen kann man bei dem Bordbetrieb auch nicht richtig.«

Er erntete ein verständnisvolles Grinsen; denn das hatte jeder von uns durchgemacht.

»Das legt sich«, sagte ich. »Nach sechs Wochen Feindfahrt haben Sie nur noch *ein* Bedürfnis, nämlich endlich mal ohne Alarm richtig auszuschlafen. Da sehen und hören Sie nichts anderes mehr.«

Sander sah mich entsetzt an. »Sechs Wochen getaucht? Und das hält man aus? Wenn ich mir das bloß vorstelle, krieg' ich ja schon 'nen Koller!«

»Keine Sorge, irgendwann siegt auch bei Ihnen die Müdigkeit über diese Klaustrophobie«, tröstete ihn Georg lächelnd. »Außerdem sind es für Sie ja nur noch ein paar Tage und keine sechs Wochen.«

»Aber möglicherweise für uns«, unkte der LI. »Noch weiß ja keine Sau, wohin die Post abgeht, wenn Sie erst mal von Bord sind. Vielleicht nach Südamerika oder so.«

Sander forschte aufmerksam in unseren Gesichtern. »Glauben Sie wirklich, daß es dazu noch kommt? Ich weiß nicht. Für mich klang die bruchstückhafte Nachrichtensendung von heute nacht alles andere als rosig. Und das lag nicht nur an dem jämmerlichen Empfang.«

Das war unser drittes Problem. Wir bekamen nur noch ganz wenige deutsche Sender in die Antenne, und die waren dann auch noch von Störsendern überlagert. Wir hatten keine Ahnung, wie es inzwischen in der Heimat wirklich stand. Das drückte zunehmend auf die allgemeine Stimmung.

»Und was leiten Sie daraus ab?« fragte ich.

Sander überging meine Frage und musterte uns abschätzend, bevor er die Katze aus dem Sack ließ. »Vielleicht sollten wir uns eine andere Nachrichtenquelle suchen? Nein, nein, nicht BBC, Herr Kaleu! Da sind die Nachrichten ja auch gefärbt, obwohl die es doch gar nicht mehr nötig haben. Ich denke an einen neutralen Sender. Die werten die Nachrichten beider Seiten aus. Vielleicht Radio Dublin?«

Teufel, das war keine Katze mehr, das war eher ein dicker Hund, ein dicker, fetter sogar. Er wußte doch, daß es uns strengstens verboten war, ausländische Sender zu hören. Aber mußten wir uns denn jetzt immer noch daran halten?

»Wer kann uns denn das verübeln, Herr Kaleu?« deutete er unser Schweigen genau richtig. »Oder möchten Sie nicht wissen, wie die allgemeine Lage tatsächlich ist?«

»O doch, Herr Sander. Wir werden sehen.«

Meine Wache war vorüber. Ich zeichnete das Logbuch ab, während die Männer wechselten. Der II WO kam in die Zentrale, um mich abzulösen.

Er warf einen Blick in das Buch. »Nur zwei weit entfernte Vorpostenboote in den vier Stunden? Erstaunlich friedlich, was?«

»Kann uns doch eigentlich nur recht sein. Aber vermutlich haben die Tommies dafür jetzt ein paar Flugzeuge in der Luft. Es ist ja noch hell oben.«

Ein seltsam kratzendes, schabendes Geräusch ließ mich aufhorchen. Es kam von der Außenhaut und verstärkte sich noch.

Auch der II WO lauschte. »Was ist das denn? Das wird doch nicht etwa so 'ne Scheißhorchboje ...«

»Boot verliert Fahrt, Herr Oberleutnant! Beide Maschinen laufen.«

Über uns sprang dröhnend ein Motor an. Wir zuckten wie unter einem Donnerschlag zusammen und sahen uns einen Augenblick völlig perplex an. Der Motor setzte aus, sprang stotternd wieder an und lief mit einem behäbigen Tuckern rund.

»Ein Glühkopfmotor! Verflucht, ein Fischer! Wir hängen in seinem Netz!« schrie der II WO. »Beide Maschinen stopp!

Alarm! Alle Mann auf Gefechtsstation! – Beide Maschinen äußerste Kraft zurück! Vielleicht werden wir das Scheißnetz los, ehe der da oben Alarm auslösen kann!«

Georg kam in die Zentrale gejumpt. Auch ihm stand der Schreck in den Augen. Ein Ruck lief durch das Boot, als die Maschinen mit aller Kraft das Netz loszuwerden versuchten. Wir lauschten angespannt auf die Außengeräusche. Es schabte und kratzte an der Außenhaut. Schafften wir das?

Der Motor über uns erhöhte plötzlich die Drehzahl, lief auf vollen Touren.

»Aus!« rief Georg. »Wir schleppen ihn mit, und er wehrt sich dagegen! Beide Maschinen stopp! Wir müssen auftauchen und ihn daran hindern, Hilfe herbeizurufen! Anbla ...«

»Und wenn wir denen Amerikaner vorspielen, Georg?« unterbrach ihn der LI. »Unser Bootstyp ist den Fischern garantiert nicht bekannt, und nichts an ihm deutet auf ein deutsches U-Boot hin. Wenn Sander mitspielt, kommen wir mit ein paar Bolzenschneidern ganz schnell frei!«

»Mensch, LI, du bist ein Goldstück!« Georg schleuderte seine Mütze, die ihn verraten würde, in die nächste Ecke. »Wenn keine Flugzeuge in der Luft sind, könnte das klappen! Herr Sander, wir brauchen ...«

»Schon kapiert! Nichts wie nach oben!«

»Dann los! Arbeitsgruppe und Flak in den Turm! Keine Mützen, Leute, und kein deutsches Wort! Anblasen!«

Ein gewagter Einfall, aber unsere einzige Chance. Unser graues U-Bootpäckchen ohne jedes Kennzeichen ging bei dem Tommy sicher als amerikanische Bordkleidung durch. Den Rest würde die Überraschung besorgen, wenn wir plötzlich auftauchten.

»Turmluk kommt frei! Boot ist aufgetaucht!«

Blitzschnell stürmten die Männer hinter dem Kommandanten und Sander die Leiter empor, ich hinterher. Das Schauspiel wollte ich mir nicht entgehen lassen; schließlich war ich Kommandantenschüler.

Mir bot sich ein unerwartetes Bild. Wir schwammen mitten in einem Pulk friedlich fischender Heringslogger, die unter Focksegeln vor ihren Netzen trieben. Deshalb also hatten wir sie nicht gehört!

Unweit von uns dümpelte der Logger mit dem Glühkopfmotor, in dessen Netz wir uns verfangen hatten. Die Überraschung war perfekt. Die Leute starrten mit offenen Mündern zu uns herüber.

»Hello! This is US-Submarine *Walrus*!« schrie Sander durch ein Megaphon zu ihnen hinüber. »Sorry – you've caught us!«

Im breitesten irischen Slang setzte er ihnen auseinander, was sie tun müßten, um den von uns verursachten Schaden an ihrem Netz ersetzt zu bekommen. Indessen turnten unsere Männer mit affenartiger Geschicklichkeit über das glitschige Deck und befreiten uns aus den Maschen. Ich war sicher, die Fischer hielten ihn tatsächlich für einen Amerikaner, wenn auch für einen mit irischer Abstammung. Aber das machte nichts. Zwei Drittel aller Polizisten in New York waren schließlich eingewanderte Iren.

Mein Blick suchte den Himmel ab. Kein Flugzeug, Gott sei Dank! Sander wiederholte seine Instruktionen noch einmal, dann waren wir frei. Unsere Männer verschwanden unter Deck.

Ein Abschiedsgruß. Über uns schloß sich wieder schäumend die schützende See.

»Sie haben die regelrecht überrollt, Herr Sander!« Georg lachte. »Sie waren sehr überzeugend. Vielen Dank!«

»Wir haben Glück gehabt. Das hätte auch verdammt ins Auge gehen können«, sagte der II WO erleichtert.

Der LI verzog skeptisch das Gesicht. »Das kann es noch immer! Ein amerikanisches U-Boot im Fischernetz, das wird in den Pubs auf den Inseln die Runde machen und irgendwann auch den Behörden zu Ohren kommen.«

Sander schüttelte den Kopf. »Überschätzen Sie die britische Bürokratie nicht, Herr Albrecht. Die finden frühestens heraus, daß es hier gar keine Amis gibt, wenn der Fischer seinen Antrag auf Schadenersatz stellt. Und dann wird es auch noch eine Weile dauern.« Der Gedanke daran schien ihn köstlich zu amüsieren. »Der bürokratische Weg nach Liverpool ist weit. Ich habe den armen Kerl nämlich an die dortige amerikanische Marinebasis verwiesen, bezweifle jedoch, daß es dort eine gibt.«

Einen Augenblick sahen wir ihn verblüfft an, dann brachen wir in lautes Gelächter aus.

»Raffiniert!« lobte Georg. »Trotzdem sollten wir unser Glück nicht überstrapazieren. Man kann gar nicht so dumm denken, wie es manchmal kommen kann!«

Er trat an den Kartentisch und beugte sich über die Seekarte. Mit dem Kursdreieck tippte er auf die Flannan-Inseln und Sankt Kilda. »Wir werden sie westlich passieren, da haben wir genügend tiefes Wasser unter dem Kiel. Nach Einbruch der Dunkelheit werden wir schnorcheln. Dann können wir morgen mittag den Nordkanal erreichen.«

Der LI stieß mich an. »Der Nordkanal, keine schöne Erinnerung, was?«

Ich nickte nur stumm. Vier Schiffe hatten wir dort mit U 996 aus einem stark gesicherten Geleitzug herausgeschossen und bei der anschließenden Verfolgungsjagd noch zwei Korvetten mit Treibminen zu den Fischen geschickt, ehe die rachedurstige Meute nach fünf Tagen von uns abließ. Fünf Tage, an denen unser Leben keinen Pfifferling mehr wert gewesen war. Ich war sicher, daß auch Georg das nicht vergessen hatte.

Er sah uns der Reihe nach an. »Andere Vorschläge? Nicht? Na, dann nischt wie weg hier!«

In der Nacht peilten wir Radio Dublin ein, das ausführliche Nachrichten von den Kriegsschauplätzen brachte. Völlig emotionslos stellte der Sprecher die alliierten Verlautbarungen dem kümmerlichen deutschen Wehrmachtsbericht gegenüber, und das war niederschmetternd. Nichts im deutschen Wehrmachtsbericht davon, daß Berlin von den Russen nahezu eingeschlossen sei und sich einige der Außenbezirke schon in ihrer Hand befänden, daß der Stadtkern mit der Reichskanzlei unter schwerem Trommelfeuer liege und die Russen in verlustreichen Kämpfen Straßenzug um Straßenzug eroberten. Nur Durchhalteparolen, wüste Drohungen gegen Feiglinge und Vaterlandsverräter und optimistische Prognosen über einen siegreichen Kriegsausgang dank deutscher Wunderwaffen.

Nicht anders war es im restlichen Reichsgebiet, das die Alliierten stellenweise fast kampflos eroberten.

Für den Kommentator, der ausländische Pressestimmen zitierte, stand das Kriegsende in Europa unmittelbar bevor. Mit einer deutschen Kapitulation sei spätestens in drei Wochen zu rechnen. Himmler habe schon Friedensfühler nach Schweden ausgestreckt, nachdem er vorab 1000 jüdische Frauen aus dem Konzentrationslager Ravensbrück freigelassen habe.

Konzentrationslager für Juden? Davon hörte ich zum erstenmal. Es kam jedoch noch schlimmer. Er zitierte den Bericht einer Kommission, wonach in dem deutschen Konzentrationslager Auschwitz in Polen von der SS mehr als vier Millionen Juden, Zigeuner und Ausländer vergast und verbrannt worden seien. Das klang so unglaublich, daß wir einander fassungslos ansahen.

Ohne Mühe konnte man von unseren Gesichtern ablesen, was wir dachten. War das Greuelpropaganda, oder stimmte das am Ende wirklich?

»Über vier Millionen umgebracht und verbrannt, habe ich das richtig übersetzt?« brach Georg das betretene Schweigen.

»Vergast und verbrannt, Herr Kaleu«, verbesserte Sander

nicht minder schockiert. »Doch das kommt aufs selbe heraus. Staatlich sanktionierter Mord!«

»Nun mal langsam, Herr Sander!« begehrte der II WO auf. »Wer sagt Ihnen denn, daß das stimmt?«

»Mein Gefühl, Herr Lutz, lediglich mein Gefühl! Wenn ich ...«

»Gefühl, Gefühl! Da lachen ja die Hühner! Ich glaube davon kein Wort!«

»So? Wie beurteilen Sie denn dann diese sinnlosen Opfer für einen Haufen Fanatiker, die nicht erkennen wollen, daß Ihre Uhr abgelaufen ist? Ich hab's auch nicht sehen wollen. Hitler ...«

»Es langt, meine Herren!« griff Georg ein. »Wir haben schon genug um die Ohren, da brauchen wir uns nicht auch noch politisch in die Wolle zu kriegen. – Herr Lutz, die Sendung ist vorbei. Ich möchte nicht, daß der Obersteuermann noch länger Ihre Wache in der Zentrale geht.«

Das war ein deutlicher Tadel, den der II WO widerspruchslos schluckte. Er stand auf und schob ab.

»Ich weiß nicht, ob es eine gute Idee war, Radio Dublin zu hören«, meinte der LI in seiner ruhigen Art und stand ebenfalls auf. »Über vier Millionen Menschen skrupellos umgebracht! Wenn das stimmt, glaube ich nicht, daß ich jemals darüber hinwegkomme.«

Nicht nur er, davon war ich überzeugt.

Am nächsten Morgen vermied jeder jedes Wort über die nächtliche Sendung. Wir taten so, als habe es sie nie gegeben. Und doch bohrte nicht nur in mir der Verdacht, dieser Bericht über den unvorstellbaren Massenmord an den Juden, Zigeunern und anderen sei am Ende doch nicht nur eine Erfindung, um uns in den Augen der Weltöffentlichkeit noch mehr herabzusetzen.

Selbst die allgemeine Bordroutine konnte mich nicht vollends auf andere Gedanken bringen. Wir kamen jetzt in ein höchst gefährliches Seegebiet. Unzählige Geleitschlachten waren hier zwischen den Hebriden und Nordirland vor der Einfahrt in die Irische See geschlagen worden. Verlustreich für beide Seiten, deshalb lauerten hier zahlreiche U-Jagdgruppen auf die Hunnen, wie uns die britische Presse nannte.

Gegen die hatten wir nur ein Mittel. Ging es irgendwann nur noch um Sein oder Nichtsein, dann mußten wir uns mit unseren Torpedos wehren. Deshalb überwachte ich an diesem Morgen ganz besonders aufmerksam ihre Wartung. Auch das hatte ich als II WO übernommen.

Irgendwann gesellte sich Ulli zu mir. »Die Funker behaupten, die Kapitulation stehe unmittelbar bevor. Stimmt das?«

Ich zuckte die Schultern. »Schön wär's ja! Die haben das in den falschen Hals bekommen. Radio Dublin hat die Tommies zitiert. Die geben uns höchstens noch drei Wochen. Das war alles. Gut steht es ja ohnehin nicht. Aber das ist doch nichts Neues.«

Er sah mich mißtrauisch von der Seite an. »Du machst mir nichts vor?«

»Mensch, Ulli, wenn ich bloß selber wüßte, woran ich bin! Es ist schon ein Scheiß, daß die uns noch mal in See geschickt haben. Aber es ist bisher immer noch besser als die Hölle, die über Ostdeutschland hereingebrochen ist.«

»Ich weiß, und in dieser Hölle stecken jetzt meine Frau und die Kinder.«

Verdammt, ich hatte wieder auf dem falschen Fuß ›Hurra!‹ geschrien. Er kam aus Neubrandenburg, das die Russen vermutlich schon überrannt hatten.

»Entschuldige, Ulli, ich bin ein Trottel. Daran habe ich gar nicht gedacht. Ich ...«

»Laß es gut sein, Robert. Es ist nun mal nicht zu ändern.« Er zögerte. »Der Gruber behauptet, dem I WO geht es wieder besser. Dann wird er wohl bald wieder seine Wache gehen, was?«

Ich schüttelte den Kopf. »Unwahrscheinlich. Er kotzt nicht

mehr alles wieder aus; aber von Haferschleim wird der nicht gesund. Helfen kann dem vermutlich nur noch 'ne Operation.«

»Ich mag ihn nicht sonderlich und hab ihm alles Mögliche an den Hals gewünscht; aber jetzt tut er mir leid.«

Genau zur Mittagszeit bekamen wir westlich der Vidal Bank, die der Einfahrt in den Nordkanal vorgelagert ist, weit entfernte Schraubengeräusche in unser GHG. Sie kamen aus dem offenen Atlantik mit Kurs auf diese Meerenge zwischen den Hebriden und Nordirland an Steuerbord voraus schnell auf. Eine U-Jagdgruppe?

Was da zunächst nur als dumpfes Grummeln über die Kimm gestiegen kam, schwoll jedoch schon bald zu einem vielstimmigen Chor an. Das war keine einsam umherstreifende U-Bootjagdgruppe, das war mehr. Ein Geleitzug dampfte heran, durchfurchte als gewaltige Armada lärmend die See und steuerte in einem so traumhaften Schußwinkel auf uns zu, daß es jeden U-Bootkommandanten in den Fingern jucken mußte.

»Eßt schneller, Leute! Gleich haben wir Kundschaft im Laden!« witzelte Georg. »Die darf man nicht warten lassen, das ist unhöflich.«

Er erntete Gelächter, nur nicht von den Offizieren. Die Mannschaft kannte ja den strikten Befehl nicht, jeden Feindkontakt zu vermeiden. Wir hatten der Kundschaft zumindest solange aus dem Weg zu gehen, wie wir Badegäste an Bord hatten. Unsere Befehle für die Zeit danach sahen sicher ganz anders aus.

Larsson, der die Meldungen der Horcher auswertete und den Generalkurs des Geleits auf der Seekarte mitkoppelte, kam zu uns in den Offiziersraum. »Die zicken und zacken nicht, Herr Kaleu. Die halten stur Generalkurs eins-drei-fünf mit etwa sechzehn Knoten. Entfernung der vorderen Sicherung etwa zwölf Seemeilen.«

Georg beugte sich über die Karte. »Danke, Obersteuermann. Ein Schnellgeleit also, vermutlich überwiegend Truppentransporter und Tanker unter starker Sicherung. Deshalb zickzacken die nicht. Jammerschade, so eine günstige Gelegenheit kriegen wir nie wieder!«

Es hielt ihn nicht mehr an der Back. Er verließ uns, um einen schnellen Rundblick durch das Sehrohr zu riskieren. Enttäuscht kehrte er zurück.

»Nichts! Niedrige Wolken, Sicht vielleicht fünf Seemeilen und Nieselregen! Noch sind sie weit genug ab und fahren Rabatzbojen. Da hören sie uns nicht, wenn wir voll aufdrehen und aus ihrem Kurs türmen.«

Sein Optimismus steckte auch uns an. Mit der vollen Leistung unserer E-Maschinen brachten wir es spielend auf siebzehn Knoten. Natürlich nur kurzzeitig, um die Batterien nicht auszunuckeln, denn die waren lebenswichtig; aber immerhin. Der Geleitzug dagegen lief nur sechzehn Knoten, hinzu kam die Entfernung zwischen ihm und uns.

Es war also ein ganz einfaches Rechenexempel, das sich noch dazu auf der Seekarte eindrucksvoll darstellen ließ. Larsson, der solche Spielchen liebte, trug gewissenhaft die Entfernungen ein und rechnete den Zeitpunkt aus, an dem uns die Vorhut achtern passieren mußte.

»Sieht nicht schlecht aus, Larsson!« lobte Georg. »Hauptsache, die richten sich auch danach.«

Der lächelte zuversichtlich. »Ich denke schon, Herr Kaleu. Man kann ja hören, wie das Mahlen der Schrauben langsam, aber stetig nach achtern auswandert. In zwei Stunden dürften wir sie nur noch ...«

»Wumm!« Eine laute Explosion übertönte die Schraubengeräusche und ließ ihn verstummen.

»Wumm! Wumm! Wumm!« Eine ganze Serie, nur Sekunden lagen dazwischen. Wir sahen uns überrascht an.

»Was ist das denn?« fragte Georg aufgescheucht. »Schreckbomben doch wohl kaum?«

»Wumm! Wumm! Wumm! Wumm!«

Die Rabatzbojen verstummten, hochtouriges Sirren trat an ihre Stelle.

»Geleitsicherung hat die Rabatzbojen geslipt, Herr Kaleu!« meldete Maat Weber vom Horchgerät. »Kurvt durch das Geleit!«

Es war nicht zu überhören. Die Geleitsicherung geriet in helle Aufregung. Wasserbomben detonierten weit entfernt, wurden zu einem ganzen Teppich von Explosionen. Dazwischen übertrug das Wasser das helle Sirren von Zerstörer- oder Fregattenschrauben und die Abschüsse von Salvengeschützen, mit denen die Tommies auch schon auf U 996 Jagd gemacht hatten.

»Ich werd verrückt! Ein Torpedoangriff!« entfuhr es Georg. »Ob der Franzen und der Grundei das Geleit aufmischen?«

»Dann sollten wir aber schleunigst die Beine in die Hand nehmen, sonst ziehen die uns noch mit in den Strudel hinein!« unkte prompt der LI. »Wenn die Tommies erst einmal aufgescheucht sind, vermuten die in jeder Ecke 'n Fritz und geben nicht eher Ruhe, bis sie den halben Atlantik abgesucht haben!«

Mochte der Teufel wissen, warum der LI auf dieser Reise mit seinen Unkenrufen ständig der Kassandra nacheiferte.

»Unsinn, Klaus! Von denen haben wir nichts zu befürchten. Du hörst doch selbst, die sind anderweitig voll beschäftigt.«

Das waren sie und zwar mit erstaunlicher Ausdauer. Sie warfen Unmengen von Wasserbomben flächendeckend in die See. Zeitweise übertönten die Explosionen furchterregend alle Schraubengeräusche.

»Die armen Schweine!« sagte der LI voller Mitleid. »Da bleibt doch kein Auge trocken!«

Plötzlich verstummte das Geballer. War das das Ende der Angreifer? Die Geleitsicherung lief auf ihre Positionen am

Konvoi zurück. Deutlich hob sich ihr hochtouriges Sirren von dem behäbigeren Mahlen der Transporter ab, die stur ihren Marsch fortgesetzt hatten.

Neugier trieb Georg an das Sehrohr. Vorsichtig fuhr er es aus und visierte das Geleit an. Die Sicht hatte sich gebessert und der Regen nachgelassen.

»Da sind sie! Mensch, ist das 'ne Mahalla! Die reinste Flottenparade! Vorneweg die Feger, vier Geleitzerstörer. Kämmen mit ... Verdammt, viel dichter dran als ... Alarmtauchen! Beide Maschinen äußerste Kraft voraus!«

Das Boot kippte unter dem Druck der Schrauben und der hart gelegten Tiefenruder regelrecht vornüber und stieß in die Tiefe. Das Wasser in den aufgerissenen Tauchzellen beschleunigte das Abtauchen noch.

»Schraubengeräusche aus eins-drei-fünf anlaufend!« Webers Stimme überschlug sich fast. »Zerstörer vermutlich! Geleit ändert Kurs, Herr Kaleu!«

»Schon gesehen! Die Brüder zacken direkt auf uns zu! Rudergänger, neuer Kurs zwo-zwo-fünf! Frage Tiefe?«

»Fünfzig Meter gehen durch! Boot fällt schnell!« Kein Wunder bei diesem Schraubenschub! »Siebzig Meter ... achtzig ...«

»Auf hundertzwanzig Meter abfangen! Beide Maschinen stopp! Auf Schleichfahrt umkuppeln! Kleine Fahrt voraus!«

Endlich! Mir fiel ein Stein vom Herzen. Von den Horchgeräten der heranbrausenden Zerstörer ging die größte Gefahr für uns aus, wenn wir weiter mit auf Hochtouren laufenden Schrauben vor ihnen flüchteten. Wußte man denn, ob die uns nicht hörten?

»Zerstörer kommen schnell auf! Steuern Suchkurse!« kam es vom Horchgerät.

Was das hieß, wußte jeder. Sie zickzackten vor dem Geleit hin und her, um dort lauernde U-Boote aufzustöbern. Die übliche Masche, die auch die Seitensicherung anwandte. Damit aber nicht genug. Zwischen den in Kiellinie fahrenden

Reihen des Geleits jagten auch noch beutelüstern Korvetten oder Fregatten als Kolonnenfeger umher, um eingesickerte U-Boote auf die Hörner zu nehmen.

Unaufhaltsam rückte das Geleit näher. Unser neuer Kurs brachte uns zwar aus dem Suchbereich der Feger, damit war die Gefahr einer Entdeckung aber noch lange nicht gebannt. Bei der breiten Formation des Geleites konnten wir durchaus noch in die Zickzackkurse der Seitensicherung geraten, und das war nicht minder gefährlich.

Georg inspizierte die in die Seekarte eingezeichneten Kurse. »Wenn ich deren Commodore wäre, wäre jetzt der nächste Zack fällig, um nicht noch weiter südlich von meinem Generalkurs abzukommen. Bin's aber leider nicht. Nicht mehr lange, dann müssen wir tiefer runter.«

Angestrengt lauschten wir nach oben. Immer wieder ging der Blick zur Uhr. Entnervend langsam schlich die Zeit. Warum drehten die nicht endlich ab?

»Schraubengeräusche aus eins-neun-fünf. Mehrere Einheiten, Herr Kaleu!« kam es vom Horchgerät. »Schnell aufkommend!«

»Was ist das? Aus eins-neun-fünf?« fragte Georg ungläubig und beugte sich über die Karte. »Aus der Irischen See? Eskortenwechsel?«

»Ein größerer Verband! Klingt nach einem auslaufenden Geleitzug, Herr Kaleu!«

Wir in der Zentrale hörten nichts davon. Georg hielt es darum nicht mehr bei uns.

»Ein Gegengeleit? Das will ich selber hören!«

»Wat denn, zwee Jeleite uff eenmal?« tönte der Tiefenrudergänger Deitmann. »Ick gloob', ick spinne! Det is' ja 'n Betrieb wie Weihnachten uff 'n Kudamm!«

Alles lachte.

»Ein Gegengeleit?« fragte auch Sander, der, wie gewohnt, in seiner Ecke lehnte, wo er keinem im Wege stand. »Ist das gut oder schlecht für uns?«

Er war ja an allem interessiert, was an Bord vorging. Das war bei den anderen Badegästen nicht so, von denen sahen und hörten wir nichts. Das heißt, der Kunze hatte am Morgen den I WO und den Smutje besucht und sich anschließend befriedigt über ihren Zustand geäußert. Das war auch schon alles.

»Teils, teils«, antwortete ich. »So was lenkt immer ab. Die Männer auf der Brücke haben alle Hände voll zu tun, damit es keine Kollisionen gibt, und die an den Horchgeräten hören uns aus diesem Lärm sowieso nicht heraus. Gefährlich bleibt nur das ASDIC für uns.«

»Wieso denn? Ich denke, wir haben diese Schutz ...«

»Geleitzug ändert Kurs!« unterbrach ihn Weber. »Zackt auf den ursprünglichen Generalkurs zurück!«

Ein Aufatmen ging durch das Boot. Die Gefahr für uns schien gebannt. Gespannt verfolgten wir, wie der Konvoi wieder auf den Nordkanal einschwenkte. Ich hatte noch gut in Erinnerung, wie schwierig es gewesen war, unsere Geleite mit den Flüchtlingen aus Ost- und Westpreußen bei Kurswechsel wieder in die Reihe zu bekommen.

»Der Geleitführer ist nicht zu beneiden«, sagte ich schadenfroh feixend zu Sander. »Der wird seinen Verein in die tiefste Hölle verfluchen.«

»Und warum?«

»Frachterkapitäne sind Individualisten, die sich von der Kriegsmarine nur ungern etwas vorschreiben lassen. Das Fahren in Formation ist ihnen mithin ein Greuel.«

»So was lenkt ab!« hatte ich großspurig getönt. Jetzt holte mich mein eigenes Gequatsche ein. Unbemerkt hatte sich aus der allgemeinen Geräuschkulisse ein helles Sirren gelöst und kam schnell näher. Auch das entging uns noch und auch Georg und den Horchern, weil wir alle auf das Gegengeleit fixiert waren.

Die Überraschung war vollkommen. Als uns der ASDIC-

Strahl an Steuerbord traf, war der Tommy schon auf weniger als eine Seemeile heran. Der Strahl glitt zwar ab, aber er kam zurück und hielt uns fest. Nur zu gut wußte ich, was passierte, wenn ich als wachhabender Offizier jetzt nicht die richtigen Befehle gab. Man ließ mir jedoch keine Zeit mehr dazu.

Die Hölle tat sich für uns auf. Detonierende Wasserbomben machten jede Verständigung unmöglich. Unter den Schlägen fürchterlicher Explosionen über und um uns dröhnte der Bootskörper wie eine riesige Glocke. Druckwellen packten uns und schleuderten das massige Boot wie ein Kinderspielzeug von der einen in die nächste Detonation hinein. Das Licht ging aus. Vergeblich suchte ich nach irgendeinem Halt. Oben war plötzlich unten und unten oben. Ich flog gegen die Tiefenrudergänger und donnerte gegen das Querschott. Mein Schädel drohte zu platzen.

Ein regelrechter Wasserbombenregen ging auf uns nieder. Unmöglich, die Zahl der Detonationen zu zählen.

Mit einmal verstummten die Explosionen, war der irrwitzige Tanz in den Druckwellen vorbei. Das Boot richtete sich wieder auf. Betäubt tastete ich mich an der Wand hoch. Meine Ohren waren fast taub.

»Licht! Verdammt noch mal, macht Licht!« Georgs heisere Stimme drang durch die Watte in meinem Kopf, erinnerte mich an meine Pflichten als WO.

»Schadensmeldungen an Zentrale!« Ich erkannte meine eigene Stimme kaum, so ein dicker Kloß saß in meiner Kehle.

Handleuchten flammten auf. Ihr Schein geisterte durch den Raum, erfaßte sich aufrappelnde Männer und blieb an dem Sicherungskasten hängen, an dem der Zentralemaat laut fluchend herumhantierte.

»Achtung! Gegner dreht auf dem Teller! Neuer Anlauf aus zwo-sieben-null!« Webers Alarmschrei drang bis in den letzten Winkel des Bootes.

»Tiefer, LI! Wir müssen tiefer runter, sonst erwischt er uns diesmal!« Georg übernahm das Kommando. »Bold klar!«

Die Beleuchtung flackerte auf, brannte wieder voll. Wasser gurgelte in die Tauchzellen, ließ uns in die Tiefe sinken.

»Hundertvierzig gehen durch!« meldete Deitmann. »Boot sinkt weiter!«

Meldungen aus den Abteilungen gingen ein. »Keine nennenswerten Schäden, Herr Kaleu!«

Georg bestätigte meine Meldung mit einer Handbewegung. »Hätte mich auch gewundert. Die waren alle zu flach eingestellt. Der wußte nicht, wie tief wir sind. Weber, was macht er jetzt?«

»Gegner liegt gestoppt, Herr Kaleu! Starke Bordgeräusche!«

Über uns eine wohltuende Stille, nur das sich entfernende Grummeln des Konvois und der tastende ASDIC-Strahl. Er glitt über uns hinweg, kam zurück und verlor sich erneut.

»Was hat der Kerl vor? Erwartet der, daß wir auftauchen?« fragte Georg irritiert. »Oder horcht der, weil er schlechte ASDIC-Echos hat?«

»Hundertachtzig gehen durch! Boot fällt weiter!« fühlte sich der LI angesprochen. »Vielleicht liegt es daran, Georg?«

»Vielleicht auch an unterschiedlich dichten Wasserschichten, die uns abdecken? Egal, auf zweihundert einpendeln! Für volle Kraft umkuppeln! Wenn der wieder anläuft, hört er uns nicht. Dann gehen wir ihm mit dreimal AK aus dem Weg, klar?«

Hörte sich gut an, bloß der Tommy dachte nicht daran. Das bekannte Katz- und Mausspiel! Er ließ sich endlos Zeit und uns in Ungewißheit darüber, was er plante. Und das zerrte an den Nerven.

»Seltsam, daß der keine Unterstützung herbeigerufen hat«, sagte der II WO nachdenklich. »Fühlt der sich allein stark genug, oder hat der Luftunterstützung?«

Georg zuckte die Schultern. »Vermutlich beides. Wir werden ihm 'nen Bold vor die Nase setzen und in dessen Schutz ablaufen.«

Der Bold war eine Substanz, die sich im Wasser ausbreitete und dem ASDIC mit wunderschönen Echos ein U-Boot vorgaukelte. Während sich der Tommy daran lautstark austobte, konnte uns die Flucht tatsächlich gelingen. Alte Hasen fielen allerdings darauf nur kurzzeitig herein, aber immerhin.

»Und dann eines von diesen Teufelseiern vor den Bug«, schlug der II WO grienend vor. »Das wird ihn auf andere Gedanken bringen.«

Die Teufelseier, die wir an Bord hatten, waren Treibminen. Sie reagierten auf Schraubengeräusche von Verfolgern. Wir hatten damit schon auf U 996 Erfolg gehabt. Jetzt mußten wir dazu allerdings erst mal höher hinauf.

»Genau! Maat Schneider, klar zum Minenwurf!«

Wieder begann das entnervende Warten. Der Tommy rührte sich nicht, und wir trieben in der Unterströmung des Atlantiks immer weiter von ihm ab.

»Mine ist klar zum Wurf, Herr Kaleu!« meldete der BÜ.

Als sei das für den Tommy das entscheidende Signal, sprangen seine Maschinen plötzlich an und brachten die Schrauben auf Hochtouren. Wie ein wilder Stier stürzte er auf die Stelle zu, wo er uns vermutete und begann schon davor mit einem breitflächigen Bombardement. Das kam so überraschend, daß wertvolle Sekunden verlorengingen. Aber das machte nichts, sein Angriff verpuffte. Die Bomben fabrizierten zwar ein furchterregendes Geballer und schaukelten uns durch, doch sie lagen zu weit ab.

»Tob dich mal so richtig schön aus, mein Freund!« spottete Georg. »Beim nächstenmal bist du dra ...«

Das Wort blieb ihm im Halse stecken. Ein ASDIC-Strahl faßte uns und fraß sich an uns fest. Jetzt wußte der Kerl, wo wir steckten. Er reagierte aber nicht sofort, und das verschaffte uns Luft.

»Beide Maschinen dreimal äußerste Kraft voraus! Auf vierzig Meter anblasen!«

Schraubendruck und extreme Tiefenruderstellung bewirkten allein schon einen enormen Auftrieb, den Rest besorgten die ausgeblasenen Tauchtanks. Das Boot schoß so schnell nach oben, daß uns der Tommy aus seiner Ortung verlor. In einem weiten Bogen schor er auf Gegenkurs und lief erneut von Backbord an.

Kommandos bremsten unseren rasanten Aufstieg. Was immer der LI gegen den Leistungsstand der Männer vorgebracht hatte, sie straften ihn Lügen. Mit bewundernswerter Präzision und Ruhe brachten sie das Boot nach oben, so daß es nicht wie ein Korken aus dem Wasser sprang.

Auf vierzig Meter pendelte der LI das Boot ein. Noch immer blieb der ASDIC-Strahl aus.

»Kann uns nur recht sein! Um so größer wird seine Freude, wenn er den Bold ortet!« flachste Georg. »Bold raus! Für das Teufelsei auf zwanzig Meter anblasen!«

Sanft stieg das Boot nach oben. Gedeckt durch den Bold, liefen wir dem Tommy davon. Plötzlich ging es hinter uns los.

Georg lachte erleichtert auf. »Jetzt zerhackt er den Bold in tausend klitzekleine Teilchen, Leute! Heiii, wie das Tierchen meckerte, als sich der alte Tattergreis den Bratenrock beklekkerte!«

Ein Frau-Wirtin-Vers aus seinem Mund? Das war neu und überraschte alle.

»Freu dich nicht zu früh, Georg!« goß der LI prompt wieder Wasser in den Wein.

»Ach, hör auf, du olle Unke! Maat Schneider! Achtung! Mine! Wurf!«

Mit einem kaum spürbaren Ruck verließ die Mine das Boot. Hinter uns verstummte der Donner detonierender Wasserbomben. Viel zu früh, wie mir schien.

Georg verzog bedauernd das Gesicht. »Schade, doch ein alter Hase! Horchraum, was erzählen die Fische?«

»Gegner liegt gestoppt, Herr Kaleu.«

»Und flucht vermutlich gotteslästerlich, daß wir ihm auf so eine doofe Tour entwischt sind«, ergänzte ich.

Der II WO schüttelte den Kopf. »Ich glaube eher, der horcht jetzt, wo wir abgeblieben sind. Mit seinem ASDIC ist ja offenbar nicht viel los, sonst hätte er uns längst wieder an der Strippe.«

»Ja, seltsam, nicht wahr? Kann man nur hoffen, daß ...«

»Gegner nimmt Fahrt auf, Herr Kaleu! Läuft aus einsacht-null an! Kommt schnell auf!«

»Na bitte! Er hat also doch gute Ohren! Die werden ihm nur nichts nützen.« Georg schüttelte tadelnd den Kopf. »So ein leichtsinniger Hund, fährt mitten im Krieg ohne Rabatzboje! Soll man das glauben?«

Mitten in dem schallenden Gelächter ging das Teufelsei hoch. Die Schraubengeräusche verstummten. Die ganze nervliche Anspannung entlud sich in einem lauten Jubelgeschrei.

Nur die olle Unke fand wieder ein Haar in der Suppe. »Sie werden uns jetzt jagen; denn jetzt wissen sie, daß es uns tatsächlich gibt!«

»Siehste, genau das ist der Grund, warum ich mir den Blick durch's Sehrohr verkneife. Vielleicht sind da wirklich noch so 'n paar Freunde in der Luft, die nur darauf warten.«

Am Abend dieses ereignisreichen Tages ließ Georg *Besanschot* an für alle Mann an Bord pfeifen. Ein seltenes Signal für ein U-Boot, aber wir fanden einhellig, es müsse sein. Eine Flasche Becks-Bier, die haute keinen Seemann vom Hocker. Sie hob nicht nur die Stimmung, sie brachte auch uns Offiziere über einen trüben Punkt hinweg.

Dem I WO ging es denkbar schlecht. Von keinem von uns während des Alarms beachtet, hatte ihn sein altes Leiden wieder eingeholt. Er kotzte, bis nur noch helles rotes Blut kam.

Kunze, den Gruber alarmiert hatte, schüttelte bedenklich den Kopf. »Sieht nicht gut aus. Der Wasserbombenangriff war das auslösende Element. Der Mann braucht Sedativa, die ihn absolut ruhigstellen. Haben wir die?«

»Veronal«, sagte der II WO nach einem Blick in die Medikamentenliste.

Kunze winkte ab. »In diesem Fall denkbar ungeeignet! Das behält er nicht drin.«

»Dann bleibt nur noch Morphium intravenös. Aber wird er dadurch nicht süchtig?«

»Was ist Ihnen lieber, ein Toter an Bord oder die Gefahr, er könnte süchtig werden? Abgesehen davon, werde ich die Dosis so niedrig halten, daß er davon lediglich beruhigt wird, aber sonst nichts passieren kann.«

So bekam Fischer sein Sedativum und wir die erneute Bestätigung, daß Kunze nicht der war, der er zu sein vorgab.

Sie suchten die ganze See nach uns ab, das war sicher. Sie wußten ja nicht, welchen Kurs wir eingeschlagen hatten. Wir hüteten uns deshalb davor, nachts auch nur ein bißchen mehr als den Schnorchelkopf mit der Antenne aus dem Wasser zu stecken.

Es war nicht viel, was die aus Deutschland auffing. Die uns anbefohlene Frequenz schwieg noch immer, und der Wehrmachtsbericht gab auch nichts her. Anders der Sender Dublin. Der behauptete, der dicke Reichsmarschall Göring sei wegen Verrats aller seiner Ämter enthoben und unter Arrest gestellt worden. Das war eine Nachricht, die wie eine Bombe einschlug. Galt doch Göring bis dahin offiziell als der Stellvertreter und Nachfolger des Führers, nachdem Heß 1941 nach England geflogen war.

Als der Sprecher die britischen Verlautbarungen verlas, horchten wir auf. Die britische Admiralität gab die Versenkung zweier deutscher U-Boote bei einem Angriff auf einen Geleitzug vor der Irischen See bekannt. Ein drittes sei vermutlich ebenfalls gesunken, nachdem es in einer Verfolgungsjagd gestellt und bombardiert worden sei.

»Die meinen doch nicht etwa uns?« fragte ich überrascht.

Georg stand auf. »Na und? Ein gutes Omen, mein Lieber!

Totgesagte sollen doch bekanntlich länger als normale Sterbliche leben. Also können wir von nun an ganz beruhigt schlafen. Ich wünsche allen eine gute Nacht!«

Es wurde tatsächlich eine gute Nacht. Wir kamen gut voran, denn niemand kam uns in die Quere. Im Morgengrauen warf Georg einen neugierigen Blick durch das Sehrohr auf die Leuchtfeuer vor der irischen Küste, die über die Kimm blinzelten.

»Tory Island, ganz eindeutig, und was da voraus über die Kimm blinkt, stammt vom Leuchtturm auf Aran Island.« Er las die Werte vom Peilkranz ab, die Larsson in Kompaßpeilungen umrechnete und in die Karte eintrug. »Na, wie sieht's aus, Obersteuermann? Wann etwa können wir in der Donegal Bay sein?«

Larsson krauste nachdenklich die Stirn. »Gegen Mitternacht, Herr Kaleu, eher sogar später. Hängt vom Tidenhub ab, der dürfte hier am offenen Atlantik ziemlich deftig sein.«

»Hmmm, die felsige Küste ist auch alles andere als einladend.« Er wandte sich an Sander. »Daß wir nicht aufgetaucht in den Hafen einlaufen können, darüber haben wir ja schon gesprochen. Sie wollten sich was einfallen lassen.«

Sander nickte und zog einen Zettel aus der Tasche. »Meine Freunde wissen, daß ich unterwegs bin. Ich möchte diesen offenen Funkspruch absetzen. Das ist der deutsche Text, Herr Kaleu.«

Er reichte ihn Georg, der ihn aufmerksam las. »Klingt unverfänglich. *IRISH BRIDESMAID II*, ein drolliger Name. Gibt's diesen Fischkutter tatsächlich?«

»Aber ja, ordnungsgemäß registriert und eingetragen. Gehört meinem Freund John.« Er kicherte. »Zugegeben, ein verrückter Name für einen Fischkutter. It's Irish humor, Sir!«

Georg schmunzelte. »Kann man wohl sagen. *Irische Brautjungfer*, auf so etwas muß man erst mal kommen. Gab es einen besonderen Grund dafür?«

»O ja, meine Schwester Jane. Ursprünglich sollte der Kutter *JANE* heißen, denn John wollte sie heiraten. Doch sie hat ihn abgewiesen. Daraufhin hat er seinen Pott so getauft. Sie ist nämlich schon zweimal Brautjungfer gewesen, aber bisher unverheiratet geblieben. Ein bißchen verdreht, was?«

»Nun ja, jedem Tierchen sein Pläsierchen. Versteht man wohl bloß, wenn man Ire ist.« Georg gab ihm den Zettel zurück. »Genehmigt. Ansonsten regeln Sie das bitte mit Herrn Lutz, das ist sein Ressort.«

»Nicht mehr, Herr Kaleu! Das hat dankenswerterweise der Oberfähnrich mit allen meinen anderen Pflichten als II WO übernommen.«

»Richtig! Dann ran, Flemming!«

Der englische Text des offenen Funkspruchs war wirklich unverfänglich. In ihm teilte der Kapitän der *IRISH BRIDESMAID II* seinem Agenten mit, daß er seinen Fang in den frühen Morgenstunden im Hafen von Donegal anzulanden gedachte. Die Mengenangaben ließen mich allerdings stutzen.

»Donnerwetter, das ist ja ein beachtlicher Fang für einen Fischkutter!«

Sander grinste. »Ja, nicht wahr? Um die Wahrheit zu sagen, ich habe untertrieben. Es ist ein ganz moderner Trawler und kein Kutter. Und was die Zahlen anbelangt, nun ja, die sagen meinen Freunden etwas mehr, als die Briten herauslesen werden.«

Mir auch, mein Lieber, dachte ich im stillen. Der Funkspruch klang harmlos, verriet mir jedoch, daß hinter Sander eine straffe Organisation stand, in deren Führungsetage er offensichtlich ganz oben angesiedelt war.

»Das ist ganz normal, Herr Flemming. Darüber wird die britische Funküberwachung nicht stolpern, im Gegenteil. Der Kapitän bringt immer solche Mengen von See mit.«

Es werden nicht immer Fische sein, dachte ich mir meinen Teil. »Erwarten Sie eine Bestätigung?«

»Aber ja!« Er lächelte, als könne er meine Gedanken lesen. »Keine Sorge, die wird ähnlich unverfänglich ausfallen. Wir sind ein neutrales Land, das sich trotz des britischen Drucks bisher aus diesem Krieg herausgehalten hat.«

Die Briten fingen den Spruch garantiert auf und peilten den Sender mit Sicherheit ein. Da genügten mitunter Kleinigkeiten, um ihren Verdacht zu erregen. Doch Funkmaat Weber selbst setzte den Spruch mit einer solchen Professionalität und Selbstverständlichkeit ab, als gehöre der Funkverkehr in englischer Sprache zu seinen täglichen Pflichten.

Mir fiel ein Stein vom Herzen, und auch Sander nickte anerkennend. Wenig später ging die Bestätigung ein, gespickt mit Angaben über die zur Zeit erzielbaren Preise für die einzelnen Fischsorten des Fanges.

»Ist das auch üblich?« fragte ich ironisch.

»Was dachten Sie denn? Woher soll ich sonst wissen, wo sie uns treffen werden?« Er zog einen englischen Kriminalroman aus der Tasche. »Kennen Sie den hier? ›The Ringer‹ von Edgar Wallace, heißt in Deutschland ›Der Hexer‹. Ein sehr interessantes Buch.«

Ich nickte, doch aus einem anderen Grund. Ich wußte nicht, wie es funktionierte, aber es war ohne Zweifel das Codebuch, mit dem er die Angaben entschlüsseln konnte.

»Weber, melden Sie dem Kommandanten, daß der Funkspruch raus ist!«

Das war im Augenblick wichtiger. Oben wurde es immer heller. Wir mußten auf die E-Maschinen umkuppeln, wollten wir uns nicht der Gefahr einer zufälligen Entdeckung unseres Schnorchelkopfes aussetzen.

Ich wandte mich an Sander. »Befürchten Sie nicht, daß jetzt ein Aufklärer von einem der Flugplätze in Nordirland aufsteigt, um rauszufinden, was es mit der *Irischen Brautjungfer* auf sich hat?«

»Nee, da können Sie ganz unbesorgt sein. Sie haben es fast

sechs Jahre nicht getan. Warum also ausgerechnet heute? Meine Freunde würden das außerdem sofort erfahren. Haben Sie vergessen, daß nur ein Teil der Nordiren probritisch denkt?«

Unser Segelhandbuch gab über den Hafen von Donegal nur wenig her. Soviel aber doch, daß schon bei normalem Niedrigwasser weite Flächen der Bucht trockenfielen. Bei einer Nipptide kamen noch erheblich mehr trockene Flächen dazu. Das war der erste Dämpfer.

Den zweiten erhielten wir durch die Gezeitenberechnung. Hohlebbe, die tiefste Phase einer Nipptide, das war so ungefähr das schlimmste, was uns hier passieren konnte. Und die trat ausgerechnet um Mitternacht ein, als wir den Leuchtturm von St. John's Point an Backbord und die Lichter von Bundoran an Steuerbord drei Strich achterlicher als dwars hatten.

»Was nun, Herr Sander? Weiter hinein können wir uns getaucht nicht wagen. Wir haben erst wieder genügend Wasser unter dem Kiel, wenn es hell wird. Da ist aber an ein Auftauchen ohnehin nicht zu denken.«

»Ich denke, meine Freunde haben sich das schon selbst gesagt, Herr Kaleu. Schließlich sind sie hier mit dem Meer aufgewachsen. Wir können gefahrlos auf ...«

»Schraubengeräusch aus null-eins-fünf, Herr Kaleu!« unterbrach ihn Weber. »Glühkopfmotor, vermutlich ein Fischkutter, kommt langsam näher.«

»Das werden sie sein!« sagte Sander erleichtert. »Und falls nicht: Von einem Fischkutter haben Sie nichts zu befürchten, wenn Sie auftauchen. In der Dunkelheit sieht der uns garantiert nicht, weil er nicht mit uns rechnet.«

»Da ist was dran! Ausguck in den Turm! Anblasen! Boot bleibt klar zum Alarmtauchen!«

Sacht schwebte das Boot nach oben. »Turmluk kommt frei! Boot ist aufgetaucht!«

Die Männer stürmten nach oben, Georg voran, gefolgt von Sander. Die See war offenbar rauh geworden, denn das Boot begann gewaltig zu rollen. Ich war schon halb auf der Turmplattform, als es im Schiff so laut rumste, daß der ganze Bootskörper dröhnte. Eine Stimme schrie erschreckt auf.

»Was ist los da unten?« fragte Georg, als ich aus dem Turmluk kroch.

»Keine Ahnung, irgend etwas ist zu Bruch gegangen. Kein Wunder bei dem Geschlinger und Gestampfe!«

Meine Augen brauchten eine ganze Weile, ehe sie sich an die Dunkelheit gewöhnt hatten. U 4001 dampfte mit kleiner Fahrt schlingernd und stampfend gegen das noch immer ablaufende Wasser an. Voraus näherte sich tuckernd der Kutter, durch seine Positionslichter gut auszumachen. Ein Suchscheinwerfer flammte auf und strich mit seinem Schein über das Wasser. Eine Dampfpfeife schrie auf.

»Lang, lang, kurz, kurz, kurz – das Erkennungszeichen!« Sander sprang vor Freude in die Höhe. »Meine Freunde, Herr Kaleu! Wir haben es geschafft.«

»Ja, Sie, aber wir noch lange nicht! Signalmaat, beantworten Sie das Erkennungszeichen!«

Der Kutter nahm Fahrt auf und schor in einem Bogen an unsere Backbordseite heran. Es war ein flottes kleines Fahrzeug, das im Gegensatz zu U 4001 verhältnismäßig ruhig im Wasser lag, soweit man das in der Dunkelheit ausmachen konnte. Neben uns nahm es sich wie eine zerbrechliche Nußschale aus. Drei Männer standen in Ölzeug an Deck, denn es regnete. Ein Vierter lehnte aus dem Steuerhäuschen. Sie riefen Sander etwas zu, und der antwortete. Ich verstand kein Wort, weil sie gälisch sprachen.

Das ging eine ganze Weile so.

Georg wurde ungeduldig: »Ich wäre Ihnen sehr verbunden, Herr Sander, wenn wir zu Potte kommen könnten. Es wird schwierig genug werden.«

»Darüber haben wir eben beraten, Herr Kaleu.«

»Wir werden ein Jolltau ausbringen und Sie und unsere beiden Männer daran hinüberfieren.« Georg setzte Sander auseinander, wie das ablaufen sollte. »Sagen Sie Ihren Freunden das, bitte.«

Ein Jolltau, die einzige, wenn auch nicht gerade ideale Möglichkeit. Eine Laufplanke oder Stelling schied aus, der durch unseren Bootskörper bedingte Abstand war zu groß. Hinzu kam das Rollen, sie wäre sofort abgerutscht. Das Rollen würde uns auch bei dem Jolltau die größten Schwierigkeiten bereiten.

Zwischen den Iren setzte ein wortreiches Palaver ein, während der Oberbootsmann die notwendigen Vorbereitungen traf. Die Iren waren Männer der Praxis, das erleichterte alles.

Als erster wurde der I WO an dem Tau hinübergefiert, eingeschnürt in eine Transporthängematte und stumm wie eine ägyptische Mumie. Kunze hatte ihn vorsichtshalber unter Morphium und den Smut' unter Veronal gesetzt. Es ging besser, als wir angenommen hatten.

Der Smutje, ebenfalls in eine Transporthängematte verschnürt, wurde nach oben gebracht und an das Jolltau gehakt. Auf der Brücke kroch ein völlig aufgelöster LI aus dem Turmluk, wandte sich Georg zu und sprach leise auf ihn ein.

Der wehrte ihn sofort unwillig ab. »Später, Klaus! Du siehst doch, ich bin vollauf beschäftigt! Jetzt nicht!«

»Die wirst du jetzt aber haben müssen, mein Lieber!« Panik klang aus seiner Stimme. »Wir hatten achtern an Steuerbord eine Kollision. Hast du denn nichts gehört? Laut genug war es doch«

Georg sah ihn einen Augenblick irritiert an. »Was redest du da? Kollision? Womit denn?«

»Was weiß denn ich! Irgendein Unterwasserhindernis! Jedenfalls läßt sich das Tiefenruder an Steuerbord nicht mehr bewegen. Vermutlich ist nicht nur das Gestänge im Eimer, sondern viel mehr!«

Georg verschlug es die Sprache, und nicht nur ihm. Die Arbeit stockte. Hilflos hing der vom Veronal beduddelte Smutje zwischen Himmel und Wasser am Jolltau.

»Weiter, ihr Idioten! Wollt ihr den Smut' umbringen?« schrie der Oberbootsmann. »Rüber mit ihm!«

Georg erwachte aus seiner Fassungslosigkeit und sagte: »Du meinst ...«

Der LI wischte sich mit einem Twistknäuel über die Stirn.

»Ja, ich meine! Wir können erst wieder tauchen, wenn wir das verdammte Scheißding hingekriegt haben! Ein Taucher muß außen runter und das Ruder untersuchen. Dazu brauche ich einen ruhigen Liegeplatz. Siehst du hier einen?«

»Verdammt!« Das war alles, was Georg über die Lippen brachte.

In meinem Kopf überschlugen sich die Gedanken. Wenn man uns hier bei Tageslicht erwischte, dann war die Reise zu Ende, mochten die Iren auch noch so deutschfreundlich sein. Internierung, vielleicht auch Auslieferung an die Briten, kein schöner Gedanke.

Georg kam zu einem Entschluß. »Herr Sander, Sie haben gehört, in welcher Patsche wir sitzen. Gibt es eine Möglichkeit, hier irgendwo ungesehen unterzuschlüpfen, damit wir unsere Schwierigkeiten beheben können?«

»Ich glaube nicht, Herr Kaleu. Aber ich werde meine Freunde fragen, die kennen sich besser aus.«

Ein endloses Palaver setzte ein, natürlich wieder auf gälisch. Wir standen wie auf glühenden Kohlen.

»Zuerst eine Frage, Herr Kaleu: Ist denn ein ausgefallenes Tiefenruder wirklich so entscheidend, daß Sie überhaupt nicht mehr tauchen können?«

»Nicht unbedingt, es schränkt aber die Manöveriermöglichkeiten unter Wasser erheblich ein. Oder was meinst du, LI?«

»Nun ja, tauchen können wir schon«, trat der den Rückzug an. »Wenn ihr entsprechend ...«

Sander unterbrach ihn. »Gut! Zuerst die schlechte Nachricht: Es gibt hier keinen derartigen Ort. Ein U-Boot, das spräche sich schnell herum. Die Briten haben überall ihre Leute, denn die Grenze zu Nordirland ist nahe. Sie müssen weiter nach Süden.«

Er ließ seine Worte wirken und sah mich an. »*Go to hell or go to Connacht!* Sagt Ihnen das was, Herr Flemming?«

»Na klar! Damit hat Cromwell die enteigneten irischen Grundbesitzer in den unfruchtbaren, unwirtlichen Westen der Insel vertrieben. Denken Sie an Connemara?«

Er überging meine Frage. »Wir kennen eine Bucht, in der Sie nicht das erste deutsche U-Boot wären, das unentdeckt bleibt. Mein Vorschlag: Ich bringe Sie dorthin, denn ich habe Sie in diese Situation gebracht. Was halten Sie davon?«

»Und meine beiden Männer auf dem Kutter?«

»Sie bekommen umgehend ärztliche Versorgung. Das regeln meine Freunde.« Er lächelte. »Machen wir uns nichts vor, die sind jetzt besser dran als Sie, Herr Kaleu. Also?«

»Einverstanden.«

»Dann sollten wir keine Zeit verlieren!«

Wir verloren tatsächlich keine Zeit, sondern gingen sofort auf Gegenkurs. Aufgetaucht und mit Höchstfahrt verließen wir die Donegal Bay, um noch vor Tagesanbruch Tauchversuche in tiefem Wasser anzustellen.

Unter Deck bemühte sich indessen der LI mit seinen Männern um das Gestänge. Es war tatsächlich gebrochen. Sie bauten es aus, um es zu schweißen. Das war jedoch erst an einem ruhigeren Ort möglich. In der rauhen See vollführte das aufgetauchte Boot einen regelrechten Veitstanz.

Irgendwann erschien der LI bei uns auf der Turmplattform. Georg nahm ihn sofort auf die Hörner.

»Na, du olle Unke, was gibt's denn diesmal? Wieder eine neue Hiobsbotschaft?«

Der zuckte die Schultern. »Das wird sich zeigen, wenn wir tauchen. Ich bin gespannt.«

»Dann hättste unten bleiben sollen! Alle Mann unter Deck! Klar zum Tauchen!«

Wir ließen uns an den Leiterholmen in den Turm fallen. Georg knallte das Turmluk zu und trieb die Vorreiber vor.

»Turmluk ist dicht! Auf E-Maschinen umkuppeln. Beide Maschinen halbe Kraft. Fluuuuten! Auf zwanzig Meter einpendeln.«

Wasser strömte in die Tauchtanks. Wir gingen auf ebenem Kiel in die Tiefe. Ohne gelegte Tiefenruder dauerte es ungewohnt lange, aber dafür machte uns das beschädigte Tiefenruder keine Schwierigkeiten. Zu unserer Erleichterung hielt sogar seine Stopfbuchse dem Wasserdruck stand.

»Das kann sich ändern«, fand der LI prompt wieder ein Haar in der Suppe. »In hundert Meter Tiefe kann das ganz anders aussehen!«

»Schön, wenn's dich beruhigt, ab in die Tiefe! Genügend Wasser haben wir ja jetzt unter dem Kiel. Auf hundertdreißig Meter abfangen!«

Wir sanken in die Tiefe. Jeden Augenblick erwarteten wir einen Alarmschrei der Stoker, doch der blieb aus.

»Hält offensichtlich. Bist du nun zufrieden?«

»Hoffen wir, daß wir nicht tiefer müssen«, vermied der LI eine direkte Antwort. »Wenn ...«

»Hör bloß mit deinem Wenn und Aber auf! Du gehst mir damit langsam auf den Keks!« schnitt ihm Georg grob das Wort ab. »Freu dich lieber, daß wir überhaupt tauchen können! Es wird noch genügend Probleme geben, wenn es schneller gehen soll!«

Die gab es in der Tat. Wir fuhren unzählige Manöver, bis wir herausfanden, wie sich das Boot auch mit den noch funktionsfähigen Tiefenrudern manöverieren ließ. Besser und schneller jedenfalls als erwartet.

»Wenn Sie innerhalb der irischen Drei-Meilen-Zone bleiben, brauchen Sie die Royal Navy nicht zu fürchten, Herr Kaleu«, sagte Sander zuversichtlich.

»Und die irische Marine? Wie wird die reagieren, wenn sie uns ortet?«

Sander lachte. »Überhaupt nicht. Die paar kleinen Pötte haben lediglich symbolischen Wert. Ich bin nicht einmal sicher, ob sie ASDIC-Geräte an Bord haben. Wasserbomben aber auf keinen Fall. Wir sind eine friedliche Nation und befinden uns nicht im Krieg, Herr Kaleu.«

»Sehen Sie, da sind Sie wiederum besser dran als wir!« wiederholte Georg Sanders Worte. »Auf denn nach Süden!«

Sander schwieg sich über unser Ziel konsequent aus. Fragten wir ihn, dann wich er aus. Und auch Georg schwieg, denn der geheime Ort spielte für Sanders Organisation offenbar eine so wichtige Rolle, daß der Kreis der Eingeweihten so klein wie möglich gehalten werden sollte.

Als wir Achill Head, die westlichste Spitze von Achill Island, querab hatten, ahnte ich, wohin uns Sander lotste. Ich sprach ihn darauf unter vier Augen an.

»Killary Harbour, nicht wahr? Ein vierzehn Kilometer langer Fjord, davon über die Hälfte nur steile unwegsame Felswände. Ein idealer Ort.«

Er zuckte zusammen und starrte mich überrascht an. »Sie kennen Killary Harbour? Woher?«

»Mein Bruder und ich haben an der Mündung des Erriff River Lachse gefischt und ein paar Tage bei einem befreundeten Ehepaar in Leenaun gewohnt. Ein richtiger Abenteuerurlaub. Allein schon die Fahrt über den Doo Lough Pass war abenteuerlich. Eine herrlich einsame Gegend, über der ständig der Geruch von illegal gebranntem Whiskey lag.«

In seinem Gesicht machte die Spannung einem wissenden Lächeln Platz. »*Poteen* – haben Sie ihn mal probiert?«

»Das hat mein Bruder verhindert. Er meinte, es sei genug, wenn einer aus der Familie davon blind werde.«

Sander lachte herzlich auf. »Recht hat er, das Zeug ist ein furchtbarer Fusel. Haben Sie bei den O'Greedys gewohnt?«

»Holla, Sie kennen Tom und Mary O'Greedy?«

»Ich habe viele Freunde.« Sein Gesicht wurde ernst. »Wir wissen nicht, was die Briten nach Kriegsende mit Ihnen anstellen werden. Aber ohne Zweifel wird man Sie und alle anderen verhören. Erfahren sie von Killary Harbour, dann ist der Ort für uns wertlos. Deshalb darf unser Ziel im Boot nicht die Runde machen. Je weniger es kennen, desto besser ist es.«

»Gut, das leuchtet ein. Doch wie stellen Sie sich das vor? Zumindest die Steuerleute müssen doch eingeweiht werden. Wie sollen sie sonst navigieren?«

Er zögerte. »Dafür hat der Kommandant eine Lösung gefunden. Warten wir's ab.«

Als wir Clare Island passierten, ließ mich Georg in seine Kammer kommen. Vor ihm lag eine der irischen Seekarten.

»Ich habe von Sander gehört, daß du Killary Harbour kennst und dort sogar Bekannte hast. Traust du dir zu, uns dort hinein zu navigieren?«

»Mit dieser Spezialkarte schon. Aber wie willst du den Steuerleuten plausibel machen, daß ausgerechnet ich den Lotsen spielen soll?«

»Was gibt's da viel zu erklären? Du kennst das Gewässer, das muß ihnen genügen.« Er lachte plötzlich laut auf. »Nee, besser noch! Du sollst deine navigatorischen Fähigkeiten ohne fremde Hilfe unter Beweis stellen. Schließlich bist du doch hier als Kommandantenschüler eingestiegen. Deshalb löst du sie ab.«

Diese Begründung sprach sich schnell im Boot herum. Schließlich hatte der Kommandant Oberleutnant Lutz in aller Form als I WO und mich als II WO eingesetzt, nachdem wir Oberleutnant Fischer in Donegal von Bord gegeben hatten. So glaubten alle, es sei für mich so eine Art Eignungsprüfung. Uns konnte das nur recht sein.

Die beiden Steuerleute schöpften nicht den geringsten Verdacht, im Gegenteil. Als ich Mäusele vor Dromore Head ablöste, klang sogar Bedauern aus seiner Stimme.

»Und wir haben gedacht, das sei bloß so eine fixe Idee des I WO gewesen, um Sie zu triezen. Jetzt fängt der Alte auch noch damit an. Na, dann man viel Spaß!«

Ich zuckte ergeben die Schultern. »Ob's wirklich ein Spaß werden wird, muß sich erst noch zeigen.«

Ich breitete die Spezialkarte auf dem Kartentisch aus und machte mich an die Berechnung der zu steuernden Kurse. Das war eine gewohnte Arbeit, die leicht von der Hand ging. Allerdings lag mitten in der Mündung dieses Schlauches in den Atlantik eine unbewohnte Felseninsel, die das Fahrwasser in zwei Arme unterschiedlicher Tiefe teilte. Doch das war das kleinere Übel. Anders sah es mit der voraussichtlichen Ankunftszeit vor Killary Harbour aus. Die fiel genau mit dem Einsetzen der Dämmerung zusammen. Keine schöne Aussicht.

Georg trat zu mir an den Kartentisch. »Na, II WO, was machen Sie für ein skeptisches Gesicht? Probleme?«

Die Männer in der Zentrale spitzten die Ohren und ließen sich kein Wort entgehen.

»Wie man's nimmt, Herr Kaleu. Ankunft mit einsetzender Dämmerung bei ablaufend Wasser. Wird kein Vergnügen werden.«

Ich deutete auf die Insel und das geteilte Fahrwasser. Wir mußten davor auftauchen, und da würde es mit unserem labilen Kahn einige Probleme geben. Andererseits würde die ablaufende Tide den Steuerdruck verstärken.

»Hmmm, ein bißchen viel auf einmal, was?« brummte er. »Und kein Leuchtfeuer, nach dem wir uns richten können. Hoffentlich liegen die Bojen wirklich da, wo sie eingezeichnet sind. Die Karte hat ja schon einige Jahre auf dem Bukkel.«

Er brütete eine Weile über der Karte. Ich wußte, was ihm

wirklich Kopfschmerzen bereitete. Wenn wir der Mannschaft unser tatsächliches Ziel verheimlichen wollten, dann wurde es jetzt höchste Zeit.

Er tippte auf die Karte. »Ich denke, so müßte es gehen. Wir sollten das aber mit dem LI und dem I WO noch mal durchsprechen. Kommen Sie mit der Karte in meine Kammer.«

»Ich bin in einer Zwickmühle, meine Herren. Respektieren wir Sanders Wunsch, den Namen Killary Harbour unter keinen Umständen preiszugeben, dann müssen wir in die Karte falsche Kurse eintragen und das Logbuch entsprechend frisieren.« Georg ließ seine Worte wirken. »Ein schwerwiegendes Vergehen.«

»Unter normalen Umständen sicher«, pflichtete ihm der LI bei. »Aber sind die denn normal? Was zerbrichst du dir jetzt darüber überhaupt noch den Kopf? Wenn wir zurückkommen, ist der Krieg längst vorbei. Eine deutsche Regierung gibt es dann nicht mehr, wenn man Radio Dublin glauben darf. Wer soll uns dann noch für diese Manipulation zur Rechenschaft ziehen? Die Briten vielleicht?«

»Doch nur, wenn sie Grund zum Zweifeln hätten«, sagte der I WO. »Ich für meine Person werde stur behaupten, daß wir Killary Harbour nie angesteuert haben.«

Der LI feixte und zog die Schultern wie ein arabischer Basarhändler hoch. »Du sagen Killary Harbour? Ick nix kennen, ick immer nur Maschine! Du sagen, wo liegen Killary Harbour!«

Georg lachte. »Das paßt zu dir! Also sind wir uns einig. Flemming, Sie geben Ihre Karte nicht aus der Hand, klar? Die verschwindet, sobald wir Killary Harbour verlassen haben. Offiziell laufen wir Ballynakill Harbour an. Präparieren Sie eine zweite Seekarte entsprechend, die kann jeder einsehen. Die Bucht weist ebenfalls eine Felseninsel vor ihrer Mündung in den Atlantik auf, eine geradezu ideale Tarnung, meine Herren.«

Als wir auftauchten, goß es in Strömen. Das verschlechterte zwar die Sicht, schützte uns aber zugleich vor fremden Augen. Die konnten allenfalls Hummerfischern gehören, obwohl ihre Anwesenheit unwahrscheinlich war, denn die leerten ihre Fangkörbe nur am Morgen.

Die Bojen lagen tatsächlich noch an den Stellen, die die Karte angab. Sie kennzeichneten seltsamerweise nur das Fahrwasser in einem der beiden Mündungsarme, doch das reichte aus. Der Grund fiel vor und hinter der Insel so steil ab, daß wir uns mit dem Echolot mühelos in den Schlauch hineinlavieren konnten.

»Wie weit noch hinein, II WO?« fragte Georg.

»Vier Seemeilen etwa, dann macht der Fjord einen Knick nach Osten. Nicht weiter, sonst sieht man uns oben von der Straße.«

»Keine Sorge, Herr Kaleu«, mischte sich Sander ein. »Sie können den Punkt nicht verfehlen. Sehen Sie die Blinkzeichen dort hinten? Wir werden erwartet. Dort finden Sie auch guten Ankergrund.«

»Alle Wetter, Sie überlassen wohl nichts dem Zufall!«

Sander lachte verhalten. »Das können wir uns doch gar nicht leisten!«

Die Blinkzeichen kamen von einem jener typischen Boote, deren Form und Bauart noch aus grauer keltischer Vorzeit stammte. Bespannt mit geteerter Leinewand, hob sich der *curragh* kaum von der dunklen Wasseroberfläche ab. Drei Männer in dunklem Ölzeug saßen darin, Fischer offensichtlich, denn sie lotsten uns zu einem Ankerplatz, wo die hohen Felswände buchtartig zurücktraten und unser Anker sofort Grund faßte.

Der I WO beobachtete, wie das Wasser im Schein seiner Handlampe um unseren Bug und die Ankerkette schäumte. »Holla, da sollten wir lieber vermuren, damit wir nicht 'ne Überraschung erleben, wenn die Tide kentert.«

Ulli nickte. »Wollte ich gerade vorschlagen, Herr Oberleutnant. Ist auch besser für die Taucher.«

Interessiert beobachteten die Fischer, wie wir einen zweiten Anker über das Heck ausbrachten und entsprechend Kette steckten. Sie kommentierten das Manöver lautstark auf gälisch. Vermutlich sahen sie so eine Prozedur zum erstenmal.

»Wie lange werden Sie für die Reparatur brauchen, Herr Albrecht?« fragte Sander den LI. »Die Nacht oder länger?«

»Kommt ganz darauf an. Die Schweißarbeiten sind 'n Klacks. Das Problem ist das Tiefenruder. Ich muß abwarten, was die Taucher morgen früh genau feststellen, denn sie brauchen Tageslicht.«

Sander sah den grübelnden Georg an. »Sie machen sich Sorgen, daß sich Ihre Anwesenheit schnell herumsprechen könnte, nicht wahr? Don't worry! Sie sind nicht das erste U-Boot in Killary Harbour, Herr Kaleu. Und wenn Sie 'ne ganze Woche für die Reparatur brauchen sollten, was ich Ihnen beileibe nicht wünsche, wird kein Wort darüber nach außen dringen. Wenn Sie Hilfe brauchen, lassen Sie es mich wissen.«

Georg atmete erleichtert auf und lächelte. »Danke, Herr Sander, wir kommen darauf gern zurück. Können Sie irgendwie in Erfahrung bringen, wie es um den I WO und den Smutje steht?«

»Aber sicher! Ich werde zu meinen Freunden in den *curragh* steigen und von Leenaun telefonieren. Morgen früh bin ich zurück. Haben Sie irgendwelche Wünsche? Gemüse, Obst oder Fisch? Wegen der Bezahlung brauchen Sie sich keine Gedanken zu machen. Ich stehe in Ihrer Schuld.«

Zum erstenmal seit zwölf Tagen konnten wir das Boot in der Nacht wieder richtig durchlüften und den widerlichen Mief durch herrlich frische irische Seeluft ersetzen. Wir fühlten uns wie neugeboren.

Ankerposten zogen auf, nur wenige Männer der jeweiligen Wache, während die übrigen endlich einmal länger als vier Stunden schlafen konnten. Das galt nicht für die Wachoffiziere und auch nicht für den LI und seine Stoker.

Was der LI nämlich als Klacks bezeichnet hatte, gestaltete sich viel schwieriger als angenommen. Schweißarbeiten unter Deck verboten sich von selbst, und an Oberdeck sorgte der kabbelige Ebbstrom dafür, daß sie zu einem zirkusreifen Balanceakt wurden.

Mit dem Schweißen des Gestänges war es jedoch nicht getan. Bei genauerer Überprüfung der achteren Tiefensteueranlage stellten sich noch wesentlich schwerere Schäden heraus. Nicht anders war es beim Tiefenruder selbst, wie die Taucher nach ihrem kurzen nächtlichen Tauchgang berichteten. Es sei so verklemmt und verbogen, daß das unmöglich allein durch die Unterwasserkollision in der Donegalbai verursacht worden sein konnte. Der LI raufte sich die Haare.

Um Mitternacht schickte er seine Leute in die Kojen und setzte sich mit seinem Mittelwächter zum Smadding und mir an die Back.

»Das hält uns mindestens drei Tage hier fest, wenn nicht noch länger. Es ist überhaupt ein Wunder, wenn wir es wieder hinbekommen. Normalerweise gehören wir damit in die Werft.« Vorsichtig schlürfte er den heißen Kaffee. »Unverständlich. So stark ist die Kollision doch nun auch wieder nicht gewesen.«

»Bergen, Herr Oberleutnant«, meinte Ulli. »Das Anlegemanöver des I WO! Wir sind doch mit der Steuerbordseite achtern voll gegen die Dalben geknallt.«

»Mensch, Panse, Sie haben ja recht! Warum bin ich nicht selber darauf gekommen? Andererseits sind die doch so angebracht, daß ...« er schwieg nachdenklich.

»Richtig, deshalb ist das Ruder vermutlich auch bloß angeknackst worden. Donegal hat ihm dann den Rest gegeben.« Ulli griff zur Kanne und schenkte mir und sich nach, wir hatten ja noch vier Stunden Wache vor uns. »Ein Glück, daß es nicht früher passiert ist.«

Am Morgen haute die Schadensmeldung des LI den Kommandanten glatt um. Minutenlang saß er wie betäubt nach einem schweren Keulenschlag an der Back und zerbröselte gedankenlos sein Brot. Endlich fing er sich wieder.

»Mindestens drei Tage? Und das ist nicht bloß wieder eine deiner geliebten Horrormeldungen, mit denen du uns schon während der ganze Reise auf den Geist gegangen bist?«

»Geliebte Horrormeldungen, pah! Wollte Gott, ich könnte dir eine bessere Prognose liefern!« ging der LI hoch. »Nicht ausgeschlossen, daß es sogar vier oder fünf Tage werden! Ich bin selbst unten gewesen und hab mir das angesehen. In einem Trockendock wär das überhaupt kein Problem, aber hier müssen die Leute unter Wasser arbeiten. Weißt du, was das heißt?«

»Gut, gut, Klaus! Nun krieg dich man wieder ein! Es wird nicht alles so heiß gegessen.«

»Noch viel heißer, mein Lieber, noch viel heißer! Kein Wunder, daß der Tommy immer nur unsere Steuerbordseite geortet hat. Wir haben nämlich entdeckt, daß die Schutzhaut gegen die ASDIC-Ortung an Steuerbord großflächig abgefetzt ist. Die hängt wahrscheinlich als Andenken an unseren gewesenen I WO an den Dalben in Bergen. Noch schlimmer ist aber, daß sich die aufgerissene Haut durch den Wasserdruck an vielen Stellen gelöst hat und sich noch weiter lösen wird. Die ist geklebt. Den entsprechenden Kleber haben wir aber nicht an Bord.«

Der Schreck fuhr uns so in die Glieder, daß wir ihn minutenlang fassungslos anstarrten.

»Heißt das etwa ...«, Georg versagte die Stimme. »Heißt das, daß wir sie über kurz oder lang ganz abstreifen werden?«

»Das versuchen wir zu verhindern, indem wir jetzt die abgelösten Bahnen herausschneiden und die festen Kanten mit dem Unterwasserbrenner verschweißen. Das Zeug klebt, wenn es stark erhitzt wird. Aber ob das auf dem Bootskörper dauerhaft hält, weiß keine Sau. Es ist ein Versuch, mehr nicht.«

»Dann können wir einpacken, wenn das nicht hinhaut«, sagte Georg niedergeschlagen. »Wenn ich könnte, würde ich diesen Fischer jetzt noch dafür in der Luft zerreißen!«

Sander brachte einen dicken Stoß Zeitungen und Zeitschriften mit an Bord.

»Ich denke, es wird Sie interessieren, wie es in der Welt aussieht.« Ein um Entschuldigung bittendes Lächeln flog über sein Gesicht. »Es sind nicht nur die neuesten irischen Blätter. Ich habe auch ein paar ältere abgestaubt, die eigentlich schon für hinterlistige Zwecke bestimmt waren; deshalb fehlen mitunter ein paar Seiten. Wir sind ein armes Volk, und Toilettenpapier ist teuer.«

Ich lachte. »Nicht nur in Irland! Mein Großvater war in der Beziehung Meister. Der hat die Blättchen so phantastisch zurechtgeschnitten, daß man gar nichts anderes brauchte!«

»Mensch, Robby, meiner auch!« Zum erstenmal rutschte Georg vor allen die vertrauliche Anrede heraus. »Der war darin absolute Spitze!«

Das allgemeine Gelächter rief den Ministerialdirigenten von der Stetten auf den Plan. Sein mißbilligender Blick glitt über den Zeitungsstapel. Selbst einem Sehschwachen mußten die dicken Balken der englischen Schlagzeilen auffallen.

»Das wird ja immer schöner! Sie hören nicht nur Feindsender ab, sondern beschaffen sich auch noch ungeniert die feindliche Lügenpresse?« Sein Gesicht lief voller Empörung krebsrot an. »Warum hissen Sie nicht gleich die weiße Flagge und laufen über?«

Uns verschlug es für einen Moment die Sprache. Der I WO fing sich zuerst. Wütend fuhr er auf diesen impertinenten Kerl los.

»Na, warum wohl nicht? Weil wir zuvor noch unser Leben riskieren müssen, um solche Scheißkerle wie Sie rechtzeitig in Sicherheit zu bringen! Hab ich mich deutlich genug ausgedrückt?«

Von der Stetten erstarrte zur Salzsäule. »Herr, was erdreisten Sie sich? Wissen Sie eigentlich, mit wem Sie sprechen?«

»Nee, das weiß ich eben nicht! Ich weiß nur, daß Sie nicht der sind, den Sie uns hier vorzuspielen versuchen! Vielleicht verraten Sie uns darum endlich, wer Sie wirklich sind! Oder haben Sie so viel Dreck am Stecken, daß Sie sich nicht einmal das getrauen, Herr Ministerialdirigent?« Der I WO zog das Wort *Ministerialdirigent* höhnisch in die Länge.

Es war eine einzige Provokation, die der vor so vielen Zeugen einfach nicht hinnehmen konnte. Empört öffnete er schon den Mund, als sich Kunze einschaltete.

»Herr Kapitänleutnant, wie können Sie es zulassen, daß ein hochrangiger Offi ... äh ... Beamter von einem Ihrer subalternen Offiziere in so eklatanter Weise beleidigt wird! Wollen Sie nicht endlich einschreiten?«

»Nein, das will ich nicht! Im Gegenteil! Ich wäre Herrn von der Stetten nämlich außerordentlich dankbar, wenn er die Frage meines subalternen Offiziers, wie Sie ihn zu nennen belieben, endlich beantwortete!«

Das saß! Kunze zog den Kopf ein. Ganz anders von der Stetten, der blies sich wieder auf. »Ich werde an höchster Stelle zu berichten wissen, was wir hier an Bord beobachtet haben und in welch unerhörter Weise wir beleidigt worden sind. Man wird Sie und Ihre Männer dafür zur Rechenschaft ziehen!«

»Da werden Sie sich aber verdammt beeilen müssen!« sagte der LI trocken und tippte auf eine der Zeitungen. »Hier steht, daß die Russen Berlin völlig eingeschlossen und bereits einen sowjetischen Stadtkommandanten ernannt haben. Ihre Panzerspitzen sollen sogar schon die Elbe erreicht haben. Klingt nicht gut, was? Verschwinden Sie! Sie stören!«

»Vier Tage, sagen Sie?« Sander rechnete. »Das heißt, Sie werden frühestens am neunundzwanzigsten April wieder in See gehen können, ja? Dann verstehe ich nicht, warum Sie darüber so ein betrübtes Gesicht machen. Das sind doch vier Tage weniger Gefahren, weniger Krieg für Sie.«

»Richtig!« bestätigte der LI. »Das sage ich mir ja auch ständig; aber nach sechs Kriegsjahren wittert man nun mal überall Gefahr, da kann es noch so ruhig sein. Da schlägt noch immer der Neandertaler in uns durch. Angst ist das, nackte Angst um das bißchen Leben.«

Er wies zum Himmel, an dem gerade ein Flugzeug in großer Höhe Killary Harbour überquerte. »Keine Militärmaschine, ich weiß. Trotzdem geht mir bei dem Anblick jetzt glatt wieder der Arsch auf Grundeis. Keiner von uns kann eben aus seiner Haut, der Kaleu nicht, der I WO nicht, wir alle nicht. Ich glaube, wir sind auf ewig für den Frieden versaut.«

»Stimmt, das sehe ich an mir!« gestand ich. »Ich bin eben drauf und dran gewesen, Fliegeralarm auszulösen.«

Georg ging unser Gespräch offensichtlich gegen den Strich. »Themenwechsel! Haben Sie von meinen beiden Leuten etwas gehört, Herr Sander? Wie geht es ihnen?«

»Ihrem Smut' geht es den Umständen entsprechend gut. Der Dermatologe ist sehr zuversichtlich.« Sander zögerte und zuckte verlegen die Schultern. »Von Ihrem I WO kann ich das leider nicht sagen. Sein Magengeschwür ist durchgebrochen, bevor man ihn operieren konnte. Er ist tot.«

»Tot?« wiederholte Georg geschockt. »So schnell?«

»Ich bin kein Arzt, um das beurteilen zu können, Herr Kaleu. Der ärztliche Direktor sagte mir, sein Zustand sei schon bei der Einlieferung in der Nacht besorgniserregend gewesen, so daß man sich sofort zu einer Notoperation entschlossen hätte. Dazu sei es aber nicht mehr gekommen.«

»Und was geschieht jetzt mit ihm? Ich meine ...«

»Er wird als John Mulligan begraben werden. Unter diesem Namen ist er jedenfalls aufgenommen worden. Der Name ist in Nordirland sehr verbreitet.« Sander hob abwehrend die Hand. »Ich weiß, die Erkennungsmarke. Sie ist ihm vorher abgenommen worden, damit man ihn nicht als deutschen Offizier identifizieren konnte. Ich werde sie voraussichtlich morgen bekommen.«

»Und der Smut'?« fragte der I WO. »Haben Sie den auch umgetauft?«

Um Sanders Lippen spielte ein Lächeln. »Das war nicht nötig. Er wird nicht stationär behandelt. Der Dermatologe ist einer meiner Freunde. Der weiß, wer sein Patient ist, und hat ihn in sein Haus aufgenommen. Aber irgendwann werden wir uns auch für ihn etwas einfallen lassen müssen. Zufrieden?«

»Ja, doch! Und wir danken Ihnen und Ihren Freunden!« sagte Georg. Was hätte er auch sonst sagen sollen?

Sander nahm mich zur Seite. »Was ist los mit Ihnen? Wollen Sie Ihren Bruder nicht wiedersehen? Oder wenigstens Ihre Freunde, die O'Greedys?«

Die Frage traf mich überraschend. Natürlich hätte ich meinen Bruder gern wiedergesehen und auch die O'Greedys. Aber hatte er nicht selbst gesagt, unsere Anwesenheit sollte allen verborgen bleiben?

»Doch schon, aber ...«, stotterte ich.

»Na, dann lassen Sie mich das mal in die Hand nehmen. Zuerst werde ich Sie beim Alten loseisen. Der wird Sie doch wohl für einen Tag als Wachoffizier entbehren können, oder?«

Inzwischen hatte ich mich gefangen. »Das ist auch nicht das Problem. Haben Sie die Straße vergessen, die durch Leenaun führt? In diesen Klamotten hier sieht man mir doch meilenweit den Deutschen an, andere habe ich nicht. Wenn uns jemand begegnet, weiß gleich die ganze Gegend Bescheid.«

Er tat es mit einer Handbewegung ab. »Lieber Herr Flemming, Sie kennen doch unsere Straßen noch von früher und wissen, wie es um den Zustand dieser keltischen Trampelpfade bestellt war. Das hat sich nicht geändert. Das hier ist nun mal eine gottverlassene Gegend. Da wundert sich niemand, wenn eine Straße ein paar Tage unpassierbar ist, und das ist sie seit gestern. Fremde brauchen Sie also nicht zu fürchten, und im Dorf weiß man Bescheid.«

Mir verschlug es die Sprache. Der ließ einfach eine Straße sperren! Was mußte dieser Mann für einen Einfluß haben.

Keine Stunde später kam er aus Leenaun zurück, um mich abzuholen. Er kam nicht allein. Mit im Boot saßen Tom O'Greedy und dessen Schwager Sean O'Toyle. Für einen Augenblick stockte die Arbeit an Bord, als der *curragh* an die Jakobsleiter ging, die wir für die Taucher ausgebracht hatten. Von der irischen Begrüßung verstanden meine Bordkameraden mit Sicherheit nur das »*Hello, Robert! How are you?*«. Was danach kam, war breitester irischer Slang, wie er hier an der Westküste gesprochen wurde.

Sander drückte mir einen irischen Troyer, eine Paddymütze und ein Paar Gummistiefel, sogenannte *wellingtons*, in die Hand. »Damit dürften Sie glatt als echter *paddy* durchgehen, auch wenn die *wellingtons* vermutlich zu groß sein werden. Aber Sie sollen damit auch keine Gewaltmärsche machen.«

Als ich mich in dieser Aufmachung beim I WO von Bord meldete, brach der in verhaltenes Gelächter aus. »Mensch, Flemming, am liebsten würde ich jetzt für Sie Seite pfeifen lassen! Ein echter *paddy*, wie er irischer nicht sein kann! Viel Spaß bei Ihren irischen Freunden!«

Von diesem Moment an hieß ich bei den Offizieren nur noch *paddy*.

»Ich denke, Ihr Bruder dürfte gegen mittag bei den O'Greedys eintrudeln«, informierte mich Sander, während wir uns Leenaun näherten.

»Wie haben Sie denn das gedeichselt?«

Wir sprachen englisch, denn deutsch wäre Tom und Sean gegenüber unhöflich gewesen.

»Nicht ich, das hat Tom ganz elegant hingekriegt. Er hat in der Praxis angerufen und es dringend gemacht. Kein Wort von Ihnen, alles drehte sich nur um Mary. Hörte sich fast nach Lebensgefahr an.« Er lachte in der Erinnerung. »Die Vermittlung hat bestimmt mitgehört. Da wird das Gerücht schnell die Runde machen, daß Mary O'Greedy noch 'n Kind bekommt!«

»Muß ja 'n verdammt kleines sein! Anzusehen ist ihr jedenfalls nichts. – Na ja, in Toms Alter kriegt man vielleicht keine größeren mehr zustande!« spottete Sean und erntete dafür fröhliches Gelächter. »Vielleicht solltest du mehr Eier essen?«

»Ich werd' den Doktor fragen«, ging Tom auf seinen Ton ein. »Vielleicht verschreibt er mir dann das gleiche Zeug, das du neuerdings schluckst, damit's überhaupt noch geht!«

Sie ließen den *curragh* auf den schmalen Strand laufen, auf dem zwei Frauen offensichtlich auf uns warteten. In der älteren erkannte ich Mary wieder, die mich wie einen verlorenen Sohn begrüßte. Die jüngere kannte ich nicht.

Sie mochte etwa siebzehn Jahre alt sein und war eine typische irische Schönheit mit einer Haut wie durchsichtiges Porzellan und einem dicken rotblonden Haarschopf über dem feingeschnittenen Gesicht, aus dem mich ausdrucksvolle Augen fröhlich anblitzten. Selbst die einfache Kleidung konnte nicht verbergen, daß sie eine hinreißende Figur besaß.

Ich war so beeindruckt, daß ich ihr etwas linkisch die Hand gab. Sie lachte laut auf.

»Erinnerst du dich nicht mehr an mich, Robby? Ich bin Jenny!«

Ich kramte in meinem Gedächtnis. Unwillkürlich schüttelte ich den Kopf, denn da gab es keine Jenny. Das heißt – plötzlich blitzte doch so etwas wie eine Erinnerung an ein unscheinbares bezopftes Etwas auf. Immerhin lag das sieben Jahre zurück, und auf unseren Streifzügen war das Mädchen für ihre Brüder und mich nur ein lästiges Anhängsel gewesen.

»Little Jennifer?« fragte ich dennoch ungläubig und deutete mit der Hand eine verkümmerte Liliputanerin an. »Du bist little Jennifer? Impossible!«

Sie lachte. Alle Wetter, aus dem kleinen häßlichen Entlein war ja inzwischen ein hübscher Schwan geworden.

Tom schlug mir auf die Schulter. »Komm, Robby! Nehmen wir einen zur Brust. Ich hoffe, du magst *poteen*. Magst du?«

»Sure, Tom!« Mehr brachte ich nicht über die Lippen, so beeindruckt war ich von Jenny.

Mein Bruder verspätete sich. Als er dann endlich kam, wurden Mary und ich in die Küche verbannt. Er fuhr noch immer seinen alten Ford, ein museumsreifes Stück, das längst einen neuen Auspuff verdient hätte, wie das ohrenbetäubende Knattern schon lange vor seiner Ankunft verriet.

»Verflucht, welche Idioten haben denn hier die Straße von Westport wegen Bauarbeiten gesperrt? Da baut doch überhaupt niemand!« schimpfte er lauthals, während er die Männer begrüßte. Inzwischen waren noch Toms Brüder Pat und Brian hinzugekommen.

»Wir haben uns auch schon gewundert!« hörte ich Tom scheinheilig sagen. »Aber 'nen Grund wird's schon haben. Doc, das ist Seamus O'Sullivan, ein Freund.«

»Hello, Mister O'Sullivan! Was ist los mit Mary? Wo steckt sie überhaupt? Im Schlafzimmer?«

»Nein, in der Küche. Geh nur durch. Es ist 'ne ganz besondere Krankheit, Doc. Du wirst dich wundern!«

»Ich soll mich wundern?« brummte Jochen. »Wohl zuviel *poteen*, was?«

Die Tür ging auf. Er kam mit seinem Arztköfferchen herein und ging auf Mary zu. »Hello, Mary! Wo zwickt's dich denn?«

»Hello, Bruderherz!« sagte ich hinter ihm. »Fall nicht vor Überraschung tot um! Ich bin Marys Krankheit und der Grund für die Straßensperre. Das ist 'n Ding, was?«

Er fuhr auf dem Absatz herum und starrte mich fassungslos an. Die Zeit war nicht spurlos an ihm vorübergegangen. Er sah abgehetzt und müde aus, viel älter als ich ihn in Erinnerung hatte. Ich ging auf ihn zu.

»Robert? Mein Gott, Halluzinationen am hellen Tag, so fängt's an! Ich sollte nicht so viel saufen!«

»Keine Halluzination, Jochen!« Ich faßte ihn um die Schultern und drückte ihn an mich. »Ich bin's wirklich!«

»Ich faß es nicht!« Wie betäubt schüttelte er den Kopf und musterte meine seltsame Aufmachung. »Mensch, wo kommst du denn auf einmal her? Aus der Gefangenschaft bei den Tommies ausgekniffen?«

Ich lachte. »Weil ich mich wie 'n *paddy* maskiert habe? Nee, Jochen, das hat 'nen anderen Grund.«

Wir setzten uns zu den anderen. Mein Bruder begriff ganz schnell, worum es ging. Vielleicht half auch der *poteen* nach, den Tom zum besseren Verständnis freigebig ausschenkte.

»Und was dann, wenn ihr euren Kahn zusammengeflickt habt? Ihr wollt doch dann nicht etwa weiter Krieg spielen?«

»Was weiß ich denn, Jochen? Wir werden den zweiten Teil unseres Auftrags erfüllen, nehme ich an.«

»Mann, Junge, seid ihr denn noch zu retten? Schluß mit dem Unfug! Es ist nur noch eine Frage von wenigen Tagen, dann kapituliert Berlin. Der Käfig wartet schon, in dem die Russen Hitler im Triumphzug durch Moskaus Straßen kutschieren wollen, sobald sie den Bunker der Reichskanzlei geknackt haben. Wollt ihr noch im letzten Augenblick über die Klinge springen?«

Alle redeten plötzlich auf mich ein. Keiner gab den Deutschen auch nur die geringste Chance. Von Kriegsverbrecherprozessen war mit einmal die Rede, die die Alliierten angekündigt hätten, von einem Strafgericht für ganz Deutschland für die Verbrechen der SS in den Konzentrationslagern. Keiner nahm mir ab, daß wir von diesen Schandtaten nichts gewußt hätten. Ich fühlte mich auf einmal wie auf einer Anklagebank.

»Hört auf!« fuhr Sander endlich dazwischen, der bisher geschwiegen hatte. Er wandte sich an Jochen. »Kommen Sie mit, wenn wir Ihren Bruder zum Schiff zurückbringen? Vielleicht können Sie Ihren Schulfreund überzeugen, daß es angebracht ist, aufzugeben und sich den irischen Behörden zu stellen. Internierung in Irland ist immer noch besser als das, was die Deutschen in den nächsten fünfzig Jahren von den Siegern zu erwarten haben.«

Die erste Wiedersehensfreude war vorüber. Jochen setzte Sanders Vorschlag in die Tat um. Georg hörte ihm eine Zeitlang geduldig zu und nickte wiederholt zustimmend, so daß wir schon glaubten, Jochen habe ihn überzeugt.

Irgendwann unterbrach er ihn jedoch. »Alles richtig, was du sagst, Jochen. Das wissen meine Offiziere, das weiß ich, das wissen alle hier an Bord. Und trotzdem hat mir noch keiner vorgeschlagen, den ganzen Mist hinzuschmeißen und die Kurve zu kratzen, bevor uns die Alliierten zur Sau machen. Mal abgesehen davon, daß ich das auch nicht tun würde.«

»Und warum nicht? Die typisch deutsche Nibelungentreue, was?« sagte Jochen vorwurfsvoll. »Getreu bis in den Tod.«

»Nibelungentreue, so'n Quatsch! Ich bin nicht Berufsoffizier geworden, um letztlich nur die Befehle auszuführen, die mir passen und die ich für richtig halte. Das gibt's in keiner Armee der Welt!« schnaubte Georg ärgerlich. »Meinst du denn, ich bin davon begeistert, daß ich Leuten wie dem Kunze und dem von der Stetten jetzt behilflich sein muß, sich aus der Verantwortung zu schleichen?«

»Und du tust es trotzdem!«

»Ja, ich tue es trotzdem, obwohl mir diese beiden wegen ihrer feigen Flucht zutiefst zuwider sind! Kommt mir allerdings das Kriegsende dazwischen, dann ist es mir scheißegal, wie die dort hinkommen, wo sie hinwollen! Für diesen Fall habe ich nämlich meine speziellen Befehle!«

»Und wo wollen die beiden hin?« fragte Sander, der sich bisher zurückgehalten hatte. »Ich meine, man könnte ...«

»Aber, Herr Sander, bei aller Freundschaft, selbst wenn ich es wüßte, dürfte ich es Ihnen nicht sagen.«

»Was denn, Sie haben Ihre zweite Order noch nicht einmal gelesen, obwohl Sie mich befehlsgemäß nach Irland gebracht haben? Das versetzt mich aber in Erstaunen, Herr Kaleu.«

»Mich auch, Herr Sander! Deshalb werde ich das umgehend tun.« Georg stand auf. »Ich meine, wir sollten dieses Thema beenden.«

Das war ein Rausschmiß, wie er deutlicher nicht hätte ausfallen können. So sahen es auch Jochen und Sander, Sander allerdings nur für den Augenblick.

»Ich hab' da noch was für Sie, Herr Kaleu. Doch das hat Zeit bis morgen!« Er schüttelte ihm die Hand und kletterte die Jakobsleiter hinunter.

»Schade, Georg! Dann wünsche ich euch Mast- und Schotbruch! Kommt heil über das Kriegsende!« sagte Jochen, bevor er in den *curragh* stieg. »Dich hätte ich allerdings gern mitgenommen, Robby.«

»Keine Chance, Jochen. Das wäre Georg gegenüber nicht fair. Er hat mich vor der Marinedivision Ost bewahrt. Ohne ihn wäre ich jetzt vermutlich tot oder in russischer Gefangenschaft. – Mach's gut, Jochen! Und bitte – du hast uns hier nie gesehen, ja?«

»Na, Paddy, wie war der Landgang? Hübsche Weiber aufgerissen?« Der LI ließ sich auf die Backskiste fallen und schnupperte. »Mann, haben Sie 'ne Fahne! Was ist das denn für ein schrecklicher Fusel gewesen?«

»Whiskey, Herr Oberleutnant, herrlicher irischer Whiskey! Kredenzt von bildhübschen irischen Jungfrauen im Evakostüm! War das reinste Bacchanal. Und wie haben Sie inzwischen die Zeit totgeschlagen?«

»Totgeschlagen? Von wegen! Mit unseren unzulänglichen Bordmitteln ist das 'ne höllische Schinderei für die Leute! Wen hatten denn Sie und Sander da mitgebracht?«

»Meinen Bruder, er sollte den Alten zum Aufgeben bewegen. Das war Sanders Idee. Hat aber nicht funktioniert, war ein Schuß in den Ofen.«

»War vorauszusehen, obwohl es besser wäre. Haben Sie das hier schon gesehen? Da sträuben sich einem ja die Haare!«

Er schlug eine der Illustrierten auf, die Sander mitgebracht hatte, und schob sie zu mir über den Tisch. Da waren Bilder von Leichenbergen, vor denen britische Soldaten standen. Andere zeigten ausgemergelte Gestalten, wandelnde Skelette in Sträflingskleidung, dahinter ein Tor. ARBEIT MACHT FREI stand in einem Bogen darüber. Es waren Bilder aus befreiten deutschen Konzentrationslagern, wie aus dem Text hervorging. Mich packte das helle Entsetzen.

Der LI schüttelte sich. »Das sind keine gestellten Aufnahmen. So was kann man nicht stellen! Jetzt suchen sie die Halunken, die dafür verantwortlich sind. Hätten Sie das gedacht?«

Ich konnte nur stumm den Kopf schütteln.

Der Smadding steckte den Kopf zum Offiziersraum herein. Ich war froh über diese Unterbrechung.

»Bitte stören zu dürfen, Herr Oberleutnant!«

»Kommen Sie rein, Oberbootsmann! Was gibt's denn?«

»Ich hab da 'n Problem. Die beiden Badegäste liegen mir dauernd in den Ohren. Sie wollen nicht mehr in der Miefrolle schlafen und wollen ihrer Dienststellung entsprechend hier im O-Raum untergebracht werden. Begründung: Hier seien ja zwei Kojen frei geworden.«

Das stimmte ja wirklich; denn Sander schlief an Land, und die Koje des verstorbenen I WO stand seit Donegal leer. Dennoch war es ein reichlich unverfrorenes Ansinnen.

Der LI schnappte regelrecht nach Luft. »Was wollen die? Das fehlte uns noch! Die können froh sein, daß wir sie nicht ins Mannschaftslogis gesteckt haben!«

Ulli nickte. »Dagegen hätten wir auch nichts einzuwenden. Die fallen uns nämlich auch auf den Wecker. Man kann ja kaum noch ein Wort über die beschissene Lage in der Heimat äußern, schon hat man die beiden mit ihrer blödsinnigen Siegeszuversicht am Hals. Möchte mal wissen, warum die dann nicht in Berlin geblieben sind. Als Mäusele ihnen das unter die Nase gerieben hat, haben sie was von Geheimauftrag gefaselt. Wer das glaubt!«

»Geheimauftrag ist Quatsch!« stellte der LI richtig. »Was treiben die denn überhaupt den ganzen Tag über? An Deck sieht man sie nicht, obwohl doch jeder froh ist, wenn er jetzt mal den Kopf aus der verdammten Eisenröhre stecken kann.«

»Wenn die nicht mit uns endlos diskutieren, pauken sie Spanisch. Die hören sich wie in der Schule die Vokabeln ab und lernen ganze Abschnitte aus ihren Lehrbüchern auswendig, gebräuchliche Redewendungen oder so.«

Ich horchte auf. »Spanisch? Wollen die nach Spanien?«

»Muß nicht sein. Auch in Südamerika wird Spanisch gesprochen«, brummte der LI. »Südamerika, das wär ja 'n dikker Hund! Weiß das der Kommandant?«

Ulli zuckte die Achseln. »Keine Ahnung. Wissen Sie eigentlich, daß die tätowiert sind?«

»Tätowiert? Wo denn?« Ich lachte laut auf. »Wenn ich mir das vorstelle, der Kunze, dieser olle Stockfisch, mit nackten Weibern auf dem Hintern!«

»Nee, nee, nicht auf dem Hintern und auch keine Figuren. Die haben hier«, Ulli zeigte auf die Achselhöhle, »so was wie eine Zahl oder Buchstaben eintätowiert. Jedenfalls sah das so aus, als sie die Wäsche wechselten. Habe ich vorher noch nie gesehen.«

Der LI sah mich überrascht an. »Mensch, Paddy, das ist ja 'n Hammer! Wir haben zwei SS-Männer an Bord!«

»Sind Sie sicher, Herr Oberleutnant?«

»Aber ja! Das ist 'ne Blutgruppentätowierung, die es nur bei der SS gibt! Noch nie davon gehört?«

Ich schüttelte den Kopf. *Bergen*, meldete sich in meinem Schädel die Erinnerung.

»Die Ratten verlassen das sinkende Schiff!« hatte Georg gesagt und wie ich geglaubt, Sander sei ein verkappter SS-Angehöriger. In Wirklichkeit waren es diese beiden angeblichen Ministerialbeamten!

»Das sind keine einfachen SS-Männer. Für die schickt man nicht eines der modernsten U-Boote raus«, sagte ich. »Das sind Offiziere, und zwar ziemlich hochrangige, Herr Oberleutnant. Dem Kunze ist das ja heute morgen rausgerutscht.«

»Nicht nur das. Der Kunze ist Arzt, daran besteht für mich kein Zweifel, und der andere vermutlich auch. Was haben die als SS-Ärzte angestellt, daß sie jetzt ihr Heil in der Flucht suchen müssen?«

Ulli sog seine Worte wie ein Schwamm auf. Wenn man da nicht einen Riegel vorschob, dann machte das unter den Deckoffizieren sofort die Runde. Von denen war es nicht weit bis zu den Maaten und der Mannschaft.

»Ulli, was wir hier erörtern, ist streng vertraulich. Kein Wort davon zu irgend jemandem! Nichts, aber auch gar nichts darf davon durchsickern, klar?«

»Vollkommen klar, Robert, ich halt selbstverständlich die Schnauze!« Das klang beinahe beleidigt.

Der LI stand auf. »Los, informieren wir den Kommandanten. Der fällt glatt von der Backskiste, wenn er das erfährt!«

Georg fiel nicht von der Backskiste. Er nahm es erstaunlich ruhig auf. Auch er erinnerte sich an Bergen.

»Hab ich es dir nicht gesagt, Robert? Bloß, was ändert das?«

»Oho, für mich ändert sich eine ganze Menge, Georg!« fuhr der LI auf. »Willst du dir später vorwerfen lassen, daß du auch nur einem von diesen Sauhunden zur Flucht verholfen hast, die das hier zu verantworten haben?«

Er knallte die Illustrierte auf die Back und schlug zornbebend die Seiten auf, die er auch mir vorgehalten hatte. Der Smadding bekam plötzlich Stielaugen; denn bisher hatten nur die Offiziere die Zeitungen und Zeitschriften in die Hand bekommen.

»Das steht auf einem anderen Blatt.« Georg wandte sich an den Smadding. »Zuerst zu Ihnen, Oberbootsmann. Die beiden bleiben, wo sie sind. Wenn sie wieder motzen, schicken Sie die Brüder zu mir. Ich habe darüber zu entscheiden, basta! Ansonsten absolute Funkstille zu jedermann, klar!«

»Absolute Funkstille, Herr Kaleu!« bestätigte Ulli und knallte die Hacken zusammen.

»Und nun lösen Sie bitte den I WO ab und schicken ihn her. Der ist vermutlich auf dem Turm.«

Ulli salutierte und verschwand. Georg schloß das Stahlfach mit den geheimen Papieren auf und entnahm ihm einen aufgeschlitzten Umschlag.

»Ich weiß auch nicht, warum ich den nicht schon früher aufgemacht habe.« Er wartete, bis sich auch der I WO gesetzt hatte. »Nicht Südamerika, Spanien ist das Ziel, meine Herren. Unsere Badegäste sollen nach Spanien gebracht werden.«

»Wo sie hoffentlich nie ankommen werden!« versetzte der LI grimmig. »Und was geschieht danach mit uns?«

»Freie Jagd auf alliierte Geleitzüge. Ob vor dem Kanal oder im Atlantik, ist freigestellt. Ein sehr optimistischer Befehl, finden Sie nicht?« Niemand antwortete. »Optimistisch deshalb, weil wir für über fünfhundert Seemeilen bis zum spanischen Kap Ortegal mindestens viereinhalb Tage brauchen werden, wollen wir die Batterien nicht völlig ausnukkeln. Kommen wir hier tatsächlich am neunundzwanzigsten April weg, sind wir rein theoretisch erst in der Nacht zum vierten Mai vor der spanischen Küste.«

Georg machte eine Pause, um seine Worte wirken zu lassen. »Eine Rechnung mit vielen Unbekannten, das weiß jeder. Bleiben wir bis zum Ende der Reparaturen im Killary Harbour unentdeckt, haben wir nichts zu befürchten. Bekommen aber die Tommies von uns Wind, werden die sich garantiert den Teufel um die irische Neutralität kümmern. Sie brauchen nur draußen auf uns zu warten, dann laufen wir ihnen aufgetaucht vor die Flinte.«

»Mal bloß den Teufel nicht an die Wand!« warnte der LI. »Man kann das auch herbeireden.«

»Ich sehe, du hast hinzugelernt«, spottete Georg. »In den irischen Nachrichten hieß es vorhin, Russen und Amerikaner hätten sich heute bei Torgau an der Elbe die Hände geschüttelt. Der Ring um Berlin sei so fest geschlossen, daß alle Befreiungsversuche scheitern werden. Unsere Gegner vermuten daher, daß der Führer Berlin bereits verlassen hat und sich auf der Flucht ins faschistische Spanien befindet.«

»Mithin werden die Briten auf alles Jagd machen, was dorthin zu entkommen versucht. Da wär's ja geradezu ein Wunder, wenn sich vor der spanischen Küste keine U-Jagdgruppen herumtrieben«, ergänzte der I WO. »Was für herrliche Aussichten!«

»Wir werden sehen.«

In den Folgetagen bekam der LI mit seinen Stokern die Schäden an der Tiefenruderanlage nur schleppend in den Griff. Das lag zum einen an dem unzureichenden Werkzeug, denn wer rechnete schon mit einem solchen Schaden. Zum anderen steckte der Teufel im Detail. Der einzige Lichtblick ergab sich bei den Außenarbeiten am Tiefenruder selbst.

Die Achse, auf der das eigentliche Ruder saß, war zu unserem Glück nicht verbogen. Dadurch erwiesen sich die Schäden als bei weitem nicht so schwer, wie sie anfangs vom LI prognostiziert worden waren. Das ließ ihn aufatmen. Auch wenn die Arbeiten unter Wasser schwierig waren, konnte man das Ruder hinbekommen.

Doch die Achse klemmte, und das gab dem LI und seinen Männern Rätsel auf. Außerdem stießen sie bei der Fehlersuche auf immer neue Mängel, mit denen keiner gerechnet hatte.

War die technische Besatzung in diesen Tagen vollauf beschäftigt, so wurde das irische Wetter für die seemännische Mannschaft zu einem Alptraum. Aus den tiefhängenden Wolken, die in den Fjord drängten und die steilen Berghänge in dicker Watte verschwinden ließen, fiel unablässig dichter Regen. Alles und jeden durchweichend, der die Nase in die frische Luft zu stecken wagte. Zusammengedrängt in der engen Eisenröhre, hockten die Männer auf ihren Backskisten und wurden grau vor Langerweile.

»Routinearbeiten und dreimal am Tag Reinschiff als Beschäftigungstherapie, das bringt's nicht!« kritisierte Georg die Deckoffiziere und Maate. »Langeweile können wir uns nicht leisten. Die endet letztlich bei bösen Frotzeleien und Streit. Lassen Sie sich was einfallen, was die Männer bei Laune hält.«

So kam eine Mischung aus Seemannschaft, nautischen Unterweisungen und Wettspielen zusammen, mit der wir die verregneten Tage überbrückten.

Eine Entdeckung brauchten wir bei diesem Wetter nicht zu befürchten, selbst wenn die Straße wieder passierbar war. Dank unseres dunklen Anstrichs verschmolzen wir schon auf kurze Entfernung so mit unserer tristen grauen Umgebung, daß selbst die Männer aus Leenaun ein paarmal fest davon überzeugt waren, wir hätten uns heimlich davongemacht.

Dabei wäre gerade das im Hinblick auf Sanders Besuche

schade gewesen. Er brachte immer etwas für die Besatzung mit. Mal war es köstlich duftendes irisches Weißbrot, mal Fische und am vorletzten Tag sogar ein Fäßchen Guinnes-Bier und zwei Flaschen CRESTED TEN, den besonders feinen irischen Whiskey.

Wir waren überrascht, denn damit hatten wir nicht gerechnet.

»Wer das nicht probiert hat, ist nicht in Irland gewesen, Herr Kaleu! Sie werden das doch wohl meinen Freunden und mir nicht abschlagen wollen«, wischte er Georgs Einwände vom Tisch. »Zum Besaufen ist es zu wenig. Ein *pint* Guinness und ein Glas CRESTED TEN für jeden, das reicht heute abend grade für *Besanschot an* als Abschiedstrunk. Wann werden Sie morgen in See gehen?«

»Gegen zwanzig Uhr Ortszeit mit der Abendflut. Jedenfalls noch vor Anbruch der Dämmerung, damit wir noch genügend Licht beim Passieren der Insel haben.« Er warf mir einen kurzen Blick zu. »Sie haben uns hier reingebracht, II WO, dann bringen Sie uns auch wieder gut raus!«

Sander schmunzelte. »Immer noch Eignungsprüfung, Herr Flemming?«

Ich nickte. »Immer noch! Da sehen Sie mal wieder, wie's Oberfähnrichen bei der deutschen Kriegsmarine geht.«

Eine Stunde vor dem Auslaufen kam Sander noch einmal zu uns an Bord. Er brachte wieder Zeitungen und Zeitschriften mit, darunter diesmal sogar ein paar nordirische, also britische Blätter.

Er wies auf die *curraghs*, die mit ihm gekommen waren. »Die ganze O'Greedy-Sippe, Herr Kaleu. Möchte Ihnen *good bye* sagen. Sogar die hübsche Jennifer ist dabei, der hat es, glaube ich, Ihr II WO angetan, obwohl er sie früher überhaupt nicht beachtet haben soll.«

Der LI kicherte und stieß mir kumpelhaft in die Seite. »Aha, wohl eine von den nackten Jungfrauen, die Sie mit

Whiskey traktiert haben, was? Oder war es umgekehrt? Mensch, Paddy, die winkt Ihnen ja sogar zu! Nicht übel übrigens.«

Sander zog Georg zur Seite. »Es sieht ganz schlimm aus. Hitler läuft offensichtlich Amok, je näher die Russen seinem Bunker kommen. Erst traf es Göring wegen Verrats, jetzt ist auch Himmler entmachtet, weil er den Westmächten die deutsche Kapitulation angeboten hat. Mich soll's nicht wundern, wenn als nächster Goebbels über die Klinge springt. Ich würde Sie gern noch einmal unter vier Augen sprechen, bevor Sie auslaufen. Geht das?«

»Wenn's nicht 'ne Stunde dauert, gern.« Er wandte sich an den I WO. »Bitte übernehmen Sie, Herr Lutz.«

Er verschwand mit Sander im Turm. Wir machten weiter seeklar. Langsam schwoite das Boot in der auflaufenden Tide mit dem Bug nach See.

In seinem *curragh* stand Tom O'Greedy auf und legte die Hände zu einem Trichter um seinen Mund. »Farewell, Robby, and good luck! We hope to see you again!«

Ich winkte nur zurück; denn ich hatte auf einmal einen ganz dicken Kloß im Hals. Vielleicht war es doch falsch gewesen, nicht mit meinem Bruder von Bord zu gehen.

Unter meinen Füßen begann die Gräting zu vibrieren, als das Boot Fahrt aufnahm und wir die Ausfahrt in den Atlantik ansteuerten. In unserem aufschäumenden Kielwasser blieben die winkende O'Greedy-Sippe und Sander schnell zurück. Bald verschwanden sie und ihre schwarzen *curraghs* im Dunst über dem Wasser und im dichten Regen.

Der I WO ließ sein Glas sinken. »Wir hätten doch früher auslaufen sollen! Die Dämmerung setzt bei diesem miesen Wetter früher als erwartet ein. Man sieht ja kaum die Bojen.«

»Dafür haben wir ausreichend Wasser unter dem Kiel, Herr Oberleutnant, und brummen nicht irgendwo auf«, erwiderte ich und blickte nach achtern. »Verdammt, der Kerl hält nicht Kurs!« Ich griff nach dem BÜ. »Rudergänger, was treiben Sie eigentlich da unten? Wollen Sie mit unserem Kielwasser Ihren Namen schreiben? Halten Sie gefälligst Kurs!«

Ein Anraunzer, der notwendig war. Der Druck der zwischen Insel und Küste hereindrängenden Flut ließ die kleinste Unachtsamkeit zu einem Schlenker werden, den wir uns in dem schmalen Fahrwasser einfach nicht leisten durften.

Georg trat zu uns. »Wenn wir durch sind, ist es so dunkel, daß wir Positionslichter setzen sollten, Herr Lutz. Wer uns begegnet, bis wir tauchen können, hält uns bei der saumäßigen Sicht für einen auslaufenden Fischkutter.«

»Zumal wir wieder wie ein Besoffner torkeln werden, wenn uns die Dünung packt«, ergänzte ich. »Neuer Kurs zwo-neun-null, sobald wir die Insel passiert haben.«

Bevor wir zwischen Inishturk und Inishbofin in den offenen Atlantik hinausliefen, mußten wir das reparierte Tiefenruder überprüfen. Das gab mir die Gelegenheit, die wechselnden Tauchkurse in der Karte so zu manipulieren, daß es selbst für die arglosen Steuerleute später so aussah, als seien wir aus dem Ballynakill Harbour gekommen.

Uns allen fiel ein Stein vom Herzen. Das Tiefenruder funktionierte einwandfrei, lediglich an der Anlage waren noch ein paar kleine Korrekturen notwendig. Dazu mußten wir nochmals auftauchen, um das Tiefenruder zu entlasten.

»Na los, LI, bring uns hoch! Noch sind wir innerhalb der irischen Hoheitsgewässer«, befahl Georg nach kurzem Zögern, denn das Horchgerät fing einzelne Schraubengeräusche auf. »Wird eine Fähre sein, die zwischen den Inseln verkehrt. Wenn wir mit Positionslichtern herumkutschieren, fallen wir bei der schlechten Sicht überhaupt nicht auf.«

Wir fielen aber doch auf. Kaum waren wir aufgetaucht, meldete sich unser Mann am FuMB-Gerät.

»RADAR-Kontakt aus null-acht-sieben, Herr Kaleu!« Die gleiche Richtung, aus der die Schraubengeräusche kamen.

»Macht nischt!« winkte Georg ab. »Hat er uns tatsächlich auf seinem Schirm, geht er uns wenigstens aus dem Weg. Wußte gar nicht, daß die Iren auch RADAR haben. Trotzdem, haltet die Augen auf!«

Der Pott hatte uns offenbar nicht geortet, denn er ging uns nicht aus dem Weg. Er hielt vielmehr weiter auf uns zu, wie die nächsten Meldungen ergaben, und kam schnell näher. Bald konnten wir mit unseren starken Nachtgläsern seine Positionslaternen ausmachen, und unser FuMO 61-Gerät verriet uns, daß es sich um ein kleineres, aber schnelles Schiff handelte. Keine Fähre, also was dann?

»Wenn wir jetzt wegtauchen, machen wir uns verdächtig!« warnte der I WO. »Außerdem sind die Stoker noch nicht fertig. Also spielen wir wohl lieber die Harmlosen.«

»Was uns nicht hindern soll, die Flak zu besetzen! Man kann nie wissen, was da auf uns zukommt! Die sehen von uns außerdem auch nicht mehr als wir von ihnen. Flakbedienung in den Turm!« befahl Georg

Das fremde Schiff verminderte die Fahrt und drehte schließlich bei. Ein Signalscheinwerfer blitzte auf seiner Brücke auf.

»CG eins-sieben seagull ...« las ich laut mit. »Will unseren Namen und die Registriernummer wissen. Hält uns offensichtlich für einen irischen Fischer. *CG* kann *Coast Guard* heißen.«

»Was machen wir«, fragte der I WO.

»Zeit gewinnen, Herr Oberleutnant!« sagte ich und griff mir eine Klappbuchs. »Ich werde ihm *Sorry! Please repeat your question!* antworten.«

Ich klapperte die Antwort herunter, nicht so schnell wie unser Signalgast, aber es genügte. Prompt wiederholte man drüben die Anfrage.

»Und was nun, Herr Kaleu?«

»Na, was wohl? Was bei den Tommies geklappt hat, sollte doch wohl hier erst recht hinhauen! Spielen wir den Brüdern wieder das amerikanische U-Boot vor. Wie, das ist mir egal.«

Ich lachte. »Soll mir ein Vergnügen sein! Brüder ist gut, klingt so schön amerikanisch!«

»Bruder, wir haben keine Registriernummer«, sagte ich den Text laut her, den ich absetzte. »Hier ist US-Submarine *Walrus*, Commander John B. Williams, auf dem Weg nach Galway zu einem Freundschaftsbesuch. Und was treibt ihr hier draußen bei diesem lausigen Wetter?«

Den Iren verschlug es vor Überraschung die Sprache, während sich unsere Leute nur mühsam das Lachen verkneifen konnten. Aber sie lachten zu früh.

»Er funkt!« meldete die *Funkbude.* »Er funkt offen irgendeine Dienststelle an.«

»Alles mitschreiben und dann her mit dem Text!« befahl ich. »Taucht der Name *Walrus* darin auf?«

»Nein! Es ist nur ein kurzer Text!« Einer der Funker reichte ihn mir aus dem Turmluk.

Im Schein der abgeblendeten Signallampe las ich den Spruch und atmete auf. »Der Kommandant meldet, daß er innerhalb der Hoheitsgewässer ein amerikanisches U-Boot auf dem Weg zu einem Freundschaftsbesuch nach Galway aufgegabelt hat. Fragt an, wie er sich verhalten soll.«

»Am besten überhaupt nicht!« versetzte Georg trocken. »Wie weit seid ihr dort unten mit der Tiefenruderanlage?«

»Fertig, Herr Kaleu! Alles klar!«

»Klar zum Alarmtauchen! Wer weiß, auf welche Ideen der Knabe dort drüben kommt. Ich hab was gegen Leute, die möglicherweise Helden spielen wollen!«

Doch das wollte der irische Kapitän offensichtlich nicht. Genau wie wir wartete er brav auf die Antwort seiner Dienststelle, und die dauerte. Da er uns nicht gestoppt hatte, liefen wir indessen seelenruhig weiter auf den offenen Atlantik zu. In einem respektvollen Abstand lief er neben uns her. Je weiter wir von Land freikamen, desto ruppiger wurde der Seegang.

Endlich kam die Antwort. Sie war kurz und bündig. »Eskortieren nach Galway bis weitere Anweisungen folgen!«

Die brauchten Zeit, um nachzufragen, ob es uns tatsächlich gab. Prompt blitzte drüben die Klappbuchs auf. »*Follow me!*«

»Das fehlt uns gerade noch! Blinken Sie ihn an: Habe Probleme mit dem Seegang. Muß tauchen, da das Boot an der Wasseroberfläche instabil ist. Folge Ihnen unter Wasser mit fünf Knoten. Auf Wiedersehen in Galway!«

»Im Ernst, Herr Kaleu? Das nimmt der uns nie ab.«

»Wird er müssen. Alle Mann unter Deck! Vorfluten!«

Ich klapperte den Text herunter. Dann ließ auch ich mich in den Turm fallen. Georg knallte das Turmluk zu und kurbelte die Vorreiber vor.

»Turmluk ist dicht! Fluuuuten! Auf Schnorcheltiefe einpendeln!« Wir verschwanden von der Oberfläche.

Ich lachte. »Das dumme Gesicht möchte ich sehen, wenn wir mit einmal weg sind!«

»Ich auch, mein Lieber! Noch mehr interessiert mich aber, was sich auf seiner Frequenz abspielt. Sorgen Sie dafür, daß die ununterbrochen abgehört wird, II WO!«

»Wird gemacht!« Ich gab die notwendigen Anweisungen.

»Horchmaat, was erzählen die Fische?«

»Der Ire läuft auf altem Kurs weiter, hat die Fahrstufe nicht erhöht, Herr Kaleu!«

Georg blickte mich triumphierend an. »Habe ich's nicht gesagt, II WO? Man kann gar nicht so dumm denken, wie es manchmal kommt! Ein bißchen einfältig der Knabe, was?«

»Ist noch sehr milde ausgedrückt. Das grenzt ja schon an exemplarische Dummheit.« Der I WO kontrollierte die Seekarte. »Sehr eindrucksvoll, Paddy. Und alles ohne fremde Hilfe?«

Das war Wasser auf Georgs Mühle. »Sieht aus, als verstünde er sein Handwerk, was? Na gut, dann können ja Sie wieder die Navigation übernehmen, Larsson!«

»Er ist angefunkt worden und hat geantwortet, Herr Oberfähnrich.« Funkmaat Weber gab mir den Funkspruch. »Ich habe zu übersetzen versucht; aber der Kommandant meint, Sie sollten das noch mal kontrollieren.«

»Danke, Weber!« Ich überflog den Text. »Prima, ganz korrekt übersetzt!«

Weber strahlte.

»Und was hat er übersetzt?« wollte der I WO wissen.

»Anfrage der Dienststelle an Land: Welchen Namen oder welche taktische Nummer führt das amerikanische U-Boot? Wo befindet es sich jetzt? Von einem Freundschaftsbesuch ist in Galway nichts bekannt. – Antwort: Hat den Namen *Walrus* angegeben. Folgt mir in meinem Kielwasser.«

Der I WO lachte laut auf. »Folgt mir in meinem Kielwasser! Nicht dumm! Daß wir getaucht sind, unterschlägt er glatt. Was machen Sie denn für'n Gesicht, Paddy?«

»Ich habe Mist gebaut. Ich hätte den Namen nicht noch einmal benutzen dürfen. Die funken unverschlüsselt, das hört der Tommy garantiert mit. Ein amerikanisches U-Boot *Walrus,* das es gar nicht gibt, hat vor den Hebriden den Fischern das Netz zerrissen. Jetzt macht dieses Phantom einen Freundschaftsbesuch in Galway. Da tickt es doch bei denen. Und wenn erst einmal jemand darüber stolpert, dann haben wir die Bande auf dem Hals.«

»Mann, dann hätten die ja viel zu tun! Nee, dieser simple Funkverkehr verschwindet wegen Bedeutungslosigkeit in irgendeiner Schublade.«

Ich schüttelte den Kopf. »Im Gegenteil, Herr Oberleutnant! Der landet mit Sicherheit auf dem Tisch der Seekriegsleitung, und die reagiert sofort!«

Die Iren brauchten zwei Stunden, ehe sie uns auf die Schliche kamen. Da lag Inishbofin schon 14 Seemeilen achteraus, denn wir hatten die Fahrstufe erhöht. Der Ire jedoch zuckelte noch immer arglos mit fünf Knoten nach Galway.

»Es gibt kein amerikanisches U-Boot namens *Walrus*. Fordern Sie von seinem Kommandanten umgehend eine Erklärung! Achtung! Möglicherweise sitzen Sie einem deutschen U-Boot auf!«, übersetzte ich den abgefangenen Funkspruch. »Diesen versteckten Vorwurf hat der natürlich nicht unwidersprochen hingenommen, zumal er offensichtlich mehr von uns gesehen hat als wir von ihm. Hier seine Antwort: Kein deutsches U-Boot, Turm und Bootsform sind anders als bei allen bekannten deutschen U-Bootstypen. Kontakt nicht möglich, U-Boot ist wegen des starken Seegangs getaucht. Werde Erklärung in Galway fordern.«

Die Antwort löste lautes Gelächter aus. Georg schlug sich vor Vergnügen auf die Oberschenkel.

»Ich liebe die Iren und ganz besonders diesen hier!«

Ich lachte mit, obwohl ich insgeheim die Sorge nicht los wurde, daß die Briten das bestimmt ganz anders aufnahmen.

Die Shannonmündung lag querab. Als Georg die beiden Badegäste in den Offiziersraum holen ließ. Er dachte gar nicht daran, ihnen einen Platz anzubieten, sondern ließ sie demostrativ stehen.

»Ich habe Befehl, Sie nach Spanien zu bringen, Herr von der Stetten. Noch laufen wir an der irischen Küste entlang, aber sobald wir Dingle passiert haben, geht es in den offenen Atlantik hinaus. Wohin also? Nach El Ferrol, La Coruña, Villagarcia de Arosa oder nach Vigo?«

Von der Stetten trat unschlüssig von einem Fuß auf den anderen, ehe er einen Zettel aus der Tasche zog. »Weiter nach Süden, Herr Kaleu. Nach Cadiz.«

»Nach Cadiz? Sind Sie noch zu retten? Warum nicht gleich nach Gibraltar? Haben Sie überhaupt eine Vorstellung davon, was die Briten alles aufbieten, um U-Boote abzufangen, die prominente Deutsche nach Spanien zu bringen versuchen?«

Georg suchte aus dem vor ihm liegenden Stapel die nordirische Zeitung heraus und hielt sie ihm unter die Nase. »Hier, lesen Sie mal diese Fahndungsliste! Vielleicht befinden sich auch Ihre korrekten Namen darunter!«

Von der Stetten zuckte wie unter einem Schlag zusammen, fing sich aber sofort wieder. Mit abweisender Miene schob er die Zeitung zurück. »Interessiert mich nicht. Ich kann mich nur wundern, daß ein deutscher Offizier nicht nur der verlogenen Feindpropaganda Gehör schenkt, sondern auch der britischen Lügenpresse irgendwelchen Wahrheitsgehalt beimißt. Wie vereinen Sie das eigentlich mit Ihrem Fahneneid?«

»Offenbar besser als Sie, Herr von der Stetten! Heißt es nicht in Ihren Kreisen: Unsere Ehre heißt Treue, und die Treue ist das Mark der Ehre?« Er spie ihm diesen SS-Treueschwur förmlich ins Gesicht. »Viel ist ja wohl bei Ihnen beiden nicht mehr übriggeblieben. Im Gegensatz zu Ihnen befinden wir uns nicht auf der Flucht.«

»Was sollen diese unverschämten Unterstellungen?« Die Wut über die respektlose Behandlung und die Aufdeckung ihrer SS-Zugehörigkeit ließen Kunze alle Vorsicht vergessen. »Wir sind nicht auf der Flucht! Wir sind im Auftrag des Reichsführers SS nach Spanien unterwegs. Sie werden ...«

»Ach du meine Fresse, ausgerechnet im Auftrag des Reichsheinis! Auf den berufen Sie sich mal lieber nicht. Den gibt es nämlich nicht mehr! Der ist aller seiner Ämter enthoben worden, weil er hinter dem Rücken Hitlers den Westmächten die deutsche Kapitulation angeboten hat. Wenn man den Kerl dafür inzwischen nicht aufgeknüpft hat, kann er heilfroh sein.«

Wir sahen in fassungslose Gesichter. Das war ein Schlag, der ihnen die Sprache raubte.

»Cadiz schlagen Sie sich in Ihrem eigenen Interesse aus dem Kopf«, setzte Georg noch eins drauf. »Sie sprechen Spanisch, habe ich gehört. Haben Sie spanisches Geld dabei? Gut! Dann beten Sie, daß wir noch rechtzeitig nach Nordspanien durchkommen. Noch fühlen wir uns nämlich an unseren

Fahneneid gebunden. Kapituliert Deutschland, dann sieht das anders aus. Habe ich mich klar genug ausgedrückt?«

Unfähig, auch nur ein Wort herauszubringen, nickten die beiden nur.

Da ergriff der I WO die Initiative. Er nahm die verschmähte Zeitung und hielt sie Kunze hin. »Da wir gerade beim Aufwaschen sind, Herr Kunze, sind Sie unter den Ärzten auf dieser Liste?«

Kunze stand offensichtlich noch unter Schock. Völlig überrumpelt nahm er das Blatt und überflog die lange Liste. Stumm nickte er und gab die Zeitung zurück.

»Danke! Dann können wir wohl davon ausgehen, daß auch Herr von der Stetten vertreten ist?«

»Was nutzt Ihnen das, Herr Lutz?« begehrte von der Stetten auf. »Sie haben Ihre Befehle! Richten Sie sich gefälligst danach. Und noch eins: Unser Arm ist lang. Er wird Sie auch nach einer Kapitulation zu erreichen wissen, wenn Sie mit uns irgendein krummes Ding drehen, meine Herren! Ich hoffe, ich habe mich ebenfalls klar genug ausgedrückt!«

»Das haben Sie!« sagte Georg grimmig. »Und ich frage mich, warum ich Sie nicht postwendend über Bord werfen lasse! Vermutlich pure Humanitätsduselei, die Ihnen selbst völlig fremd ist! Machen Sie, daß Sie rauskommen, bevor ich es mir anders überlege!«

Kunze zögerte und wollte noch etwas sagen; doch dieser von der Stetten, der bei den beiden ganz offensichtlich das Sagen hatte, ergriff seinen Arm und drängte ihn hinaus.

»Mensch, Georg, wie bist du denn auf die Ärzteliste gekommen?« fragte der LI dümmlich, nachdem sich der Vorhang hinter den beiden geschlossen hatte. »Woher ...«

»Sieh dir die Liste an, dann kommst du selbst drauf!« antwortete Georg unwirsch. »Oder frag den I WO. Der hat diesen Kunze ja aufs Kreuz gelegt. Der Schweinehund von der Stetten droht uns auch noch! Das soll man nicht für möglich halten! Woher nimmt der Kerl diese Zuversicht?«

»Das Kriegsende ist doch schon lange abzusehen. Nur wir Idioten halten noch den Kopf hin, während die bereits für später eine SS-Organisation im Untergrund aufgebaut haben«, sagte der I WO bitter. »Ihre Frage ist leicht zu beantworten, Herr Albrecht. In dieser Fahndungsliste sind auch vier Ärzte mit ihren richtigen Namen aufgeführt. Einer davon ist Kunze, das hat er zugegeben, und einer vermutlich von der Stetten, sonst hätte der nicht so reagiert. Wer aber jetzt von den vieren wer ist, das können Sie nur raten. Sagen werden die es uns ganz sicher nicht.«

»Und ihr wollt die wirklich nach Spanien bringen? Wir sollten die irgendwie vorher los ...«

»Wir werden sehen!« schnitt ihm Georg das Wort ab. »Ich habe ganz andere Sorgen.«

»Mein lieber Mann, der Alte hat den beiden ja ganz schön die Meinung gegeigt!« meinte Obersteuermann Larsson halblaut zu mir.

»Wieso? Woher wissen ...« Ich brach ab und schüttelte über meine Begriffsstutzigkeit den Kopf, dabei war das doch klar.

In der Enge eines U-Bootes haben die Wände ohnehin schon Ohren, da bedarf es keiner großen Lautstärke. So war dieser laute Wortwechsel erst recht nicht zu überhören gewesen. Fast alle hatten mitgehört, und zu den Männern in den Maschinenräumen trug es bestimmt der Bordklatsch.

Larsson sah mich neugierig an. »Was haben die denn als Ärzte angestellt, daß die jetzt ihr Fell auf unsere Kosten retten müssen?«

»Wenn wir das wüßten, wären wir um einiges klüger. Genug jedenfalls, daß sie jetzt um ihr Leben fürchten.«

»SS! Nach außen ganz stramme Nationalsozialisten, kompromißlos und knallhart in den politischen Ansichten. Gehen einem gleich an die Kehle, wenn man nicht ihrer Meinung ist.«

»Sind denn der Voigt und der Hansemann nicht vom gleichen Kaliber?«

Torpedomaat Voigt und der Matrosenhauptgefreite Hansemann waren bis zu ihrer Einberufung hohe Führer in der Hitlerjugend gewesen. Sie glaubten noch immer felsenfest an den Endsieg und lieferten sich mit anderen heftige Wortgefechte. Das hatte schon ein paarmal dicht an den Rand einer deftigen Prügelei geführt; denn wenn dem bulligen Hansemann die Argumente ausgingen, schlug er gerne mal zu.

»Bei weitem nicht, Herr Flemming. Aber gespannt bin ich schon, was die dazu sagen, daß die stramme SS jetzt den Schwanz einzieht und nach Spanien türmt.« Er kicherte. »Vermutlich erfinden sie dafür einen besonders kriegswichtigen Grund.«

Ich lachte. »Wahrscheinlich! Wird ihnen nur schwerfallen.«

Es gab nämlich noch ein paar andere an Bord, die die Argumente dieser beiden immer widerspruchslos geschluckt hatten. Das war nicht verwunderlich, waren wir doch alle mit Siegeszuversicht gefüttert worden. Da paßte das nun ganz und gar nicht hinein.

Funkmaat Weber kam in die Zentrale und unterbrach meine Gedanken. »Ein Funkspruch, Herr Oberfähnrich, eben aufgefangen. Die Iren sind aufgewacht.«

Ich überflog den Text. »Sieht ganz so aus! Das muß der Kommandant wissen.«

Nach einem Blick in die Karte verließ ich die Zentrale. Georg saß mit dem I WO und dem LI im Offiziersraum. Sie blickten von einer spanischen Seekarte auf, als ich eintrat.

»Ein Funkspruch an alle Einheiten der irischen Marine und der CG, Herr Kaleu. Die werden aufgefordert, jedes U-Boot innerhalb der Drei-Meilen-Zone aufzustöbern und zum Verlassen der irischen Hoheitsgewässer aufzufordern. Kein Waffengebrauch, das wird extra mehrmals wiederholt.«

Georg kratzte sich nachdenklich den sprießenden Bart, denn seit Bergen rasierte sich keiner mehr von uns.

»Hört sich an, als hätten die tatsächlich eine Marine. Hat Sander nicht gesagt, die habe nur symbolischen Charakter?«

»Hat er«, bestätigte der I WO. »Kein Waffengebrauch, das sagt doch alles. Dieses Wischiwaschi ist die reinste Augenwischerei. Den Iren sitzen die britischen Nachbarn im Nacken, und da mußten die sich was einfallen lassen.«

»Hmmm, vermutlich«, Georg wandte sich an mich: »Wo stehen wir jetzt, II WO?«

»Genau vor der Shannonmündung zwischen Loop Head achteraus und Kerry Head voraus mit Kurs auf die Halbinsel Dingle, Herr Kaleu. Gegen achtzehn Uhr dürften wir vor Brandon Head auf Dingle stehen.«

Er sah auf die Uhr. »Gut, laufen wir bis zum Einbruch der Dunkelheit weiter unter Land, dann nehmen wir Kurs auf Villagarcia de Arosa. Das ist ein so kleiner spanischer Hafen, daß ihn die Briten ganz bestimmt nicht abriegeln werden. Mit Vigo, La Coruña und El Ferrol sieht das schon anders aus.«

Der I WO verzog skeptisch das Gesicht. »Wenn sie uns nicht schon vorher abfangen. Vor der spanischen Küste dürften sich doch jetzt U-Jagdgruppen ein fröhliches Stelldichein geben.«

Georg nickte zustimmend. »Das habe ich den beiden Knilchen auch gesagt, als sie gegen Villagarcia de Arosa protestierten. Für sie würden wir jedenfalls kein Risiko eingehen. Mein Angebot bestehe noch immer. Sie können auch auf See aussteigen. Ein Schlauchboot steht für sie bereit.«

»Bravo! Hoffentlich tun sie's! Dann sind wir sie endlich los!« Demonstrativ klatschte der I WO Beifall. »Der Smadding hat sich übrigens bei mir über die beiden beschwert. Die Deckoffiziere haben das politische Geseire der beiden gründlich satt. Ich hab ihm die irischen Zeitungen und Zeitschriften in die Hand gedrückt und gesagt, er soll sie ihnen einfach unter die Nase halten. Das dürfte sie mundtot machen.«

»Mir gegenüber hat sich der Larsson ähnlich geäußert!« warf ich ein. »Vielleicht sollten die Zeitungen und Zeitschriften mit den grauenvollen Bildern auch an die übrige Besatzung weitergegeben werden, Herr Kaleu? Das dürfte auch dem Voigt und dem Hansemann das Maul stopfen.«

»Kein schlechter Gedanke, II WO. Die zerbrechen sich vermutlich alle ohnehin den Kopf, warum ich die beiden so abgekanzelt habe.« Er lächelte. »Laut genug war das ja wohl, oder?«

Der Alarm trieb uns auf die Gefechtsstationen, noch bevor wir Brandon Head erreichten. Schraubengeräusche kamen von Südwesten auf, schneller und hochtouriger als die von Frachtern. Iren?

Unwahrscheinlich, es klang nach Zerstörern oder Fregatten, und solche Einheiten hatten nicht bloß symbolischen Charakter. Dann schon eher Briten.

Bald beseitigte Georgs Blick durch das Sehrohr jeden Zweifel. »Ein Zerstörer und zwei Fregatten neuesten Typs. Kämmen in Suchformation die See ab, eine U-Jagdgruppe also. Peilt null-fünf-sieben, Abstand etwa sechs Seemeilen. Frage Gegnerkurs!«

»Null-vier-vier, Herr Kaleu!« antwortete Mäusele vom Kartentisch. »Gegner läuft außerhalb der Drei-Meilen-Zone!«

»Alle Achtung, gar nicht schlecht kombiniert. Die haben die irischen Funksprüche fast auf den Punkt genau ausgewertet.« Georg fuhr das Sehrohr wieder ein. »Jetzt suchen die das amerikanische U-Boot, also uns.«

»Und du glaubst, die werden weiterhin so brav außerhalb der irischen Hoheitsgewässer bleiben?« zweifelte der LI.

»Nee, ganz und gar nicht! Sobald die einen Verdacht haben, haben wir die Brüder ganz schnell auf dem Hals. Was sind für die schon die paar Meilen. Aber dazu werden wir ihnen keinen Anlaß geben.«

Eine Kurskorrektur brachte uns noch dichter unter Land. Gerade damit war die Gefahr jedoch keineswegs gebannt. Zum einen hinderte uns die verhältnismäßig geringe Wassertiefe daran, tiefer abzutauchen, um dadurch unsere ungeschützte Steuerbordseite aus der Reichweite der gegnerischen ASDIC-Geräte zu bringen, zum anderen mußte der Rudergänger höllisch genau Kurs halten. Ein Augenblick der Unachtsamkeit genügte, und wir saßen irgendwo auf.

Mit einem ganz blöden Gefühl im Hinterkopf schlichen wir an den suchenden Tommies vorbei. Endlos krochen die Sekunden, wurden zu Minuten, verwandelten unsere Befürchtungen in eine bange Hoffnung und wurden schließlich nach einer schier endlosen Zeit zu einer befreienden Gewißheit.

Aufzuatmen wagten wir allerdings erst, als die gefährlichen Schraubengeräusche weiter und weiter hinter uns zurückblieben.

»Das war nur ein Vorgeschmack, die kommen garantiert wieder zurück«, unkte der LI. »Dann haben wir hoffentlich mehr Wasser unter dem Kiel.«

»Na, was sagt Radio Dublin, II WO?« fragte Georg, als ich in die Zentrale kam. »Gute oder schlechte Nachrichten?«

Die Männer in der Zentrale spitzten die Ohren. Es war auf einmal mucksmäuschenstill.

»Durchweg schlechte, Herr Kaleu. Ich habe mitgeschrieben.« Ich reichte ihm das Blatt. »Der Entsatzangriff für Berlin ist gescheitert, die zwölfte deutsche Armee zieht sich angeblich unter schweren Nachhutgefechten zusammen mit den Resten der neunten Armee nach Westen zurück. Innerhalb Berlins sei die Verteidigung bis auf wenige Widerstandsnester zusammengebrochen. Die Russen sollen schon am Potsdamer Platz und an der Weidendammer Brücke stehen und den Angriff auf die Reichskanzlei begonnen haben. Die SS soll daraufhin die S-Bahntunnel unter der Spree gesprengt haben, um die Russen am weiteren Vordringen zu hindern. Die Iren meinen, die Russen wollten den ersten Mai mit der Kapitulation Berlins krönen.«

»Det is' ja denn schon morjen!« rutschte es dem Tiefenrudergänger Deitmann heraus. »Da wird Olle Adolf aber janz schön schwitzen, wa?«

Die Männer in der Zentrale grinsten, nur Georg verzog keine Miene. Er überflog meine Notizen. »So, so, Mussolini und seine Geliebte sind von Partisanen erschossen worden, als sie in die Schweiz flüchten wollten?«

Ich nickte. »Der Nachrichtensprecher sagte, ihre Leichen hingen jetzt kopfunter auf irgendeiner Piazza in Mailand.«

»Hmmm«, brummte Georg. »Und kein Funkspruch von der Flottille?«

»Noch immer kein Funkspruch, Herr Kaleu.«

Georg griff zum Mikrophon und schaltete die Bordsprechanlage ein. »Mal herhören! Hier spricht der Kommandant! Wir haben die Nachrichten von Radio Dublin abgehört, weil deutsche Sender nicht zu empfangen sind. Dabei haben wir erfahren ...« Er las meine Übersetzung vor. »Da es gegenwärtig die einzige Möglichkeit ist, etwas über die Lage in Deutschland zu hören, werde ich Sie weiterhin darüber informieren, was die irischen Sender berichten. Im übrigen ...«

Er verstummte und lauschte überrascht. An Steuerbord huschte das unverkennbare Geräusch eines Ortungsstrahles über uns hinweg und kehrte Sekundenbruchteile später wieder zurück, um uns festzuhalten.

»Alarm! Auf E-Maschinen umkuppeln! Dreimal äußerste Kraft voraus! Ruder hart Backbord!«

Die Männer reagierten sofort. Unter dem Druck der auf Höchstfahrt anspringenden Maschinen ging ein harter Ruck durch das Boot. Wir drehten nach Backbord, um den ASDIC-Strahl abzuschütteln, der unsere Steuerbordseite gepackt hatte. Und tatsächlich, der Strahl stopppelte und glitt endlich von uns ab.

Mit siebzehn Knoten flohen wir aus dem offenen Atlantik in den breiten Schlund der Dingle Bay hinein. Wenig später brach hinter uns die Hölle los. Detonationswellen packten das Boot von achtern und drückten es aus dem Kurs. Das Heck stieg so gewaltig an, daß wir alle bugwärts taumelten. Es regnete Bomben, wo wir noch vor wenigen Minuten gestanden hatten. Wie ein junger Hund wurde das Boot von Riesenfäusten erbarmungslos durchgeschüttelt. Betäubt von den dröhnenden Explosionen, suchte ich vergeblich nach einem Halt. Von den Druckwellen hin und her geschleudert, prallte ich mit dem Rücken gegen irgendwelche vorstehenden Geräte und wurde im nächsten Moment mit der Stirn regelrecht gegen die Stahlwand katapultiert. Ich sah nur noch Sterne.

Urplötzlich brach das Bombardement ab. Das Boot kam in den nachlaufenden Wellen zur Ruhe und pendelte auf ebenem Kiel ein, jagte aber mit siebzehn Knoten weiter auf die irische Küste zu.

»Beide Maschinen stopp! Ruder mitschiffs! Schadensmeldungen an Zentrale!« Georg ließ die Leiter los und schüttelte ungläubig den Kopf. »Gibt es denn das? Keine Schraubengeräusche und trotzdem ein gezielter Wasserbombenregen? Offensichtlich Flugzeuge. Aber woher wußten die, wo wir stecken? Flugzeuge mit ASDIC?«

Der I WO schüttelte den Kopf. »Unwahrscheinlich! Flugzeuge schon, aber das ASDIC stammte von einem Jagd-U-Boot. Angelockt durch unsere Diesel, hat es uns geortet und die Flieger herbeigefunkt.«

»Ein U-Boot als Fühlungshalter? Kann sein, kann nicht sein!« bediente sich Georg seines Lieblingsspruches. »Gehen wir auf Schleichfahrt. Absolute Ruhe im Boot!«

Noch immer brummte mir der Schädel. Wie durch Watte hörte ich das Gespräch und die Meldungen aus den einzelnen Abteilungen.

»Keinerlei ernste Schäden, Herr Kaleu. Ein paar Scherben

und ein paaar blaue Flecke hat es gegeben«, faßte ich zusammen.

Georg sah mich prüfend an. »Eine glatte Falschmeldung! Sie sollten in den Spiegel sehen! Sani in die Zentrale!«

Ich fuhr über meine schmerzende Stirn und sah auf meine Finger. Blut! Ich hatte Blut an den Fingern! Und nun fühlte ich auch, wie es mir seitlich herunterrann.

»Los, Gruber, verpflastern Sie bloß schnell den II WO! Der versaut uns hier am Ende noch das ganze Parkett!« spottete der LI. »Was sollen denn die whiskeyseligen Jungfrauen sagen, wenn der so ramponiert nach unserem glorreichen Endsieg wieder in Irland aufkreuzt.«

Das Jagd-U-Boot lag uns allen im Magen, auch wenn wir ihm dank unserer hohen Geschwindigkeit für den Augenblick entwischt waren. Einmal aufgespürt, mußten wir damit rechnen, daß sich eine ganze Meute vor der Dingle Bay versammelte, um uns nicht entkommen zu lassen. Noch fingen wir keine Schraubengeräusche auf, aber das blieb garantiert nicht lange so.

»Wir müssen schleunigst von Land freikommen! Die Tommies werden zwei und zwei zusammenzählen, meine Herren.« Georg tippte auf die Seekarte. »Zuerst vor den Hebriden, dann mit Kurs auf Galway und jetzt vor der Dingle Bay – das ergibt einen Generalkurs nach Süden, und dort werden sie auch nach uns suchen. Laufen wir nach Nordnordwest auf Tearaght Island zu und dann mit Kurs zwo-sieben-null wieder in den offenen Atlantik hinaus, müßten wir unentdeckt entkommen.«

»Hoffentlich laufen wir dann nicht der Jagdgruppe genau in den Rachen, die uns vor Brandon Head passiert hat!« warnte der LI. »Wir haben nicht lange genug geschnorchelt, um die Batterien voll aufzuladen. Da können wir uns keine lange Flucht mit Höchstfahrt leisten. Uns bleibt nicht mehr viel von der Nacht.«

»Also werden wir uns sputen! Wenn wir mit zehn Knoten verschwinden, dürften das die Batterien doch wohl noch verkraften oder?«

»Na ja«, wand sich der LI, »dann aber nicht so lange!«

Wir hatten die Briten richtig eingeschätzt. Als wir bei Tearaght Island in den offenen Atlantik einschwenken wollten, kam von Norden eine U-Jagdgruppe mit Höllenfahrt auf. Georg sah Mäusele über die Schulter, der blitzschnell aus den Horchpeilungen ihren Kurs berechnete und in die Karte eintrug.

»Na bitte! Vielleicht tatsächlich dieselbe Gruppe, die uns vor Brandon Head verfehlt hat, LI. Halten die weiterhin Kurs, laufen die uns genau vor den Bug.«

»Ein ewiger Jammer! So eine ideale Schußposition!« klagte der I WO. »Die leichtsinnigen Hunde fahren keine Rabatzbojen, da könnten wir sie mühelos wegputzen.«

Georg winkte ab. »Und was bringt das? Wir verraten damit nur, wo wir abgeblieben sind, und dann beginnt die große Hatz. Jetzt noch den todesmutigen Idioten spielen? Nee, das war einmal, mein Lieber! Damit ist es bei mir vorbei! Ich kann mir jetzt 'was Schöneres vorstellen. Ist jemand anderer Meinung?«

Niemand widersprach. Wir änderten Kurs und boten den heranjagenden Tommies unsere intakte Backbordseite. Das war wahrscheinlich nicht einmal nötig. Bei ihrem hohen Tempo hatten sie garantiert nur die eigenen Schraubengeräusche in ihren Horchgeräten, und das ASDIC brachte ihnen auch nichts. Außerdem vermuteten sie uns südlicher.

Trotzdem blieben wir wachsam. Erst als sie gänzlich aus unserem Horchgerät verschwunden waren, schwebten wir auf Schnorcheltiefe nach oben und schalteten auf die Diesel um. Mit sieben Knoten ließen wir Tearaght Island hinter uns und liefen in den Atlantik hinaus.

Der LI sah auf die Borduhr und verzog skeptisch das Gesicht.

»Vier Stunden bis zum Morgengrauen. Das dürfte zum Aufladen gerade so reichen.«

»Hmmm«, brummte Georg, »vermutlich ist das auch bloß wieder Unkerei. Wir schnorcheln so lange in den Tag hinein, bis die Batterien voll aufgeladen sind. Aber keine Sekunde länger, Klaus! Ich will nichts riskieren, klar?«

Als ich am Morgen den I WO ablöste, schnorchelten wir noch immer. Ich sah ihn fragend an, nachdem er das Logbuch abgezeichnet hatte.

»Da staunt der Laie, der Fachmann wundert sich, was, Paddy? Niedrige Wolkendecke, leichter Nieselregen, Sicht gleich Null. Wer da unseren Schnorchel aus der Luft entdekken will, muß schon Röntgenaugen haben. Hoffentlich hält das noch 'ne Weile an.«

»Keine Feindberührung, Herr Oberleutnant?«

»Keine. Horchrunde variabel alle zwanzig, dreißig Minuten. Die Horcher sind dazu vergattert, die Ohren aufzusperren, damit uns nicht wieder ein Jagd-U-Boot aufstöbert.« Er wandte sich um. »Was wollen Sie, Voigt?«

Torpedomaat Voigt, eine der irischen Zeitschriften in der Hand, nahm Haltung an. »Bitte, den Herrn Oberfähnrich etwas fragen zu dürfen, Herr Oberleutnant.«

»Warum? Brauchen Sie einen Dolmetscher?«

Voigt nickte.

»Dann los, fragen Sie.«

»Ich habe zwar in der Schule Englischunterricht gehabt, bin aber keine Leuchte gewesen. Jetzt fehlen mir die Vokabeln, um zu verstehen, was unter diesen schrecklichen Bildern steht. Können Sie mir helfen?«

»Nichts leichter als das! Geben Sie her!« Ich warf nur einen kurzen Blick auf die Bilder. »Das sind Aufnahmen von befreiten Insassen deutscher Konzentrationslager.«

»Die sind ja halb verhungert! Was haben die denn verbrochen?«

»Verbrochen? Die haben sich die falschen Eltern ausgesucht, Juden oder Zigeuner, das war ihr Verbrechen. Wenn man sie deswegen nicht sofort in Todeslagern umgebracht hat, dann sind sie zur Zwangsarbeit gezwungen oder zu medizinischen Versuchen mißbraucht worden. So steht das jedenfalls hier.« Ich sah in sein zweifelndes Gesicht. »Glauben Sie nicht, was? Ich habe es auch nicht für möglich gehalten. Aber das ist keine englische, sondern eine irische Zeitschrift, und die Berichte stammen von irischen Reportern. Die gelten allgemein als deutschfreundlich. Hören Sie mal gut zu.«

Ich übersetzte ihm den ganzen Text. In der Zentrale herrschte atemlose Stille. Keiner der Männer ließ sich ein Wort entgehen. Selbst der I WO, der jetzt eigentlich Freiwache hatte, blieb in der Zentrale und beobachtete die Reaktion der Männer.

Voigt sagte: »Das habe ich nicht gewußt.«

»Na, na«, sagte Deitmann, der gerade am Tiefenruder abgelöst worden war. »Nun stell dir man nich' für doof hin, Voigt! Det et Konzertlager jejeben hat, haste doch ooch jewußt! Det wußte doch jeder, Mensch!«

»Aber doch nur zur Umerziehung der politischen Gegner, Mann! Doch nicht solche! Oder hast du das gewußt?«

»Nee, hab ick nich'! Bloß det wird uns keener glooben, mir nich', dir nich', uns alle nich'! Die Scheiß-SS reißt uns alle mit rin! Und jetzt türmen die Brüder! Det is' die größte Niedertracht daran, mein Lieber! Oder siehst du det anders?«

Beifälliges Gemurmel folgte seinen Worten. Voigt wußte nicht, was er darauf antworten sollte.

»Haben die beeden Kerle etwa wat damit zu tun, die wir an Bord haben und die der Kaleu so abjebürstet hat?« fragte der Tiefenrudergänger Gebhardt. »Det sind doch SS-Männer, hab ick jehört, Herr Oberfähnrich.«

Ich sah den I WO an. Der verstand meinen Blick. »Wir nehmen es an, Gebhardt. Oder sagen wir lieber, es sieht alles so aus. Jedenfalls sind die Briten hinter ihnen her.«

»Schweine!« sagte Voigt und verzog angewidert das Gesicht. Es gab keinen Zweifel, wen er damit meinte.

Was sich in der Zentrale mit Voigt zugetragen hatte, sprach sich wie ein Lauffeuer im Boot herum. Hatten sich Kunze und von der Stetten anfangs selbst von der Besatzung abgegrenzt, so trat jetzt das Gegenteil ein. Wo immer auch sie in den folgenden Stunden das Gespräch suchten – ob mit den Offizieren, den Deckoffizieren oder Maaten –, stießen sie auf eine Mauer aus Ablehnung und eisigem Schweigen.

Es gab Gründe genug. Die erschütternden Berichte über die Konzentrationslager und die grauenhaften Bilder ließen die beiden völlig kalt. Sie stritten den staatlich sanktionierten Massenmord in den Konzentrationslagern nicht einmal als üble Feindpropaganda ab, im Gegenteil. Von der Stetten verteidigte ihn wortreich als Ausmerzung »unwerten Lebens« und »minderwertiger Rassen« zugunsten der »germanischen Herrenrasse«, weil die »natürliche Auslese« fehle.

»Wo gehobelt wird, da fallen nun mal Späne!« setzte Kunze noch eins drauf. Im übrigen seien Konzentrationslager keineswegs eine deutsche Erfindung, sondern von den Briten bereits im Burenkrieg praktiziert worden. Damals habe aber kein Hahn danach gekräht.

Einen Augenblick waren wir sprachlos, denn das schlug nun dem Faß wirklich den Boden aus.

Georg maß die beiden mit einem eiskalten Blick und spie ihnen vor die Füße. »Vielen Dank für die Aufklärung darüber, für welche verbrecherische Ideologie wir sechs Jahre unser Leben aufs Spiel gesetzt haben. Ich bedaure, daß mich meine Befehle daran hindern, Sie beide von meinen Leuten auf der Stelle über Bord werfen zu lassen. Aber es wird für mich eine tiefe Befriedigung sein, wenn Sie letztlich dennoch irgendwann für diese Unmenschlichkeiten büßen müssen.«

»Das war klar und deutlich, Herr Kapitänleutnant!« Kunze verzog höhnisch das Gesicht. »Und mir wird es ein besonderes Vergnügen sein, dem Führer in seinem Exil zu berichten, wie viele Verräter an unserer Idee sich noch immer unter seinen Offizieren befinden.«

Funkmaat Weber machte mir vom Gang her ein Zeichen und reichte mir einen Funkspruch. Ich gab das Blatt an Georg weiter.

Der überflog den Text. »Dann werden Sie sich aber schleunigst Flügel anschaffen müssen, um den Führer in seinem Exil zu erreichen. Ich erfahre nämlich soeben, daß er im Kampf um Berlin gefallen ist. Sein Nachfolger ist Großadmiral Dönitz. Ich glaube nicht, daß der für diese Verbrechen der SS besonderes Verständnis aufbringen wird.«

Einen Augenblick schwiegen alle im Raum und versuchten die Bedeutung dieser Nachricht zu erfassen. Der Tod Hitlers trat für uns plötzlich völlig in den Hintergrund. Dönitz, der *Löwe*, wie wir ihn nannten, war Realist. Das konnte nur bedeuten, daß das Kriegsende unmittelbar bevorstand.

So sah es auch von der Stetten. »Und was bedeutet das für Ihre Befehle, Herr Kapitänleutnant?«

Georg musterte ihn von oben bis unten. »Das werden Sie noch früh genug erfahren.«

Dönitz war tatsächlich Realist, wie wir aus seiner Rede entnehmen konnten, die wir über Langwelle auffingen. Es ging ihm nur noch darum, die Menschen aus den Ostprovinzen vor den Russen zu retten. Er befahl allen Wehrmachtseinheiten an der Westfront, sich von den Gegnern zu lösen und sich den vordringenden Sowjets entgegenzustemmen.

Die Reaktionen darauf waren unterschiedlich.

»Gilt das auch für uns, Herr Oberfähnrich?« fragte mich der Zentralemaat Kalinke während der Hundewache hoffnungsvoll. Ringsum spitzte man die Ohren.

»Ich glaube nicht, Kalinke. Die Wehrmachtseinheiten an der Westfront sollen sich lösen und den Russen entgegenstemmen. Von der U-Bootwaffe war nicht die Rede.«

Kalinke verzog enttäuscht das Gesicht. » So'n Mist! Und ich habe gehofft, der Scheiß sei endlich vorbei!«

»Vorbei?« knurrte der Hauptgefreite Hansemann im Hintergrund. »Vorbei ist das erst, wenn wir die Tommies mit unseren Wunderwaffen das Fürchten gelehrt haben; du Trottel! Und dann sind wir ja auch noch da. Je tiefer die Niederlage, desto größer ist die Stärke, mit der wir daraus hervorgehen, klar?«

Diese »Erkenntnis« war nicht auf seinem Mist gewachsen. Sie stammte vielmehr – wie sollte es auch anders sein – aus einer Rede des Reichspropagandaministers Goebbels, und so etwas vergaß ein HJ-Führer nun einmal nicht.

»Selig sind die, die geistig arm sind!« sagte Larsson salbungsvoll. »Denn das Himmelreich ist ihrer! Amen, Hansemann!«

Hansemann starrte den Obersteuermann verständnislos an. Unwillkürlich mußte ich lächeln. Ein Bibelzitat, da fiel bei dem bulligen Hansemann der Groschen nicht nur pfennigweise, sondern auch noch in Zeitlupe.

Ich blickte auf die Uhr. »Beide Maschinen stopp! Horchrunde! Absolute Ruhe im Boot!«

Kaum waren die Diesel verstummt, meldete sich der Horcher. »Wir haben jemand in eins-neun-sieben am Hacken, Herr Oberfähnrich. Nicht genau zu identifizieren!«

Einen Moment zögerte ich, denn ich hörte nichts. Dennoch gab es auch dafür entsprechende Regeln. »Stiller Alarm! Purren Sie den Kommandanten, Hansemann! Auf E-Maschinen umkuppeln! Kleine Fahrt voraus! Klar zur Schleichfahrt! Bolds klar!«

Ich jumpte durch das Schott und schlüpfte in das Horcherschapp. »Was ist los, Jordan?«

»Bordgeräusche, Herr Oberfähnrich. Hören Sie selbst.«

Ich stülpte mir die Kopfhörer über und lauschte. Es war wieder ein ganzer Chor von Unterwassergeräuschen, doch keins davon schien von einem Schiff zu stammen, bis Jordan an den GHG-Knöpfen drehte. Deutlich hob sich plötzlich ein Rumpeln ab.

»Was ist das denn?« wollte ich wissen.

»Klingt wie Munitionstransport. Wasserbomben? Minen? Torpedos? Alles möglich.«

Georg schaute zu uns herein. »Wieder ein U-Boot?«

Jordan schüttelte den Kopf. »Eher eine Überwassereinheit, Herr Kaleu! Mir war so, als hätte ich noch für Sekundenbruchteile hochtourige Schraubengeräusche gehört, nachdem unsere Diesel verstummt waren.«

Georg sah mich an. »In welchem Rhythmus haben Sie die Horchrunden durchführen lassen, II WO?«

»Unregelmäßig und bunt gemischt, Herr Kaleu. Mal im Abstand von fünfzehn, mal von zwanzig, mal von dreißig Minuten.«

Das war üblich; denn das Wasser leitete das Bullern der Diesel mehr als zehn Seemeilen gut hörbar an jedes auch nur halbwegs intakte Horchgerät weiter. Für diese Entfernung brauchte ein Zerstörer höchstens zwanzig Minuten, wenn seine Horcher auf Zack waren. Aber seitdem die Briten ihre ASDIC-Geräte immer mehr verfeinert hatten, spielte bei ihnen das Horchgerät nur noch eine untergeordnete Rolle, und das war vielleicht unser Glück.

»Ein alter Fuchs also, der sich diesem Rhythmus angepaßt und angeschlichen hat. Dann wollen wir doch mal sehen, ob der wirklich so ein ausgekochter Fuchs ist.«

Wir jumpten in die Zentrale zurück.

»Ich höre, II WO!«

»Kurs eins-acht-vier, E-Maschinen machen Kleine Fahrt voraus und sind klar zur Schleichfahrt. Bolds sind ebenfalls klar! Geräusche kamen aus eins-neun-sieben.«

»Achtung achtern – Bold raus! Zeigen wir den Brüdern mal unsere Schokoladenseite. Neuer Kurs eins-sechs-null!«

Der Bold breitete sich in unserem Kielwasser aus, während wir auf unserem neuen Kurs davonschlichen. Gespannt lauschten wir nach achtern. Nichts geschah. Der Tommy wartete offensichtlich auf das Anspringen unserer Diesel, um uns ungehört überrumpeln zu können.

Georg grinste. »Wenn er sein ASDIC benutzt, hat er jetzt ein wunderbar ortsfestes Echo und kann sich Zeit lassen. Leg ein paar Kohlen auf, Umdrehungen für zehn Knoten, LI!«

Die Sekunden schlichen, summierten sich zu Minuten, aber hinter uns blieb es still. Nach zehn Minuten verlor Georg die Geduld.

»Sind wir einem Phantom aufgesessen? Auch gut! Achtung achtern! Bold raus! Und nun gib Gas, LI! Äußerste Kraft voraus!«

Als habe der Tommy das gehört, sprangen hinter uns die Maschinen an, trieben ihn seine Schrauben auf den Bold zu. Wasserbombenserien klatschten in den Bach und explodierten in unterschiedlichen Tiefen. Ein wahrer Bombenhagel machte dem Bold den Garaus. Damit nicht genug. Der Tommy wollte sichergehen. Er drehte auf dem Teller und fuhr einen neuen Angriff. Wieder dröhnten die Detonationen durch die Tiefe, erreichten uns die abgeschwächten Druckwellen.

Plötzlich Ruhe. Das kannte ich aus eigener Erfahrung. Er ließ sich garantiert über das Zentrum seiner Wasserbombenwürfe treiben und suchte die Wasseroberfläche mit Scheinwerfern nach Ölspuren, Trümmern und aufsteigenden Luftblasen ab, die ihm Erfolg signalisierten. So hatten wir es auf UJ 1793 auch gemacht.

Viel Zeit vergeudete er damit allerdings nicht. Inzwischen hatte vermutlich sein ASDIC den zweiten Bold geortet, denn seine Turbinen heulten auf. Wutschnaubend jagte er auf ihn zu und belegte ihn ebenfalls mit unzähligen Wasserbomben.

Georg feixte. »Doch kein alter ausgekochter Fuchs! Er hat Spaß am Ballern. Machen wir ihm die Freude und legen ihm noch einen dritten Bold vor die Nase! Aber dann ab in die Tiefe! Auf hundertdreißig Meter einpendeln!«

Am Mittag ging uns auf, daß wir mit dem dritten Bold wohl einen Fehler gemacht hatten. Der Tommy hatte ihn zwar ebenfalls unüberhörbar zur Schnecke gemacht, aber dann zwei und zwei zusammengezählt. Aus seinen ersten Horchpeilungen unseren Kurs zu errechnen, hatte ihm nicht die geringsten Schwierigkeiten bereitet. Jetzt verrieten ihm die Bolds, auf welchem Kurs wir ihm entkommen waren. Wir hätten Haken schlagen müssen, um ihn über unseren Generalkurs im unklaren zu lassen, der auf Spanien zielte.

Den kannten inzwischen garantiert alle britischen Jagdgruppen, die vor der spanischen Küste operierten, und bereiteten einen warmen Empfang vor. Das allein war schon kein schöner Gedanke.

Wir waren nämlich inzwischen zu einem zahnlosen Wolf geworden. Dazu hatte uns ein Funkspruch gemacht, den wir im Morgengrauen beim Schnorcheln aufgefangen hatten. Der befahl allen deutschen U-Booten, sich aller feindseligen Aktivitäten gegenüber den westlichen Alliierten ab sofort zu enthalten.

»Was ist denn das für eine komische Formulierung? Nicht Fisch und nicht Fleisch!« schnaubte der I WO ungehalten. »Gilt das nur für eventuelle Angriffshandlungen oder auch für Notwehr, wenn uns die Briten aufstöbern und fertigmachen wollen?«

»Ich lege das so aus, daß wir jeden Angriff unterlassen sollen; denn das wäre eine feindselige Aktivität. Verteidigung fällt für mich nicht darunter«, meinte Georg gelassen. »Mir bereitet unser anderes Problem viel mehr Kopfschmerzen, das aus unserem zahnlosen Wolf nun auch noch einen humpelnden macht.«

Aus unerklärlicher Ursache war beim Schnorcheln Wasser in das Zuluftrohr geraten und in den auf Hochtouren laufenden Backbord-Diesel gelangt. Ich verstand von Dieselmotoren nicht viel, so viel aber doch, daß Wasser im Verbrennungsraum keinem Motor bekommt. Der Schaden war so groß, daß sich der LI mit recht in den düstersten Prophezeiungen erging.

Nicht auszudenken, wenn es nicht gelang, den Diesel mit Bordmitteln zu reparieren. Die Zeit drängte. Wir brauchten beide Diesel, um die über Tag entladenen Batterien beim Schnorcheln in der Nacht wieder aufzuladen. Kein Wunder, daß der LI seine Stoker mit den wüstesten Flüchen zur Eile antrieb.

»Es wird schon klappen, auch wenn der LI jetzt alles wieder in den schwärzesten Farben sieht, Herr Kaleu«, sagte ich. »Ich hab 'ne ganz andere Frage auf dem Herzen.«

Der I WO kam Georg mit leiser Ironie in der Stimme zuvor. »Und die wäre, Paddy?«

»Der Anlaß zu diesem außergewöhnlichen Funkspruch. Das muß doch einen besonderen Grund haben. Waffenstillstandsverhandlungen vielleicht?«

Die beiden sahen mich überrascht an.

»Na klar, Paddy, nur das kann es eigentlich sein!« Der I WO klopfte mir anerkennend auf die Schultern. »Dönitz will im Westen Ruhe haben! Der braucht für den Osten den Rücken frei.«

Ich mußte meine Meinung korrigieren, in jedem U-Boot hätten die Wände Ohren. Zumindest auf das unsere traf das nur bedingt zu, und zu dieser unerwarteten Erkenntnis verhalf mir ausgerechnet der Matrosenhauptgefreite Hansemann.

Der hatte ganz offensichtlich seinen Meister gefunden; denn sein linkes Auge zierte ein prächtiges Veilchen, als er nach dem Mittagessen seine Wache antrat. Das überraschte; meist trugen nämlich nur seine Kontrahenten derartige Blessuren davon, und dann war so etwas üblicherweise auch noch mit unüberhörbarem Lärm verbunden.

»Na, Hansemann, wieder handgreiflich diskutiert?« konnte ich mir nicht verkneifen. »Der andere hatte die besseren Argumente, was?«

Die Männer in der Zentrale feixten hämisch, sie wußten offenbar mehr.

»Nee, Herr Oberfähnrich, ich bin gestolpert. Das Handrad des Entlüfters war im Wege.«

Larsson sah von der Seekarte auf. »Hört, hört! Und Voigts aufgeplatzte Lippen? Auch gegen das Handrad gelaufen?«

»Keine Ahnung, Herr Obersteuermann. Was gehen mich dessen Lippen an?«

»Ach nee! Hat's im Mannschaftslogis denn keine Rauferei gegeben?«

»Rauferei? Keinen Schimmer. Ich hab gegessen und mich um nichts gekümmert.«

Das nahm nicht einmal ich ihm ab, denn vier seiner Logiskameraden kreuzten auf ihren Wachstationen ähnlich gezeichnet auf. Aber warum?

Ulli, der Smadding, amüsierte sich köstlich über mein nachdenkliches Gesicht. »Da staunste, was? Ausgerechnet dieser Bulle fängt sich 'n Veilchen ein! Und der nicht nur alleine!«

»Komisch, daß wir davon diesmal nichts gehört haben.«

»Bei dem Lärm, den die Stoker mit der verdammten Maschinenreparatur veranstalten? Nee, mein Lieber. Außerdem hat sich das wieder einmal aus einer der neuerdings so beliebten Diskussionen im Mannschaftslogis entwickelt. Bloß diesmal hat Voigt eins blitzschnell reagiert.«

Mir sackte der Unterkiefer herunter. »Voigt eins, der Torpedomaat? Der prügelt sich mit der Mannschaft?«

»Unsinn, das war 'ne Meinungsverschiedenheit unter Freunden, nichts weiter. Voigt eins hat ebenfalls über die Back gelangt und seinem unbelehrbaren Freund Hansemann für seine idiotischen Ansichten ein paar in die Batterie gehauen, so deftig, daß der ins Land der Träume abgetaucht ist. Das war's dann auch schon.«

Ich schüttelte ungläubig den Kopf. »Und die anderen?«

Er lachte. »Die sind bei ihren Logisgenossen unter die Räder gekommen, weil sie die haarsträubenden Ansichten Hansemanns ebenfalls vertreten haben. Wie gesagt, 'ne Meinungsverschiedenheit ohne das übliche Geschrei und Getrampel, wie mir der Moser verraten hat. Deshalb haben wir alle nichts gehört.«

»Hat er dir auch erzählt, worum es diesmal gegangen ist? Um den Endsieg und die Wunderwaffen, was?«

»Nicht nur. Der Hansemann, dieser blöde Hund, hat doch glatt behauptet, Kunze und von der Stetten türmten nicht, sondern setzten sich nach Spanien ab, um von dort Werwolf-Aktionen der SS gegen die Alliierten zu organisieren. Weiß der Teufel, woher er diesen Blödsinn hat.«

»Das kann ich dir sagen. Der hat sich bei der Lecksicherungsübung mit diesen beiden Stinkern unterhalten, da stammt das her. Aber darum prügelt man sich doch nicht. Über solchen Quatsch kann man doch nur lachen!«

»Stimmt, damit fing's ja auch bloß an. Als aber Hansemann und die vier anderen Blödmänner dann auch noch die Ermordung der Gefangenen in den Konzentrationslagern verteidigt haben, da ist der Voigt ausgerastet, und nicht nur er, wie du gesehen hast.«

»Das ist ja 'n Ding!« Mehr brachte ich nicht heraus.

Schön, dem ehemaligen HJ-Führer Voigt und vielen anderen waren die Augen aufgegangen. Aber daß es darüber zu einer Prügelei gekommen war, war beunruhigend. Hoffentlich griff das nicht um sich.

Es griff doch um sich, und wieder war es Hansemann, der es auslöste. Am Ende der Nachmittagswache hatte der LI mit seinen Leuten den Backborddiesel tatsächlich wieder hingekriegt, so daß wir bei einem kurzen Probelauf mit dem Schnorchel die Nachrichten des irischen Rundfunks abhören konnten. Darin hieß es, die Verteidiger Berlins hätten kapituliert. Der russische Stadtkommandant habe die Stadt für seine Soldaten zur Plünderung freigegeben, so daß die jetzt weiterhin die deutschen Frauen und Mädchen ungestraft vergewaltigen dürften. Das sei ein krasser Rückfall in die Barbarei des finstersten Mittelalters und verstoße klar gegen alle internationalen Abmachungen zum Schutz der Zivilbevölkerung.

Diese Nachricht schlug wie eine Bombe ein. Für Hansemann war das eine willkommene Gelegenheit, die allgemeine Empörung darüber kräftig anzuheizen und damit seine beschämende Niederlage auszubügeln.

Im Nu bildeten sich im Mannschaftslogis zwei Parteien, die heftig miteinander stritten. Darin ging die Nachricht völlig unter, daß Beauftragte der Regierung Dönitz angeblich geheime Waffenstillstandsverhandlungen mit den Briten und Amerikanern aufgenommen hätten.

Diesmal griffen wir ein, bevor es wieder es zu einer handfesten Auseinandersetzung kam. Mehr noch, Georg stauchte Hansemann und die übelsten Schreier beider Seiten vor versammelter Mannschaft unter Androhung drakonischer Strafen zusammen.

Kunze und von der Stetten verfolgten diese Vorgänge schweigend. Um ihre Mundwinkel spielte dabei ein süffisantes Grinsen; das war Wasser auf ihre Mühle. Ich war sicher, sie registrierten sehr genau, bei wem die durch Schule, Presse, Rundfunk und HJ eingehämmerte Ideologie noch nicht ins Wanken geraten war.

Eine Kette von Explosionen riß mich aus dem Tiefschlaf und katapultierte mich regelrecht aus der Koje. Schlaftrunken rappelte ich mich auf und ging sofort wieder zu Boden. Enorme Druckwellen trieben das Heck in die Höhe und stellten das torkelnde Boot fast auf den Kopf. Ich schlitterte über das schräge Deck und knallte mit dem Rücken so hart gegen eine Backskiste, daß mir sekundenlang die Luft wegblieb.

Die Back! Endlich ein Halt! Mühsam zog ich mich an ihr hoch und kam wankend auf die Beine. Hin und her geworfen, knickebeinte ich gegen das bockende Deck zur Zentrale. Kommandos und Schreckensrufe drangen nur verstümmelt durch die Detonationen.

»Alarm! E-Maschinen umkuppeln! Drei ... Äußerste ... voraus! Tiefenruder vorn ...«

Erneut ging alles in einer ohrenbetäubenden Bombenserie unter. Fürchterliche Schläge trafen den Druckkörper, warfen ihn wie ein Bund Flicken aus dem Kurs und rissen mir die Füße weg. Ich flog gegen den Kartentisch und riß Obersteuermann Mäusele mit auf die Flurplatten. Seine Navigationswerkzeuge regneten auf uns herab. Das Licht ging aus, und das machte alles noch schlimmer.

Irgendwelche Einrichtungsgegenstände lösten sich von den Wänden und krachten auf das eiserne Deck, Gläser und Geschirr gingen scheppernd zu Bruch. Unzählige Explosionen zerhackten Befehle, Schreie und wilde Flüche zu einem unverständlichen Stimmenchaos.

Angst schüttelte mich, verdrängte jedes vernünftige Denken und lähmte meine Glieder. Unfähig, gegen den wilden Tanz des Bootes anzukommen, blieb ich auf dem Boden sitzen und stemmte mich instinktiv mit Füßen und Rücken irgendwo ab. Gerade noch rechtzeitig, denn eine neue Bombenserie ging hinter uns hoch und trieb mit ihren Druckwellen das Heck in die Tiefe. Der Bootskörper knirschte und stöhnte bedrohlich in den Verbänden.

Plötzlich Ruhe. Vergeblich lauschte ich. Versagten meine gepeinigten Ohren, oder blieben die gefürchteten Schraubengeräusche tatsächlich aus?

Handleuchten flammten auf, tauchten das Chaos in der Zentrale in ein geisterhaftes Licht. Ich krabbelte auf die Füße. Mit aller Willenskraft versuchte ich, das heftige Zittern in meinen Beinen zu unterdrücken. Unnötigerweise, denn niemand achtete darauf. Alle starrten mit angstverzerrten Gesichtern nach oben. Was kam jetzt?

Schwerfällig richtete sich das Boot in den nachlaufenden

Druckwellen auf, verlor langsam die Schlagseite nach Steuerbord und schwamm mit dem Heck auf.

»Licht! Schadensmeldungen an Zentrale! I WO, was liegt an?«

»Beide Maschinen machen dreimal Äußerste Kraft! Kurs eins-sechs-null! Tiefe achtzig Meter! Boot fällt noch immer!«

»Stopp Tiefe! Auf fünfundneunzig Meter einpendeln! Beide Maschinen – stopp! Auf Schleichfahrt umschalten!«

Die Beleuchtung flackerte, erlosch und brannte dann wieder voll. Oben noch immer Ruhe und keine Schraubengeräusche. Die ersten Schadensmeldungen liefen ein. Der Zentralemaat schrieb eifrig mit. Es kam eine ganze Latte zusammen. Am bedrohlichsten klang der Wassereinbruch im E-Maschinenraum, der zahlreiche funkensprühende Kurzschlüsse ausgelöst hatte.

»Rudergänger – neuer Kurs eins-fünf-null!« Georg warf einen Blick auf die Krängungsanzeige. »Also doch kein Schaden an Steuerbord, LI?«

»Wir peilen trotzdem später die Tanks. Die Lenzpumpen sind ausgefallen, die haben Vorrang; denn wir machen Wasser. Wenn das die Battereien erreicht, sind wir ...«

»Ruder zeigt keine Wirkung, Herr Kaleu!« Panik klang aus der Stimme des Rudergängers. »Die Rudermaschine ...«

»Ruhig, junger Mann!« schnitt ihm der LI das Wort ab. »Ein Kurzschluß in den Leitungen! Kommt alles wieder ins Lot. Wir sind schon dabei, alles durchzuprüfen. Man muß uns nur Zeit dazu lassen.«

Das sollte beruhigend klingen, tat es aber nicht. Viel Zeit hatte er nämlich nicht. Es war durch die Kurzschlüsse viel zuviel ausgefallen, worauf wir unbedingt angewiesen waren. Da konnte die Lage schnell kritisch werden, wenn uns die Tommies erneut aufstöberten. Wir rätselten wieder einmal herum, wodurch wir uns verraten hatten.

»Keine Schraubengeräusche, also Flugzeuge«, stellte Georg fest und blickte auf die Uhr. »Oben ist es noch stockdunkel. Wie haben die uns entdecken können?«

»Vielleicht durch unseren Schnorchel?« antwortete der I WO. »Rein zufällig oder durch RADAR.«

»RADAR? Bei spiegelglatter See vielleicht, aber die gibt's ja hier kaum. Selbst wenn sie die See gezielt mit Scheinwerfern abgesucht haben sollten, weil sie uns hier vermutet haben, ist das mehr als unwahrscheinlich.« Georg nagte an seiner Unterlippe.

»Am Ende hat der Schnorchel gequalmt? Wir haben das nach der Reparatur überhaupt nicht kontrolliert.«

Georg ließ sich diesen Gedanken durch den Kopf gehen; dann nickte er. »Durchaus möglich, I WO. Schöner Mist, was? Jetzt wissen die Jagdgruppen, wo wir stecken.« Er trat an den Kartentisch und beugte sich über die Seekarte. »Wir werden ihnen ein Schnippchen schlagen. Den Weg nach Spanien werden sie uns verlegen, aber daß wir Kurs auf die französische Biscayaküste genommen haben könnten, darauf wird keiner kommen.«

»Kann man nur hoffen, daß der LI schneller ist als die Tommies, die hier schon bald aufkreuzen werden.«

Sie kreuzten auf, als ich meine Morgenwache antrat. Weit entfernt noch, und sie kamen auch zu spät. Inzwischen hatten der LI und seine Männer die meisten der Schäden behoben. Ohne das Gruppenhorchgerät, die Rudermaschine, das Echolot und das Elektrolog wären wir aufgeschmissen gewesen. Sie funktionierten wieder einwandfrei. Wir nahmen allerdings noch immer Wasser, obwohl die Lenzpumpen ununterbrochen liefen, und das war beunruhigend, zumal der Ursprung nicht gefunden war.

Es gab noch ein anderes Problem, das tagsüber jedoch nicht so ins Gewicht fiel, wir fuhren ja mit den E-Maschinen. Aber irgend etwas stimmte mit dem Backborddiesel nicht. Als wir im Morgengrauen kurz zur Probe schnorchelten, kam dicker, fetter schwarzer Qualm aus dem Schnorchel und nebelte die Sehrohroptik ein. Das war es also gewesen, was uns den suchenden Briten in der Nacht verraten hatte.

»Kleinigkeit! Das kriegen wir bis zum Abend hin«, versicherte uns der LI optimistisch. »Sorgt ihr lahmen Krücken lieber dafür, daß uns die Tommies nicht zu dicht auf den Pelz rücken. Die Lenzpumpen machen nun mal Lärm.«

Aber die Gefahr, daß uns die Tommies hören könnten, bestand nicht. Die fabrizierten mit ihren Rabatzbojen einen solchen Lärm, daß sie damit ihre eigenen Horchgeräte lahmlegten. Sie hatten es außerdem furchtbar eilig. Mit schäumenden Bugwellen kamen zwei Zerstörer und eine Korvette von Osten auf. Sie steuerten das Gebiet an, wo wir normalerweise stehen mußten, hätten wir unseren Kurs beibehalten.

Triumphierend rieb sich Georg die Hände. »Hab ich's nicht gesagt? Keine Sau vermutet, daß wir nach Ostsüdost laufen, um ihnen zu entgehen. Haben Sie Nachrichten gehört, II WO?«

»Nur BBC, Herr Kaleu. Demnach haben die Briten Lübeck genommen und die Amerikaner Schwerin und Wismar. Die Russen sollen Rostock besetzt haben.«

»Scheiße!« murmelte Larsson neben mir. »Hätten sich die Amis nicht 'n bißchen beeilen können? Meine Familie saß in Warnemünde, als ich das letztemal was von ihr gehört habe.«

»Sie haben BBC gehört, Oberfähnrich?« ertönte hinter mir eine näselnde Stimme. Ich fuhr herum und blickte in das bleiche Gesicht Kunzes, der durch das Mannloch in die Zentrale schaute. »Wissen Sie ...«

»Für Sie immer noch Herr Oberfähnrich!« unterbrach ich ihn. »Ich weiß nicht, was Sie das angeht, welchen Sendern wir unsere Informationen verdanken. Im übrigen gilt auch für Sie der Befehl, nicht ohne ausdrückliche Genehmigung des Kommandanten oder des Wachoffiziers im Boot herumzugeistern. Also?«

»Nein, nein, ich weiß! Ich wollte ja auch bloß wissen ...«

»Ob der Frieden inzwischen ausgebrochen ist?« unterbrach ihn Georg grob. »Nee, leider noch nicht, sonst würden wir ja jetzt feiern, Herr Kunze!«

»Nein, Herr Kapitänleutnant, das meinte ich nicht. Ich wollte nur wissen, ob BBC was über Süddeutschland, über die Alpenfestung im Allgäu gesagt hat.«

Ich sah ihn prüfend an. »Haben Sie dort Familie? Kinder?«

»Ja, in Oberjoch, wenn Ihnen der Name was sagt. Sie sind aus Dachau dorthin evakuiert worden, und ich habe ...«

»Dachau? München ist von den Amis schon vor drei Tagen erobert worden. Tut mir leid, mehr weiß ich auch nicht.«

Es tat mir natürlich nicht leid, im Gegenteil. In mir verhärtete sich alles. Dieser Kerl hatte Frau und Kinder, um die er sich wie ein ganz normaler Mensch Sorgen machte. Und doch hatte ihm der Anblick der halb verhungerten Kinder und Erwachsenen in den Konzentrationslagern, auf die ein schrecklicher Tod wartete, offensichtlich nicht die geringsten Gewissensbisse bereitet, sich als Arzt an diesen Verbrechen zu beteiligen.

Angewidert wandte ich mich ab. Er murmelte etwas, das wie ein Dankeschön klang, und verschwand vom Mannloch.

Wir hatten zu früh jubiliert. Zwei Stunden später hatten wir sie wieder im Horchgerät. Sie kamen zurück, aber diesmal nicht mit Volldampf, sondern in Suchformation und ohne den Lärm der Rabatzbojen. Noch waren sie zu weit von uns ab, um uns mit dem Horchgerät oder dem ASDIC gefährlich werden zu können.

Trotzdem schlugen wir einen Haken und liefen mit Höchstfahrt aus ihrem Kurs. Doch es nutzte nichts. Sie folgten offensichtlich einem neuartigen Suchschema, schlugen kurz darauf ebenfalls einen Haken und zackten auf uns zu.

»Sie sind zurückgekommen, weil sich auf unserem ursprünglichen Kurs schon 'ne ganze Meute gesammelt hat«, vermutete der I WO. »Da hat einer weitergedacht.«

Georg nickte. »Und gar nicht mal so dumm. Alte Hasen, die noch immer mit der Marschgeschwindigkeit der VII C-Boote rechnen, sonst hätten wir sie schon früher auf dem Hals gehabt. Sie kennen eben unsere Höchstgeschwindigkeit unter Wasser nicht.«

Das mochte ja stimmen, aber seltsam war es schon. Wann immer wir im Laufe des Tages einen Haken schlugen, erfolgte kurz darauf auch bei ihnen eine Kursänderung. Sie zwangen uns dadurch immer näher an die französische Küste heran; denn wir wollten ihren ASDIC-Geräten auf keinen Fall unsere lädierte Steuerbordseite zukehren.

»Verflucht! Wenn das so weitergeht, stehen wir in Kürze vor Brest!« wetterte Georg. »Nichts gegen Brest, ich hab' daran die angenehmsten Erinnerungen. Noch vor einem Jahr wäre ich dort mit Freuden eingelaufen. Aber nicht ums Verrecken möchte ich jetzt dort den Franzosen vor die Flinte kommen.«

»Ich frage mich, ob das Zufall ist oder ob wir nicht doch immer wieder irgendeine Spur hinterlassen, die die verfolgen«, rätselte der I WO. »Eine Ölspur vielleicht?«

»Ausgeschlossen!« begehrte der LI auf. »Wir haben die Tanks gepeilt. Da ist alles dicht. Und in der Bilge haben wir auch kein Öl. Was die machen, ist die Suche nach der Nadel im Heuhaufen. Laßt euch 'nen Kurs einfallen, mit dem wir sie abschütteln, bevor sie uns entdecken.«

»Und wenn wir kurzfristig Kurs auf Bishop Rock nehmen und sie so umgehen? Vor den Scilly-Inseln kommt uns bestenfalls die Irland-Fähre zwischen Cork und Cherbourg in die Quere, falls die überhaupt schon wieder verkehrt«, wagte ich mich vor. »Dort wird uns niemand vermuten, Herr Kaleu.«

»Und dann? Was bessert das?«

»So dumm ist die Idee gar nicht«, sprang mir der I WO bei. »Wir umlaufen die Filzläuse und nehmen wieder Kurs auf den Atlantik, bis wir tieferes Wasser unter dem Kiel haben. Irgendwo wird es schon ein Loch geben, durch das wir schlüpfen können. Mir ist Spanien jedenfalls viel angenehmer als Brest, Herr Kaleu.«

Wir machten wieder einmal die Rechnung ohne den Wirt. Es war nicht die Irland-Fähre, die uns in die Quere kam. Wir liefen genau in eine dümpelnde Vorpostenkette hinein, die – weit vorgeschoben – die wichtigen Nachschublinien über den Kanal zwischen England und Frankreich sicherten. Wir hörten sie erst, als es zu spät war. Sie dagegen hatten uns bereits in ihren Horchgeräten, während wir uns noch darüber freuten, die Jagdgruppe durch einen klugen Schachzug abgehängt zu haben.

Ehe wir uns versahen, regnete es Wasserbomben. Wasserbomben von allen Seiten, ein ganz massiver Überfall. Die mußten einen unerschöpflichen Vorrat an Bord haben. Da sie offenbar kein ASDIC hatten, mußten sie uns nach Gehör jagen. Das machte die Jagd für sie schwieriger. Dennoch explodierten ihre Wasserbomben gefährlich dicht am Boot. Sie richteten nur deshalb keinen Schaden an, weil sie nicht tiefengestaffelt geworfen wurden. Es war trotzdem ein höllisches Feuerwerk, das alles an Bord durcheinanderwirbelte. Uns blieb wieder einmal nur die Flucht.

Sie gaben die Suche jedoch nicht auf. Eine Wasserbombenserie nach der anderen detonierte in unserem Kielwasser, während wir ihnen mit Höchstfahrt zu entkommen versuchten. Diese Vorpostenboote waren zwar lahme Enten, die gegen unsere Unterwassergeschwindigkeit nicht ankamen, aber nun wußten alle britischen Jagdgruppen, daß sich ein U-Boot vor dem Kanal herumtrieb. Das wirkte garantiert wie der berühmte Stich ins Wespennest.

»War wohl doch kein so guter Gedanke, was?« sagte Georg, den Schock noch in den Gliedern.

»Wer denkt denn aber auch jetzt noch an so was!« entgegenete der I WO. »Für die ist der Krieg doch eigentlich schon zu Ende.«

»Ist er aber nicht, und für uns schon gar nicht. Nicht lange, dann bekommen die Verstärkung«, unkte prompt der LI. »Die wird sich nicht so leicht abschütteln lassen.«

»Eben, eben, Bruderherz! Sie müssen uns aber erst einmal finden«, erwiderte Georg optimistisch. »Der Atlantik ist weit und vor allen Dingen tief! Rudergänger, neuer Kurs zwei-vier-sieben! Den halten wir bis 8 Grad West, Obersteuermann, dann gehen wir auf eins-acht-null!«

Ich saß im Offiziersraum und schrieb mein Tagebuch, als Kunze und von der Stetten am Schott auftauchten und zu mir hereinsahen. Beide wirkten sichtlich nervös. Ihnen steckte wohl noch der überraschende Wasserbombenabgriff in den Knochen.

»Herr Flemming, darf ich Sie etwas fragen?« Das klang unerwartet höflich. Dabei trat von der Stetten wieder von einem Bein auf das andere, als quäle ihn seine übervolle Blase »Der Kommandant sagte seinerzeit, wir würden Spanien in der Nacht vom dritten auf den vierten Mai erreichen. Wir bleiben doch in der Zeit – oder?«

»Heute ist doch schon der dritte Mai!« Kunze blickte auf seine Armbanduhr. »Neunzehn Uhr, da müßten wir uns doch gewissermaßen ... Ich meine, sollten wir uns dann nicht schon darauf vorbereiten?«

Ich schüttelte den Kopf. »Das hat noch 'ne ganze Weile Zeit, mindestens sechsundfünfzig Stunden. Und auch das nur, wenn alles glattgeht.«

Die beiden sahen mich entgeistert an. »Sechsundfünfzig Stunden? Das sind ja noch mehr als zwei volle Tage!«

»Richtig, Herr Kunze!«

»Ja, aber, wie ist das denn möglich? Wir sind doch ... es hieß doch ... als wir von Irland ...«

»Ich weiß. Wir haben seitdem einen Haken nach dem anderen schlagen müssen, um den Tommies zu entgehen. Das hat Zeit gekostet. Wollen Sie sich selbst überzeugen?«

Ich holte eine Großraumkarte aus dem Kartenschapp, breitete sie aus und nahm mit dem Stechzirkel die Entfernung nach Villagarcia ab.

»Dreihundertvierundneunzig Seemeilen von unserem Standort bei Wachwechsel. Mit sieben Knoten in der Stunde brauchen wir nun mal rund sechsundfünfzig Stunden; da beißt keine Maus 'nen Faden ab.«

»Sieben Knoten?« fragte von der Stetten ungläubig. »Aber man hat uns doch versichert, das Boot sei viel schneller!«

»Ist es auch. Siebzehneinhalb Knoten für kurze Zeit, um genau zu sein; denn das geht gewaltig über die Batterien. Selbst mit fünf Knoten bringen wir es nur auf dreihundertfünfundsechzig Seemeilen, dann ist der Ofen aus. Dann müssen wir auf die Diesel umsteigen. Wie weit die zu hören sind, haben Sie ja wohl inzwischen mitbekommen.«

»Noch sechsundfünfzig Stunden!« wiederholte Kunze entsetzt. »Und wir hatten gehofft, die grauenhafte Zeit in diesem Eisensarg sei in Kürze vorbei.«

Dieses Entsetzen gönnte ich den beiden Kerlen. »Ach ja? So kann man sich eben irren, meine Herren.«

»Ich weiß nicht, Herr Kaleu«, meinte Larsson mit sorgenvoller Miene. »Die Funkpeilungen ergeben neuerdings Geschwindigkeitsdifferenzen, wir sind langsamer. Nicht alarmierend, aber es nimmt kontinuierlich zu. Irgend etwas stimmt mit unseren Drehzahlmessern nicht. Die zeigen mehr an.«

»Vielleicht 'ne Gegenströmung? Was sagt denn das Log?«

»Es stimmt nicht mit den Umdrehungen überein. Schleppen wir irgend etwas hinterher? Wieder ein Netz oder so etwas?«

Der LI horchte auf. »Seit wann ist das so, Obersteuermann?«

Larsson tippte auf seine Notizen. »Seit dem Wachwechsel um Mitternacht, Herr Oberleutnant. Da stimmten Log und

Drehzahlmesser noch überein. Dann kam der Wasserbombenangriff gegen zwei Uhr fünfundvierzig, danach trat die erste Differenz auf. Die Funkpeilung erbrachte Stunden später den Beweis.«

»Fehler ausgeschlossen?«

»Ausgeschlossen, Herr Kaleu. Wir haben es beide tagsüber immer wieder überprüft. Die Strömungskarte gibt auch nichts her.«

»Ein Schaden außenbords, kann es das sein, LI? Wir nehmen doch noch immer Wasser, oder?«

»Nicht mehr viel, aber mehr als normal, obwohl inzwischen alle Stopfbuchsen wieder dicht sind. Wir suchen noch immer nach der Ursache; doch das ist dort unten mehr als schwierig.« Der LI kratzte sich nachdenklich den Kopf. »Eine leckgesprungene Schweißnaht? Unwahrscheinlich. Selbst in dreißig Meter Tiefe gäbe das einen prächtigen Springbrunnen. Dann schon eher 'n Leck im Rohrsystem. Aber das finde mal!«

»Dranbleiben, LI! Und auch Sie und Mäusele. Irgendeinen Grund muß es schließlich für beides geben.«

Sie blieben dran, doch es nutzte nichts, obwohl sich der LI und seine Männer mit der Fehlersuche die ganze Nacht um die Ohren schlugen. Sie fanden weder das Leck noch den Grund für die Differenz zwischen den angezeigten Werten der Drehzahlmesser einerseits und dem Log andererseits. Liefen die Maschinen auf vollen Touren, dann stieg die Diskrepanz zwischen den Drehzahlen und der vom Log ermittelten tatsächlichen Fahrt über Grund ganz erheblich an. Dagegen war das versteckte Leck nahezu ein Klacks.

»Wir haben die ganze Nacht herumexperimentiert und stehen noch immer vor einem Rätsel«, sagte der total übermüdete LI niedergeschlagen beim Wachwechsel in der Frühe. »An den Drehzahlmessern liegt's nicht, das steht inzwischen fest. Irgend etwas behindert uns, wirkt so, als schleppten wir einen Treibanker nach.«

»Der sich offenbar noch aufbläht, wenn wir höhere Fahrtstufen laufen«, ergänzte Larrson mit einem Blick in seine Berechnungen.

»Mithin scheidet ein Netz aus«, stellte der I WO fest. »Das hätten wir außerdem an der Außenhaut schrapen gehört.«

»Nicht unbedingt!« widersprach Georg. »Wenn sich bloß 'ne Netztrosse verfangen hat, wär uns das glatt entgangen.«

»Auftauchen und nachsehen, Georg!« schlug der LI vor. »Die Nacht war ruhig, und auch jetzt melden die Horcher keine Kontakte. Wenn's bloß 'ne Trosse ist, sind wir die ganz schnell los. Da müßte es schon mit dem Teufel zugehen, wenn ...«

»Was reden wir dann noch lange? Auf Sehrohrtiefe anblasen!«

Sanft schwebte das Boot nach oben. Georg fuhr das Luftzielsehrohr aus und suchte damit gewissenhaft Horizont und Himmel ab.

»Bilderbuchwetter, aufgerissene Wolkendecke, Seegang drei, Sicht etwa zehn Meilen.« Georg kam zu einem Entschluß. »Klar zum Auftauchen! Flak und Arbeitsgruppe in den Turm! Aber Beeilung, LI, wir wollen nichts riskieren! I WO, Boot bleibt klar zum Alarmtauchen! Auftauchen!«

Druckluft preßte das Wasser aus den Tauchzellen. »Turmluk kommt frei! Boot ist aufgetaucht!«

Wasser platschte auf uns herunter, als Georg das Luk öffnete und die Plattform enterte, gefolgt vom LI und den Männern. Die Entlüfter heulten auf, saugten herrlich reine Seeluft ins Boot und bliesen den fürchterlichen Mief nach außen.

»Ach du Scheiße!« hörte ich Georgs erschrockene Stimme, als ich als letzter aus dem Turmluk krabbelte. »Die Scheißverkleidung! Was nun, LI?«

»Runter damit, was sonst!« Der LI schrie Anweisungen in den BÜ, während seine Männer auf dem in der langen Dünung rollenden Deck herumbalancierten. »Rauf mit dem Werkzeug, aber dalli! Wir haben keine Zeit zu verlieren!«

Ein Blick über das Schanzkleid genügte, und auch mir fuhr der Schreck in die Glieder. Die normalerweise völlig glatte Außenhaut hatte sich an unzähligen Stellen in Bahnen gelöst und zu grotesken Beulen aufgeworfen, aus denen – soweit sichtbar – das eingedrungene Seewasser abfloß.

Georg starrte entsetzt auf den verunstalteten Bootskörper hinunter. »Da haben wir den Grund, LI! Das Zeug hat sich durch den Wasserdruck gelöst! Unter der Wasserlinie sieht es garantiert genauso aus, und da kommt ihr nicht ran!«

»Ist mir scheißegal! Haben wir's erst einmal hier runter, lösen sich die Bahnen unten vielleicht ganz und gar von alleine und reißen irgendwann ab!«

Allerlei Schneidwerkzeuge wurde aus dem Turm gereicht und wanderten zu den Männern auf dem glitschigen Deck weiter. Angefeuert vom LI, trennten und schnitten sie in fieberhafter Eile die Bahnen ab und warfen sie kurzerhand ins Meer. Darunter kam grauer Stahl zum Vorschein.

»Ich werd verrückt, das Mistzeug schwimmt auch noch!« stellte der LI überrascht fest. »Wer das findet, wird …«

»Luftortung aus eins-fünf-fünf!« kam der Alarmschrei aus dem Turm. »Schnell näherkommend!«

Wir fuhren herum. Aus der dünnen Wolkendecke stieß ein Sunderland-Flugboot mit aufheulenden Motoren herab und hielt ungewöhnlich tief über dem Wasser auf uns zu. Schnell schmolz die Entfernung zwischen uns zusammen.

»Fliegeralarm! Feuer frei! Arbeitsgruppe unter Deck!«

Im gleichen Augenblick bellten die Maschinenwaffen los. Noch bevor die Sunderland in Schußweite kam, peitschte der Geschoßhagel die Wasserfläche vor ihr auf. Eine deutliche Warnung für die schwerfällige Maschine. Sofort drehte sie ab und setzte außerhalb unserer Reichweite zu einem Bogen um uns an. Indessen verschwand das Arbeitskommando blitzschnell unter Deck.

»Feuer einstellen! Sieht nicht nach einem direkten Angriff aus. Sie steigt.« Georg ließ das Glas sinken. »Vermutlich funken sie und wollen Fühlung halten, bis sie Verstärkung bekommen. Flak unter Deck! Vorfluten!«

Von der Sunderland löste sich plötzlich ein Gegenstand und sank, an einem Fallschirm pendelnd, langsam zur Wasseroberfläche herunter.

»Verflucht, eine Horchboje! Alarmtauchen!«

Ich sauste an den Leiterholmen nach unten. Über mir knallte Georg das Turmluk zu und trieb die Vorreiber vor.

»Turmluk ist dicht!«

Mit Äußerster Kraft schnitt das Boot unter und verschwand von der Wasseroberfläche. Schnell gewannen wir Tiefe. Was machte die Sunderland? Reichte es aus, um ihrer Ortung zu entkommen?

»Vierzig Meter gehen durch. Boot fällt schnell!« Die ruhige Stimme des I WO verriet nichts von der Anspannung, mit der wir nach oben lauschten. Kamen jetzt die Bomben?

»Auf sechzig Meter abfangen. Ruder hart Backbord! Kurs null-neun-null!« Georg wartete die Vollzugsmeldungen ab. »Beide Maschinen stoppp! Auf Schleichfahrt umkuppeln! Umdrehungen für vier Knoten, LI! Absolute Ruhe im Boot!«

Lautlos schlichen wir auf neuem Kurs von unserem Tauchpunkt weg. Wir sahen einander unsicher an. Niemand von uns kannte die Reichweite und Empfindlichkeit des abgeworfenen Ortungsgerätes. War es da nicht besser, tiefer abzutauchen?

Ich blickte auf die Seekarte. Zweihundert Meter und mehr hatten wir unter uns, das sollte reichen. Was aber, wenn die Tommies inzwischen ein zweites abgeworfen hatten, das ihnen verriet, wohin wir flüchteten? Saßen sie uns etwa schon mit einem dritten als Fühlungshalter im Nacken?

»Weiter runter, LI!« befahl Georg, als habe er meine Gedanken gelesen. »Mindestens hundertfünfzig Meter. Das dürfte ihnen die Suche erschweren. Erstaunlich, daß die uns überhaupt entdeckt haben.«

»Purer Zufall, Herr Kaleu!« meinte der I WO. »Das U-Boot vor dem Kanal hat die Briten aufgescheucht. Der ist seinen Aufklärungsstreifen abgeflogen und hat Glück gehabt. Unser Pech.«

»Richtig!« stimmte der LI zu. »Und jetzt laufen wir praktisch wieder auf unserem alten Kurs zurück, damit's die Tommies nicht so weit bis zu uns haben.«

Georg sah ihn tadelnd an. »Salem aleikum! Allah ist groß und der LI sein Prophet! Haste nicht mal was anderes auf Lager? Du bist und bleibst doch wirklich 'ne olle Unke!«

»Unke oder nicht – warten wir's ab!«

Sie ließen nicht lange auf sich warten. Wieder kamen sie aus Nordost, diesmal aber waren es sechs Schiffe. Noch waren sie weit genug ab; sie wußten jedoch, wo sie uns zu suchen hatten.

»Die Sunderland! Wir haben diese verdammte Horchboje glatt unterschätzt. Die hat ihnen unseren neuen Kurs gefunkt.«

»Vielleicht hängt die Sunderland sogar noch über uns in der Luft und holt die Brüder heran, Herr Kaleu?«

»Kann sein, kann nicht sein, I WO«, erwiderte Georg nachdenklich und konzentrierte sich auf die Seekarte. »Viele Möglichkeiten bleiben uns nicht. Tiefe zwischen dreihundertzehn und vierhundert Meter, nicht schlecht. Je steiler der Winkel, desto eher entgehen wir ihrer Ortung. Gehen wir erst mal auf hundertachtzig Meter, dann sehen wir weiter. Rudergänger, neuer Kurs eins-drei-fünf!«

Wir ließen uns in die Tiefe sacken und schlugen den Haken nach Südost in der Hoffnung, der Jagdgruppe dadurch aus dem Weg zu gehen, die in breiter Suchformation näher und näher kam.

Unsere Hoffnung zerplatzte Minuten später wie eine Seifenblase. Sie ging in fürchterlichen Donnerschlägen unter, die so unerwartet über uns hereinbrachen, daß ihre Wirkung schlimmer als die zahlreichen Druckwellen war, die das Boot von achtern packten und fast spielerisch hin und her warfen. Vergeblich versuchte ich, mich auf den Füßen zu halten. Ich flog gegen die Turmleiter und wurde im gleichen Augenblick durch einen neue Detonationswelle quer durch die Zentrale gegen einen der Reglerkästen geschleudert. Unerträglicher Schmerz überflutete mein Gehirn und lähmte sekundenlang jedes Denken und Handeln.

Schmerzensschreie und Befehle drangen wie durch Watte an meine fast tauben Ohren. Sie rissen mich aus meiner Starre.

»Boot fällt weiter, zweihundertzwanzig gehen durch!« meldete die überraschend ruhige Stimme des I WO. »Maschine macht Umdrehungen für vier Knoten in Schleichfahrt, Kurs eins-drei-fünf, Herr Kaleu!«

»Danke, Herr Lutz! Boot auf zweihundertfünfzig Meter abfangen! Schadensmeldungen an Zentrale!« Georg hob seine weiße Kommandantenmütze auf und stülpte sie über seinen struppigen Haarschopf. »So eine unhöfliche Mistbiene! Knallt uns ohne jede Vorwarnung ein paar Fliegerbomben auf die Birne, daß einem Hören und Sehen vergeht. Keine Liebe mehr unter den Menschen!«

Seine Spöttelei hatte eine wohltuende Wirkung. Sie löste die Spannung. Zaghaftes Gelächter ertönte. Über uns blieb alles ruhig, dennoch gingen unsere Blicke immer wieder nach oben. Kein Wunder, in dieser Tiefe genügte eine richtig plazierte Wasserbombe, und wir bekamen Flügel.

Aber gab es denn überhaupt solche Bomben, die noch in dieser extremen Wassertiefe funktionierten? Mir waren sie jedenfalls als II WO auf dem U-Jäger nicht untergekommen. Doch das wollte nicht viel heißen, wir hatten die Russen in der Ostsee stets in viel geringerer Tiefe erwischt. Vielleicht waren die Briten längst weiter als wir?

Meldungen aus den einzelnen Abteilungen rissen mich aus meinen Gedanken und erinnerten mich an meine dienstlichen Pflichten. Ich blickte zum Zentralemaat hinüber, der in seinem Meldeblock die einzelnen Abteilungen abhakte. Als er meinen Blick spürte, schüttelte er den Kopf.

»Die Tiefe hat uns gerettet, Herr Kaleu. Bisher keine wesentlichen Schäden in den Abteilungen.«

»Und die unwesentlichen, II WO?«

»Die werden nachgereicht, sobald ich das Meldeformular in den Händen habe. Scheint nicht aufregend zu sein, Herr Kaleu.«

»Hoffentlich bleibt das so. Was erzählen Ihnen die Fische, Horchmaat?«

»Verband kommt aus zwo-sieben-null auf und hält unvermindert Kurs! Abstand etwa acht Seemeilen.«

Zwo-sieben-null, das hörte sich gut an. Damit hielten sie auf die Stelle zu, wo uns die Fliegerbomben durchgeschüttelt hatten. Blieben sie auf ihrem Kurs, dann hatten wir eine Chance, unentdeckt zu bleiben.

Der erste Schock war vorüber, jetzt setzte das Rätselraten ein.

»Die Sunderland war es nicht, die hätte uns schon früher angegriffen«, behauptete der I WO. »Den zahlreichen Detonationen nach waren es mindestens zwei Bomber.«

Georg nickte. »Die normalerweise noch mehr Bomben an Bord haben. Warum greifen die nicht nochmals an?«

»Die haben den Horchkontakt verloren. Die Horchboje kann vermutlich unsere Schraubengeräusche nicht von denen des heranbrausenden Jagdverbandes unterscheiden. Der macht selbst so viel Rabatz, daß ihm seine Horchgeräte auch nichts bringen.«

»Das kann sein. Probieren wir es doch einfach mal aus! Wenn überhaupt, dann kann uns nur deren ASDIC gefährlich werden. Aber dazu müssen sie erst einmal dichter als sechshundert Meter heran sein. Beide Maschinen voll voraus!«

»Hoffentlich ist das kein Fehler«, brummte der LI und gab die entsprechenden Befehle.

Das Boot nahm Fahrt auf. Die Spannung in der Zentrale stieg. Noch blieb es hinter uns ruhig. Die Schraubengeräusche des Verbandes wanderten immer weiter nach achtern aus, wie die Horcher laufend meldeten. Hoffnung breitete sich aus.

»Herr Kaleu, der Meeresboden steigt in Wellen an!« warnte Larsson. »Auf Tiefen zwischen zweihundert und zweihundertvierzig Meter.«

Georg trat an den Kartentisch und vergewisserte sich. »Auch nicht übel. Kommt's dicke, legen wir uns in einem der Wellentäler auf Grund. Auf hundertachtzig Meter anblasen!«

Sanft schwamm das Boot aus der Tiefe auf. Noch immer blieb es hinter uns ruhig, nur der Jagdverband rumorte im GHG. Georg reckte triumphierend die geballte rechte Faust, den Daumen nach oben.

»Es klappt! Sie blockieren sich selbst!« flüsterte er, als könnten die uns sonst hören.

Wir nickten stumm und lauschten nach achtern.

»GHG auf Lautsprecher schalten!«

Ein Grummeln kam aus dem Lautsprecher. Was für ein wunderschönes Geräusch diesmal! Hoffentlich hielt es recht lange an. Jeder Meter zählte jetzt. Unwillkürlich drückte ich meine beiden Daumen.

Alle saßen angespannt wie zum Sprung. Der LI selbst stand am Maschinentelegrafen. Nur ja schnell reagieren, wenn das Grummeln wegblieb! Kein Laut drang aus den Abteilungen zu uns, während uns die E-Maschinen weiter und weiter aus der Gefahrenzone brachten.

Plötzlich verstummte das GHG und Sekunden später auch unsere E-Maschinen. Georg nickte dem LI anerkennend zu.

»Verband hat gestoppt!« meldete der Horcher überflüssigerweise. »Liegt in zwo-zwo-null!«

»Auf Schleichfahrt umkuppeln! Umdrehungen für vier Knoten, LI!«

Fast unhörbar glitt das Boot weiter. Inzwischen kannte ich mich mit den technischen Eigenschaften unserer Schleichfahrtmaschine aus. Selbst wenn wir den Verband in dreihundert Meter Abstand passierten, würde er uns nicht hören. Aber galt das auch für die Horchbojen?

»Jetzt sind sie dahintergekommen«, flüsterte der I WO. »Sie horchen.«

»Ich bin sicher, sie haben Flugzeuge dabei, die jetzt die See mit Horchbojen spicken«, antwortete Georg ebenso leise. »Hoffentlich weit genug von uns entfernt.«

»Noch lieber wäre mir, sie ließen es ganz.«

Das hofften wir alle. Doch nichts deutete darauf hin, im Gegenteil. Je länger der Lautsprecher schwieg, desto stärker wuchs die Sorge, die Tommies warteten nur darauf, daß eine ihrer Horchbojen ihnen unsere Anwesenheit verriet.

Träge verstrich die Zeit, zerrte die Ungewißheit an unseren Nerven. Aber nicht nur an unseren. Es war wie beim Pokern. Sieger wurde der, der die besten Karten hatte oder am längsten die Nerven behielt.

Plötzlich lebte das Grummeln im Lautsprecher wieder auf. Verloren die Briten die Nerven, oder hatten sie jetzt die ersehnte Trumpfkarte in der Hand?

»Verband in zwo-zwo-null nimmt Fahrt auf!« kam die Routinemeldung.

»Das hören wir doch, Mensch! Welchen Kurs schlägt er ein, Horchmaat? Verdammt, lassen Sie sich doch nicht die Würmer aus der Nase ziehen!«

Die nervliche Anspannung machte Georg ungerecht. Verläßliche Meldungen ließen sich nun einmal nicht aus dem Ärmel schütteln, sie brauchten ihre Zeit. Horchmaat Weber war zudem ein alter Hase, der sich nicht einschüchtern und schon gar nicht aus der Ruhe bringen ließ.

»Ein einheitlicher Kurs zeichnet sich noch nicht ab, Herr Kaleu. Der Verband formiert sich offenbar neu.«

Diese Antwort befriedigte Georg selbstverständlich nicht.

Dabei grenzte es für mich schon an ein Wunder, daß Weber dieses undifferenzierte Grummeln überhaupt zu deuten vermochte.

»Hmmm«, brummte Georg. »Möchte wissen, was das zu bedeuten hat. Jedenfalls blockieren sie jetzt wieder ihre eigenen Horchgeräte, was uns ja nur recht sein kann.«

Grübelnd trat er an den Kartentisch und schlug um unseren Schiffsort mit dem Stechzirkel einen Kreis.

»Hundertacht Seemeilen bis Brest«, sagte er lächelnd zu Larsson. »Fast wie in alten Zeiten, was?«

»Schon, Herr Kaleu«, gab der schmunzelnd zurück. »Sechseinhalb Stunden, wenn wir voll aufdrehen. Glaube aber nicht, daß die Froschfresser davon begeistert wären.«

»Nun ja, ich habe auch kein Verlangen danach. Neuer Kurs eins-acht-null. Da kommen wir in tieferes Wasser, das ist mir lieber. Was macht der Verband, Horchmaat?«

»Steuert weit auseinandergezogen Suchkurse in zwo-zwonull, Herr Kaleu. Entfernung nimmt zu.«

Georgs Blick ging zur Borduhr. »Gleich Wachwechsel. Der Smut' soll die Freiwache noch schnell abfüttern. Man weiß ja nie, was sich die Tommies noch einfallen lassen.«

»Wollte ich auch gerade vorschlagen«, meinte der I WO. »Wasserbomben machen sich nicht besonders gut im Suppentopf.«

»Malen Sie den Deibel bloß nicht an die Wand! Vielleicht sollten wir deshalb lieber 'n bißchen aufdrehen? Horchmaat, wie weit steht der Verband schätzungsweise ab?«

»Etwa fünf bis sieben Seemeilen, Herr Kaleu. Läßt sich schwer sagen, da sich die Geräusche teilweise überschneiden.«

»Um so besser. Werden sie uns erst recht nicht ausmachen können. Schleichfahrt – stopp! Umkuppeln! Beide Maschinen voll voraus! Langsam auf sechzig Meter anblasen!«

Anblasen? Wir sahen einander erschrocken an, schwiegen jedoch der Männer in der Zentrale wegen. Zweifel an den

Befehlen des Kommandanten sprachen sich an Bord schnell herum.

Der LI verzog trotzdem skeptisch das Gesicht und zögerte. »Voll voraus – gut, Georg. Aber anblasen? Sind wir nicht hier unten sicherer? Ich meine ...«

»Ich weiß, was du sagen willst. Aber in sechzig Meter Tiefe können wir unsere Geschwindigkeit besser ausspielen, und hören werden sie uns nicht, weil sie selbst genug Lärm veranstalten. Da können ihre Horchgeräte noch so gut sein.«

»Na ja«, gab der LI widerwillig nach und ließ anblasen, behielt jedoch selbst die Hände an den Maschinentelegrafen, um wieder sofort reagieren zu können.

Das Boot nahm mehr Fahrt auf und stieg nach oben. Nichts geschah. Hinter uns blieb es ruhig. Nur das Grummeln kam weiter aus dem Lautsprecher, klang allerdings mit einmal irgendwie anders, gleichförmiger. Lag das an unserer Geschwindigkeit, mit der wir davonstrebten?

Georg sah uns triumphierend an. »Hab ich's euch nicht gesagt? Die ahnen noch immer nicht, wo ...«

Eine fürchterliche Explosion hinter uns riß ihm die Worte vom Mund und schleuderte uns aus dem Kurs. Über, neben und unter uns detonierten Bomben beängstigend dicht am Boot. Unter den ohrenbetäubenden Schlägen einer Riesenfaust bäumte es sich in den Druckwellen wie im Krampf auf und taumelte bockend in die nächsten Explosionen hinein. In tiefer Dunkelheit flog alles durcheinander. Mit brummendem Schädel und völlig taub griff ich haltsuchend um mich und bekam irgendwelche Rohre in die Finger. Verzweifelt klammerte ich mich daran fest.

Gerade noch rechtzeitig. Eine der gewaltigen Detonationen an Backbord kippte den schweren Bootskörper in eine so extreme Schlagseite nach Steuerbord, daß er zu kentern drohte. Das Deck unter meinen Füßen vibrierte wie ein Wakkelpudding und stöhnte gequält in den Verbänden. Eine dröhnende Explosion in der Tiefe trieb das Boot mit einer mächtigen Druckwelle achtern in die Höhe und stauchte meine Knie schmerzhaft ineinander.

Abrupt brach das Bombardement ab. Die plötzliche Ruhe wirkte nahezu unheimlich. Langsam schwamm das Deck unter mir aus der schweren Schlagseite auf und kehrte fast in die Normallage zurück. Nur zögerlich wich die Taubheit aus meinem geschundenen Gehör, vernahmen meine schmerzenden Ohren verschwommen das laute Geschrei und die Hiobsbotschaften aus den Abteilungen.

Durch meinen dröhnenden Kopf geisterte seltsamerweise immer nur der eine Gedanke: Sie haben uns reingelegt, diese Hunde!

Haben mit ihren Flugzeugen und Horchbojen nur darauf gewartet, daß wir den Fehler machen, ihnen auf den Leim zu gehen. Jetzt kommt der Verband über uns und macht uns fertig!

Ein lähmender Gedanke. Keiner von uns hatte jetzt noch das Zeug zum Helden.

»Licht!« schrie Georg gegen das Geschrei an. »Ruhe im Boot! Schadensmeldungen an Zentrale!«

Wieder einmal siegte der militärische Drill. Die schneidende Kommandostimme fuhr auch mir in die Knochen. Sie beendete das Chaos und verwandelte die Männer in eine sinnvoll handelnde Besatzung. Strahlen aus Handleuchten geisterten durch das Boot, überbrückten die Zeit, bis das Licht wieder brannte.

»Verband nähert sich mit breiter Suchformation aus eins-acht-null in Höchstfahrt, Herr Kaleu!« meldete Weber. »Abstand etwa vier Seemeilen.«

Vier Seemeilen, das war knapp. Das ließ uns nicht viel Zeit.

»Alarmtauchen! Dreimal äußerste Kraft voraus! Frage Wassertiefe!«

»In den Wellen zwischen zweihundert und dreihundert Meter, Herr Kaleu!«

»Boot sinkt schnell! Hundertfünfzig gehen durch!« las der

LI von den Tiefenmessern ab. »Offenbar keine Schäden an den Tauch- und Untertriebszellen!«

»Der Backbord-Außentank ist leckgeschlagen!« schrie der Leitende Maschinist aus dem Leitstand. »Wir verlieren stark Öl!«

Wie unter einem Peitschenhieb zuckten wir zusammen. Das war böse. Wir zogen eine Ölspur nach, die uns den Verfolgern verriet.

Der LI verlor keine Zeit. »Schieber dicht und ausblasen!«

Eine radikale Maßnahme, aber zum Lenzen in die anderen Tanks reichte die Zeit nicht mehr. Vielleicht täuschten der große Ölfleck und die Luftblasen den Briten sogar einen Versenkungserfolg vor und hielten sie davon ab, uns restlos zur Sau zu machen?

»Beide Maschinen stopp!« befahl Georg, denn weiterflüchten durften wir erst, wenn kein Öl mehr aufstieg.

Auf hundertneunzig Meter fingen wir das Boot ab und ließen es langsam weiter sinken, um es notfalls auf Grund aufzusetzen.

»Wo bleiben die übrigen Schadensmeldungen aus den Abteilungen?« mahnte ich. »Und was ist das für ein Gewimmer und Gestöhne?«

»Verletzungen, Herr Oberfähnrich. Hauptsächlich bei den Freiwächtern. Verbrühungen durch die Kartoffelsuppe und zahlreiche Prellungen und Verstauchungen. Die Badegäste hat's auch erwischt. Die stellen sich vielleicht an!«

»Gruber und Manske sollen sich zuerst um unsere Männer kümmern, die gehen vor. Und sonst?«

Der Zentralemaat reichte mir die Liste. Ich zuckte erschrocken zusammen. Am schlimmsten hatte es die achteren Abteilungen getroffen. »Mein lieber Mann, da kommt ja beinahe alles zusammen, was kaputtgehen kann!«

»Zeigen Sie her, II WO!« Georg überflog die Liste. »Sieht schlimmer aus, als es ist. Das werden die Stoker schon ...«

Er stockte. Aus dem Grummeln war das hochtourige Sirren von Zerstörer- oder Fregattenschrauben geworden, furchteinflößend und entnervend, weil es unaufhaltsam näher kam. Plötzlich stoppppten sie.

»Die Ölspur. Sie horchen, weil ihr ASDIC uns noch nicht aufgestöbert hat«, flüsterte der I WO neben mir.

Dumpfe Abschüsse ließen uns zusammenzucken. Salvengeschütze, von den Briten sinnigerweise *hedgehog* (Igel) genannt, wie ich in Sanders Zeitungen gelesen hatte. Die schossen – ähnlich wie Stalinorgeln – eine Vielzahl kleinerer, aber hochexplosiver Wasserbomben mit Aufschlagzünder ab. Trafen sie den Bootskörper, richteten sie verheerende Schäden an.

»Jetzt wollen sie uns damit aufscheuchen!« flüsterte ich zurück.

Er grinste. »Nutzt ihnen bloß nichts. Wir sind zu tief für die Aufschlagzünder.«

Das begriff ich zwar nicht, denn irgendwie fehlte mir dazu der Draht, aber es klang ungemein beruhigend.

»Ihr Wort in Gottes Ohr«, meinte Georg zweifelnd und schaute nervös auf die Uhr. »Sie kriegen uns, wenn die Stoker nicht schnell genug den Tank ausblasen. Zentralemaat, fragen Sie nach!«

Der kam postwendend mit dem LI zurück.

»Das Leck muß im unteren Teil sitzen, denn der Tank nimmt kein Wasser mehr, Georg. Öl dürfte jedenfalls nicht mehr aufsteigen.« Der LI wischte sich mit dem allgegenwärtigen Tristknäuel über die schweißnasse Stirn. »Es reicht auch. Mehr als 'ne Tonne, das gibt oben 'nen prächtigen Ölfleck. Vielleicht sind auch noch 'n paar Stücke der Verkleidung aufgeschwommen?«

Ein ASDIC-Strahl tastete nach uns, glitt ab und suchte weiter. Stoppelnd kehrte er zurück, verlor uns aber wieder. Vermutlich umgaben uns dichtere Salzwasserschichten, die den suchenden Strahl reflektierten und Geisterechos erzeugten, die dem Mann am ASDIC-Gerät Rätsel aufgaben.

Georg schob sich die Mütze ins Genick. »Man wird ungeduldig dort oben. Geben wir dem Affen ein bißchen Zucker. Bold und Treibmine klar!« Und als die Klarmeldungen kamen: »Bold raus!

Wenn sie den unter dem Öl orten, werden sie sich vor Freude in den Arsch beißen. Achtung! Mine Wurf! Und nun los, LI! Schleichfahrt mit zwo Knoten.«

Der I WO und ich sahen uns verblüfft an. Was sollte denn das mit der Mine? Die brachte doch in dieser Tiefe gar nichts. Vermutlich sank sie sang- und klanglos ab.

Doch Georg war anderer Meinung. Der Triumph in seiner Stimme war nicht zu überhören. »Ich sehe, ich habe noch zwei weitere Skeptiker an Bord. Falsch gedacht, meine Herren! Die wird brav nach oben steigen, und wenn die wieder mit Wasserbomben herumjonglieren, liefert sie ihnen einen zusätzlichen Springbrunnen. Der Beweis, daß sie uns erwischt haben.«

Der LI musterte ihn skeptisch. »Na ja, warum sollen wir zur Abwechslung nicht auch mal an Wunder glauben? Man kann gar nicht so doof denken, wie's manchmal kommt!«

Georg knurrte nur und lauschte nach oben. Irgend etwas lief bei den Briten diesmal anders, als wir es bisher von ihnen gewohnt waren. Der Ölfleck schien sie zu faszinieren. Sie umkreisten ihn, wie die Horcher behaupteten, und taten nichts. Nicht einmal einen Wasserbombenangriff auf den Bold, gar nichts. Auch die Abschüsse waren verstummt.

Worauf warteten sie? Daß wir auftauchten, weil uns der Sauerstoff knapp wurde? Da konnten sie lange warten. Das lief bei uns anders als bei den alten VII C-Booten.

Uns war es jedoch recht. Wir schlichen davon und leckten unsere Wunden.

Sie ließen sich und damit auch uns endlos Zeit. Die brauchten wir auch. Die Stoker hatten alle Hände voll zu tun, um die für Wasserbombenangriffe typischen Schäden im Boot zu reparieren. U 4001 mochte ein noch so modernes Boot sein, in dieser Beziehung unterschied es sich jedoch von dem alten U 996 nicht im geringsten. Deshalb flutschten die Arbeiten auch; denn darauf waren wir vorbereitet.

Das galt auch für die meisten Verletzungen. Prellungen und Verstauchungen gehörten nun einmal zum U-Bootalltag, mit denen wurden Gruber und Manske spielend fertig. Nicht jedoch mit den Blessuren, die Kunze und von der Stetten davongetragen hatten.

Deshalb erschien alsbald ein ziemlich ratloser Gruber in der Zentrale, und das ausgerechnet zum ungünstigsten Zeitpunkt. Unsere ganze Aufmerksamkeit galt allein der nicht enden wollenden Wasserbombenserie, die lautstark hinter uns hochging und mit ihr vermutlich auch unsere akustische Treibmine. Niemand schenkte ihm daher die geringste Beachtung.

»Immer drauf, Freunde!« flachste Georg. »Macht den Bold nur ordentlich zur Sau! Aus dieser Entfernung höre ich so ein Feuerwerk am liebsten!«

Ich auch, aber am liebsten noch ein ganzes Ende weiter ab, dachte ich und lachte nur halbherzig mit den anderen mit. Aus dem Schneider waren wir nämlich noch lange nicht. Wir hatten zwar unseren ursprünglichen Kurs geändert und liefen wieder nach Südost ab, weil das die Tommies vermutlich am allerwenigsten erwarteten, aber mit zwei Knoten in Schleichfahrt kam man auf keinen grünen Zweig. Mehr wagten wir aus Angst vor den verdammten Horchbojen noch immer nicht.

»Was erzählen die Fische, Horchmaat?« fragte Georg, als die Detonationen verstummten.

»Verband formiert sich in Dwarslinie und nimmt Fahrt auf, Herr Kaleu! Kurs noch nicht erkennbar.«

»Also Suchformation, das war zu erwarten«, meinte der I WO.

»Was sagen Sie denn dazu, Paddy?«

»Die geben nicht auf, weil immer ein Rest von Zweifeln

bleibt. Wir haben den auch immer gehabt, wenn keine Wrackteile hochkamen, Herr Oberleutnant.«

»Na, hoffentlich führt der Zweifel sie nicht in unsere Richtung«, unkte prompt der LI. »Wir sind noch nicht ...«

»Genug, LI! Thema durch!« schnitt ihm Georg barsch das Wort ab. »Was liegt jetzt an, Horchmaat?«

»Schraubengeräusche wandern schnell von eins-acht-null nach eins-sieben-null aus!«

Ein Aufatmen ging durch die Zentrale. Diese Horchpeilungen, in Kompaßpeilungen umgerechnet, ergaben einen klaren Südkurs.

»Hoffentlich behalten sie den recht lange bei.«

Sie behielten den Kurs bei, wie die weiteren Horchpeilungen ergaben, und zwar ziemlich flott. Vermutlich trieben sie die Zweifel, wir könnten ihnen doch nach Süden durch die Lappen gegangen sein.

Georgs Blick fiel endlich auf den wartenden Gruber. »Was gibt's, Maat Gruber?«

»Die Badegäste, Herr Kaleu. Die sind beide völlig durch den Wind und jammern, sondern besonders den einen hat es arg erwischt.«

»Ach nee, die jammern? Wie arg?«

»Bruch des linken Unterarms und Schlüsselbeins und mehrerer Rippen, außerdem 'ne Platzwunde an der Stirn und 'ne abgeschürfte Nase. Der ist voll gegen die Back geschleudert worden. Der andere hat bloß 'ne Kopfplatzwunde und 'n gestauchtes Knie, ist aber völlig weggetreten.«

»So, ist er das?« sagte Georg vollkommen ungerührt. »Haben Sie die Verletzungen versorgt?«

»Jawohl, Herr Kaleu. Den Armbruch haben wir nur geschient, der Mann wollte das so. Der hat zu uns kein Vertrauen. Er will sich den Arm an Land richten und eingipsen lassen.«

»Auch gut. Jedem Tierchen sein Pläsierchen! Und weshalb kommen Sie nun zu mir?«

»Weil der kleinere ...« Gruber tippte sich an die Stirn. »Ich glaube, der hat nicht mehr alle Tassen im Schrank.«

»Sieh einer an, das ist ja mal ganz was Neues!« Georg wandte sich an mich. »Damit wird erleben müssen. Sehen Sie aber trotzdem mal nach, was mit den beiden los ist, II WO.«

Der Besuch im Deckoffizierslogis begann für mich mit einem deftigen Schock, obwohl ich durch Grubers Bericht schon vorbereitet war. Beide Männer hockten kreidebleich auf den Backskisten und starrten mich aus hohlen, müden Augen an. Bleich waren wir ja alle, aber die Kopfverbände ließen sie noch bleicher wirken.

Kunze fuhr sofort auf mich los. »Ich halte das nicht mehr aus! Ich will hier raus! Bringen Sie mich sofort an Land! Ich befehle Ihnen das! Sofort!«

Bei jedem Wort versprühte er kleine Speicheltröpfchen, so daß ich unwillkürlich einen Schritt zurücktrat. Speichel lief ihm auch aus den Mundwinkeln und tropfte auf sein Jackett, während seine Zunge sein Gebiß hin und her schob. Nervös wischten dabei seine Hände unentwegt über die Platte der Back. Der Mann war mit den Nerven offensichtlich völlig fertig.

»Aber, Herr Kunze, wie stellen Sie sich das denn vor? Wir sind gegenwärtig etwa gleich weit von der englischen wie von der französischen Küste entfernt. Sie wissen doch, was Sie dort erwartet. Da wollen Sie doch ganz bestimmt nicht hin, oder?«

»Das ist mir völlig egal! Die können mich gar nicht verurteilen! Lächerlich! Ich habe nur meine Pflicht getan und Befehle ausgeführt!« Er fuhr mit der Hand durch die Luft, als teile er Hiebe aus. »Keine Minute länger will ich in diesem verfluchten Eisensarg bleiben, wo uns der Kommandant das Leben zur Hölle macht! Ich will raus! Raus, raus, raus!« Seine Augen wirkten auf einmal gar nicht mehr müde. Wütend funkelten sie mich an, während er sich immer mehr in

Rage redete. »Marineoffiziere! Ha, Verräterpack wie die Schweine vom zwanzigsten Juli! Euch wird der Führer genauso aufknüpfen lassen! Tod allen Verrätern an der nationalsozialistischen Bewegung!« geiferte er und wies mit dem Finger anklagend auf mich. »Warten Sie nur ab!«

Es war sinnlos, dem Mann zu antworten. Der hatte nicht nur eine harmlose Kopfplatzwunde, der hatte weit mehr abbekommen. Ich blickte zu von der Stetten hinüber. Doch der stierte nur teilnahmslos vor sich hin.

»Na schön, Herr Kunze. Ich werde dem Kommandanten berichten.« Damit verließ ich den Raum.

»Ach du meine Fresse!« entfuhr es dem I WO, als ich endete. »Und Sie meinen, der spielt nicht bloß den Verrückten? Der hat einen echten Schaden davongetragen?«

»Warum sollte er mir was vorspielen? Was bringt ihm das? Ich bin kein Arzt, aber meiner Meinung nach hat der ein ziemliches Ding weg. Zumindest dreht der vollkommen durch, Herr Oberleutnant.«

Georg, der meinen Bericht wortlos hingenommen hatte, sah nachdenklich auf. »Ich bin auch kein Arzt, dennoch sieht das für mich nach 'nem totalen Nervenzusammenbruch aus.«

Der LI nickte zustimmend. »Ein Wunder wär's nicht. Die sind drei Wochen auf der Flucht, davon die meiste Zeit unter Wasser. Die nervliche Belastung macht ja schon den meisten von uns zu schaffen. Bei denen kommen noch die Furcht vor der alliierten Fahndung, die Angst um das eigene Leben bei den Wasserbombenangriffen und letztlich die absolute Ungewißheit über den Ausgang der Flucht hinzu – da kann das Nervenkostüm schnell 'nen Knacks kriegen.«

»Ach Gott, ach Gott, wie schrecklich! Ich hör ihn noch: Wo gehobelt wird, da fallen Späne!« versetzte der I WO grimmig. »Da ging's ihm ja auch nicht ans eigene Fell. Jetzt macht er sich glatt in die Hose, dieses Großmaul!«

»Und der andere, dieser von der Stetten? Hat der sich überhaupt nicht geäußert?« wollte Georg wissen.

»Überhaupt nicht. Der saß apathisch daneben und stierte Löcher in die Luft, während der Kunze immer aggressiver wurde.«

»Mensch, hoffentlich kriegt der Kunze nicht auch noch Tobsuchtsanfälle, Georg! Das ist doch alles drin!«

»Mal bloß den Teufel nicht schon wieder an die Wand, Klaus! Es reicht mir auch so schon!«

»Für den anderen müssen wir übrigens 'ne Lösung finden, Herr Kaleu. In der Hängematte kann der mit seinen Brüchen nicht mehr torfen.«

»Was schlagen Sie vor, II WO?«

»Hoffentlich nicht, daß der zu uns in den Offiziersraum umquartiert werden soll, Paddy!« warnte der I WO. »Dann ziehe ich aus!«

Ich lachte. »Nein, aber zwei von den Deckoffizieren könnten zu uns umziehen, die dienstältesten vielleicht.«

»Kein übler Vorschlag!« lobte der LI. »Das erspart uns ein Losverfahren, Georg.«

»Akzeptieren Sie das, Herr Lutz? Gut, dann können der Smadding und der Leitende Maschinist in das Offizierslogis umziehen, wenn sie einverstanden sind. Veranlassen Sie das, II WO.«

Sie waren einverstanden und zogen nach Wachwechsel sofort um.

»Mensch, Robby, bin ich heilfroh!« jubelte der Smadding. »Das war ja vorher schon schlimm; aber jetzt ist der Kunze mit seinen Tiraden überhaupt nicht mehr zu ertragen.«

»Du hast es gut, Ulli!« klagte Larsson. »Du glaubst doch nicht, daß Mäusele und ich bleiben! Wir ziehen zu den Maaten um, dann sind die beiden ganz unter sich.«

Als oben die Dämmerung einsetzte, war der Jagdverband längst aus unserem GHG entschwunden. Dennoch wagten wir es erst jetzt, auf die normalen E-Maschinen umzukuppeln und die Fahrstufe zu erhöhen. Prompt rechneten wir jeden Augenblick mit einem neuen Bombenangriff, so sehr steckte uns noch die Angst vor den heimtückischen Horchbojen und den Fliegerangriffen in den Knochen.

Doch der blieb aus. Dafür bereitete uns der leckgeschlagene Außentank noch immer Sorgen. Zwar verloren wir kein Öl mehr, aber auf dem in den Tank eingedrungenen Wasser schwamm noch eine Menge Öl, das bei starker Schlagseite nach außen gelangen und uns verraten konnte.

»Das kriegen wir hin!« versprach der LI zuversichtlich.

Er trimmte das Boot so extrem nach Steuerbord, daß durch die Schlagseite Öl aufsteigen und Seewasser nachdringen konnte. Es wieder in die Normallage zu bringen, war dann ein Klacks.

»So, jetzt können wir auch wieder auf die Diesel umsteigen.«

Er rieb sich zufrieden die Hände. »Oben wird's dunkel, da kann uns der Ölfleck nicht schaden.«

Je länger die Diesel uns vorwärts trieben und die Batterien wieder aufluden, desto ruhiger wurden wir. Dennoch blieben wir wachsam und legten in unterschiedlichen Intervallen immer wieder Horchrunden ein. Wir fingen jedoch keine Schraubengeräusche auf, die See über uns schien leergefegt.

»Kann uns nur recht sein«, meinte Georg und gähnte. »Ich hätte nichts gegen eine ruhige Nacht.«

Jäger, einer der Funker, erschien im Mannloch. »Ein Funkspruch auf der Bereitschaftswelle, Herr Kaleu. Offiziersschlüssel.«

»Geben Sie her, Jäger!«

Georg nahm das Formular und verließ damit die Zentrale. Es dauerte nicht lange, bis er zurückkehrte. Neugierige Gesichter schauten ihm entgegen. Doch seiner verschlossenen Miene war nichts zu entnehmen.

»Ich bitte die Herren Offiziere und wachfreien Deckoffiziere zu einer Besprechung in das Offizierslogis. Larsson, Sie übernehmen während dieser Zeit die Wache als III WO.«

Offiziere und Deckoffiziere zu einer Besprechung, das kam selten vor. Es gab Rätsel auf, das sah ich auch den anderen an, während wir ihm folgten.

Er wartete, bis sich alle eingefunden hatten. »Ich bitte Sie um absolute Verschwiegenheit, bis wir uns darüber klar geworden sind, wie wir auf den Funkspruch reagieren, meine Herren! Kein Wort vorher zu irgendwem!« Er ließ sich auf die Backskiste fallen und strich den Funkspruch glatt. »Nehmen Sie Platz. Wenn wir zusammenrücken, dürfte es für alle reichen.«

Mann, der macht es aber spannend, dachte ich und quetschte mich neben Ulli auf die Backskiste.

»Um es kurz zu machen: Die deutschen Streitkräfte in Holland, Dänemark, Norwegen, Nordwestdeutschland und auf den Inseln kapitulieren vor den Briten. Die Kapitulation tritt am fünften Mai, also morgen, um acht Uhr früh in Kraft. So steht es hier in diesem Funkspruch der Flottille.«

Tiefes Schweigen folgte seinen Worten. In meinem Kopf überschlugen sich die Gedanken. Kapitulation vor den Briten! Was bedeutete das für uns konkret? War der Krieg damit für uns zu Ende?

»Ist das alles?« fragte der I WO ungläubig. »Keine speziellen Anweisungen für uns?«

»Doch! Die Buchstabengruppe ganz unten erinnert daran, wie im Falle einer Kapitulation mit dem Boot zu verfahren ist. Aber noch ist es ja nur eine Teilkapitulation, meine Herren. Sie bezieht sich nur auf die Streitkräfte in den genannten Räumen. Oder sehen Sie das anders?«

Er reichte dem I WO den Funkspruch. Der las ihn schweigend und gab ihn weiter. Irgendwann bekam auch ich ihn in die Hände. Tatsächlich, der Text sparte den Rest aus! Ich gab das Blatt zurück.

»Teilkapitulation oder nicht, das ist meiner Meinung nach unwesentlich«, brach der LI das Schweigen. »Der Stützpunkt in Norwegen und die Flottille in Kiel kapitulieren. Damit ist für uns der Krieg beendet und auch unser Auftrag hinfällig. Oder will einer von uns jetzt noch für diese SS-Knilche den Helden spielen? Ich nicht!«

Er erntete zustimmendes Gemurmel. Damit war das Problem jedoch nicht gelöst.

»Und was heißt das?« fragte Georg. »Tauchen wir auf, hissen die weiße Flagge und gehen in Gefangenschaft? Sie wissen genau, was uns dann erwartet. U-Bootfahrer haben in England keine Freunde.«

In diesem Augenblick begriff ich, worauf seine Frage abzielte. Er hatte keineswegs die Absicht, in Gefangenschaft zu gehen. Er dachte vermutlich an Internierung in einem neutralen Land und brauchte dafür unsere Rückendeckung. Kapitulation barg immer die Gefahr der Auflösung aller militärischen Ordnung und den Verlust der Befehlsgewalt in sich, und das mußte verhindert werden. Auf einem U-Boot, wo jeder auf den anderen angewiesen war, konnte uns sonst daraus eine tödliche Gefahr erwachsen.

»Davor hat Sander schon gewarnt«, meinte der LI. »Sie nennen uns Hunnen und werden uns im Rausche ihres Sieges auch als solche behandeln. Also los, Georg, laß die Katze aus dem Sack!«

»Du hast Sander erwähnt. Der hat mir für diesen Fall geraten, in Irland in Internierung zu gehen. Er hat mir entsprechende Kontaktadressen überlassen. An die Tommies liefern die uns garantiert nicht aus, und wir kommen bestimmt früher nach Hause. Was meint ihr dazu?«

»Ich bin dabei!« sagte ich spontan und hob die Hand.

»Und wer noch?« Es gab keinen, der sich dagegen aussprach. »Gut, dann werde ich die übrigen Deckoffiziere und die Maate zusammentrommeln und anschließend die Besatzung informieren. Ich danke Ihnen, meine Herren.«

Ich weiß nicht, wie Georg die Maate auf seine Seite brachte. Als er zur Besatzung sprach, hatte er jedenfalls nicht nur Offiziere, Deckoffiziere und Maate ausnahmslos hinter sich, sondern bekam zustimmenden Beifall, und der galt nicht nur dem Kriegsende.

Eine ungeheure Euphorie erfaßte uns und ließ uns vergessen, daß der klippenreiche Weg nach Irland noch vor uns lag. Nur Hansemann und zwei seiner Kumpane steckten die Köpfe zusammen und und zettelten wieder einmal verbissen Diskussionen an. Aber was konnten die drei schon gegen die Meinung der übrigen Männer ausrichten?

Am Morgen war von der Euphorie nicht mehr viel übrig geblieben. Am Ende der Hundewache war auf der Bereitschaftswelle ein zweiter verschlüsselter Funkspruch eingegangen, der alle U-Boote aufforderte, wegen der bevorstehenden Kapitulation umgehend ihre Standorte mitzuteilen. Wir waren diesem Befehl trotz aller Bedenken nachgekommen und hatten unsere Kennung und das Planquadrat gefunkt, selbstverständlich verschlüsselt.

Das Funksignal, eine Buchstabengruppe innerhalb von Sekundenbruchteilen, hatte den Briten genügt, unseren Standort anzupeilen. Zwei Stunden später hatten wir eine Jagdgruppe im GHG, die uns den Weg nach Nordwesten verlegte und uns durch ihre unberechenbaren Suchkurse immer weiter nach Südosten abdrängte.

Um acht Uhr früh, dem Beginn meiner Wache, standen wir der französischen Biskayaküste schon wieder weitaus näher als der irischen Insel.

»Dieses verfluchte Funksignal!« schimpfte der völlig übermüdete I WO und warf den Stift, mit dem er die Logbucheintragungen abgezeichnet hatte, wütend auf den Kartentisch. »Das hätten sich diese Idioten in Bergen doch denken können! Und wir sind so blöd und kommen diesem geistlosen Befehl auch noch nach!«

»Sie machen die falschen Leute dafür verantwortlich, Herr Lutz«, widersprach der LI ungewohnt ruhig. »Wir sind auf die Tommies hereingefallen. Ich bin sicher, die haben gefunkt.«

»Dann müßten die ja die geheimen deutschen Funkunterlagen in die Hände bekommen haben und die Schlüsselmaschine noch dazu! Das glaube ich einfach nicht!«

»So? Was steht dem entgegen? Wir haben so viele U-Boote verloren, da können sie durchaus eins aufgebracht haben, auf dem der ganze Krempel nicht mehr rechtzeitig vernichtet worden ist. Und diese Bereitschaftswelle? Die kann doch jeder benutzen. Nee, mein Lieber, die Brüder haben uns reingelegt, und ich fürchte, nicht nur uns.«

Das klang nicht nur logisch, das gewann immer mehr an Wahrscheinlichkeit, je länger man darüber nachdachte. Solchen Standortmeldungen stand das absolute Funkverbot entgegen, seit die Briten ihr Peilsystem so verbessert hatten, daß ihm immer mehr Boote zum Opfer gefallen waren.

Der I WO kaute nachdenklich auf seiner Unterlippe herum. »Dann ist am Ende auch der erste Funkspruch über die Teilkapitulation eine Ente?«

»Nein, Herr Oberleutnant«, mischte ich mich ein. »Ich habe vorhin BBC gehört. Die Kapitulationsurkunde ist gestern im Hauptqartier Montgomerys bei Lüneburg von der Delegation der Admirale Wagner und von Friedensburg unterschrieben worden. Der irische Rundfunk hat eine gleichlautende Meldung gebracht und den Kommentar daran geknüpft, daß bereits Verhandlungen über eine Gesamtkapitulation mit General Eisenhower in Reims begonnen haben.«

»Außerdem spricht auch der Hinweis auf den Versenkungsbefehl für die Echtheit des Spruches. Den hätten die Briten unter keinen Umständen gesendet. Die sind doch ganz versessen darauf, möglichst viele unserer U-Boote unbeschädigt in ihren Besitz zu ...«

Der LI stockte und lauschte. Hinter uns röhrte eine Wasserbombenserie durch die Tiefe. Sie lag weitab, so daß wir von den Druckwellen nichts spürten. Sie büßte dadurch jedoch nichts von ihrer Bedrohlichkeit für uns ein.

»Wasserbombendetonationen in eins-acht-null!« meldete der Horchraum. »Mehrere Serien!«

Die Meldung trieb Georg in die Zentrale. »Haben die jetzt einen von uns in der Mangel? Oder sind das bloß wieder Schreckbomben?«

Er rieb sich den Schlaf aus seinen rotgeränderten Augen und horchte nach achtern.

»Ein deftiges Feuerwerk, was? Die sollen uns damit bloß möglichst weit vom Leibe bleiben.« Er warf einen Blick auf die Seekarte. »Behalten wir den Kurs auf die französische Küste bei, werden sie irgendwann aufgeben, weil der für sie keinen Sinn macht. Dann kommt unsere Stunde.«

Sie gaben nicht auf. Als ich mit Georg und Larrson beim Mittagessen saß, hatten wir sie noch immer im Nacken. Weitab, aber für das Horchgerät unüberhörbar.

»Weiß der Geier, was die Kerle hinter uns hertreibt!« murrte Georg. »Warum hauen die nicht endlich ab? Das kann einem ja den ganzen Appetit auf dieses herrliche Labskaus verderben.«

Schritte auf dem Gang ließen mich zum Schott sehen. Kunze und von der Stetten erschienen in der Öffnung und blieben darin stehen. Hinter ihnen tauchte Hansemann mit seinen Gefolgsleuten Fuhrmann und Bartsch auf.

Ich legte den Löffel ab. »Wir bekommen Besuch, Herr Kaleu.«

»Sieh an, unsere Badegäste!« Er musterte die beiden eiskalt von oben bis unten. »Was verschafft uns denn das Vergnügen?«

»Ob es ein Vergnügen für Sie sein wird, wird sich zeigen, Herr Klatte«, plusterte sich von der Stetten auf. »Wir ...«

»Kapitänleutnant ist die korrekte Anrede, wenn ich Sie daran erinnern darf, Herr von der Stetten! Was wollen Sie? Sich über das Essen beschweren? Dafür ist der Smutje zuständig«, wurde Georg laut. »Im übrigen bereitet mir Ihr Anblick ein ausgemachtes Mißvergnügen! Verschwinden Sie, Sie stören!«

Über das Gesicht von der Stettens huschte ein überlegenes Grinsen. »Das wissen wir. Sie werden uns aber trotzdem anhören müssen, Herr Kapitänleutnant!«

Er zog die Anrede höhnisch in die Länge. Larsson stieß mich unter der Back an. Das gibt Ärger, hieß das. Er schloß seine Hände wurfbereit um den Teller mit dem dampfenden Labskaus. Ich tat es ihm unbemerkt nach und behielt dabei den überaus nervösen Kunze im Auge. Der warf dem Alten so wilde Blicke zu, als wolle er jeden Moment auf ihn losgehen. Wenn er wieder aggressiv wurde, bekam er meinen Teller glatt ins Gesicht.

»So? Muß ich das?« Georg ließ sich durch die Unverschämtheit nicht aus der Ruhe bringen. »Dann schießen Sie mal los, bevor ich Sie von meinen Männern in Arrest nehmen lasse.«

Hansemann, der hinter den beiden stand, feixte bei diesen Worten hämisch. Bei mir fiel plötzlich der Groschen. Der Kerl steckte mit den beiden unter einer Decke! Deshalb also hatten er und seine Kumpane in ihren Freiwachen mit denen zusammengehockt und diskutiert! Ich fühlte mich auf einmal gar nicht mehr wohl in meiner Haut.

»Ich sehe, Sie begreifen noch immer nicht! Sie wollen nach Irland, obwohl Sie Befehl haben, uns nach Spanien zu bringen. Das werden wir nicht dulden.«

Die rechte Hand von der Stettens griff in das Dreiecktuch, in dem der gebrochene Arm lag, und kam mit einer Pistole zum Vorschein. Auch Kunze hatte plötzlich eine Waffe in der Hand. »Wir übernehmen jetzt das Kommando über das Boot, und Sie werden tun, was ich Ihnen befehle, sonst blase ich Ihnen das Gehirn aus dem Schädel! Her mit dem Schlüssel für den Waffenschrank!«

Georg blieb unbeeindruckt, im Gegenteil. Er lachte schallend auf. »Gut gebrüllt, Löwe! So stellt sich Klein-Fritzchen eine Meuterei vor! Und Sie glauben allen Ernstes, meine Männer werden Ihnen gehorchen?«

»Ihnen werden Sie gehorchen, Herr Klatte, Ihnen ganz allein!« Er bleckte seine Zähne zu einem triumphierenden Lächeln. »Und wenn sie das nicht tun, sind Sie der erste, den wir umlegen. Das wird sie ganz schnell dazu bringen, schön brav alles zu tun, was wir befehlen, klar?«

»Ich als tote Geisel? Seien Sie doch nicht albern; als Leiche nutze ich Ihnen überhaupt nichts!« Seine Stimme wurde schneidend. »Schluß mit dem Theater! Hansemann und Bartsch, entwaffnen Sie die beiden Hampelmänner!«

»Warum sollten wir das?« fragte Hansemann höhnisch zurück. »Wir haben kapituliert! Die deutsche Wehrmacht gibt es nicht mehr, da haben Sie uns nichts mehr zu befehlen! Bartsch, Fuhrmann und ich wollen ebenfalls nach Spanien, um uns dort den SS-Verbänden anzuschließen. Und nun rükken Sie den Schlüssel für die Waffen raus, aber dalli!«

»Sie machen gemeinsame Sache? Meuterei auf See nennt man das, Hansemann. Hoffentlich wissen Sie, was Sie tun.«

Georgs Stimme war so laut, daß sie längst den I WO und die anderen Männer alarmiert haben mußte. Deshalb redete er, um Zeit zu gewinnen und die Kerle abzulenken.

»Lassen Sie das blöde Gerede!« fuhr ihn von der Stetten an. »Her mit dem Schlüssel, oder es knallt!«

»Da sieht man mal wieder, wie wenig Sie den Bordbetrieb kennen. Ich habe den Schlüssel nicht, den hat stets der jeweilige Wachoffizier. Dort müssen Sie sich den Schlüssel holen.«

»Hansemann und Kunze, holen Sie den Wachoffizier her!«

»Nicht nötig, ich bin schon da! Lassen Sie die Waffen fallen, und hoch die Flossen! Keine falsche Bewegung! Weg vom Schott!«

Hansemann und seine Kumpane rissen die Arme sofort hoch und traten zurück. Vermutlich verlieh eine unserer Maschinenpistolen den Worten des I WO Nachdruck. Kunze und von der Stetten jedoch verkannten ihre Lage, sie drehten sich mit den Pistolen im Anschlag um.

Zwei riesige Schraubenschlüssel sausten auf ihre Hände nieder. Schmerzensschreie übertönten das Poltern, mit dem die Waffen auf den Flurplatten landeten.

»Reicht's jetzt?« Einer der Stoker schwang drohend den gewaltigen Schraubenschlüssel. »Oder soll ick euch damit ooch noch 'nen Scheitel ziehen?«

»Es reicht, Abel! Vielen Dank für die Hilfe, Leute!« Georg atmete erleichtert auf, die innere Anspannung fiel sichtlich von ihm ab. »Danke, Herr Lutz.«

»Gern geschehen, Herr Kaleu. Was machen wir jetzt mit den Kerlen?«

Der LI drängte sich durch. »Durchsuchen und dann ab in den Deckoffiziersraum. Meine Stoker werden schon dafür sorgen, daß sie nicht noch einmal auf dumme Gedanken kommen.«

»Worauf wartet ihr dann noch, Klaus?« Georg drehte sich zu Larsson und mir um. »Schade um das schöne Labskaus, was? Oder schmeckt das auch kalt?«

In diesem Augenblick bewunderte ich ihn wieder restlos. Fabelhaft, wie beherrscht und souverän er die kitzlige Situation gemeistert hatte. Das machte Eindruck und nicht nur auf mich.

Georg war ein beliebter Kommandant. Wie beliebt, das sahen wir in den folgenden Stunden. Es gab nur ein Thema, das die Gespräche immer wieder dominierte, die mißlungene Meuterei. Es verdrängte sogar die Furcht vor den Tommies in unserem Nacken, zumal deren Schraubengeräusche irgendwann fast unbemerkt in unserem GHG verstummt waren.

Es war ein so ungeheuerliches Verbrechen, daß die Meuterer die härteste Bestrafung verdienten, die unter den gegebenen Umständen möglich war. Darüber waren sich alle an Bord einig. Doch was war möglich?

»Früher hatte man es leichter. Da wurden Meuterer an der Rah aufgeknüpft, gekielholt oder auf einer einsamen Insel ausgesetzt.«

Georg sah überrascht auf. »Mensch, Klaus, du bringst mich da auf eine Idee, die durchführbar sein müßte.«

»Doch nicht etwa das Aufbaumeln oder Kielholen?« fragte der I WO mit einem Anflug von Spott.

»Natürlich nicht, Sie Spaßvogel!« Georg nahm eine Seekarte aus dem Schapp und stach mit dem Zirkel Entfernungen ab. »Wir stehen nur ungefähr achtzig Seemeilen von der bretonischen Küste ab. Die kenne ich wie meine Westentasche. Wenn wir sie dort absetzen, sind ...«

»Warum nicht gleich in Brest?« unterbrach ihn der LI. »Da werden sich die Froschfresser aber freuen!«

»So dumm ist dein Vorschlag gar nicht. Da kommen sie gleich in die richtigen Hände, und wir sind sie mit gutem Wind los.«

Der LI sah ihn überrascht an. »Ist das dein Ernst?«

»Natürlich nicht in Brest direkt, aber auf oder vor einer der Inseln vor der Hafeneinfahrt. Da rechnet doch jetzt keiner mehr mit uns.«

»Dann sollten wir aber dafür sorgen, daß die geschnappt werden«, schlug der I WO vor. »Für Hansemann und seine beiden Idioten wird's nur 'ne *normale* Kriegsgefangenschaft werden, wenn es die bei den Franzosen gibt. Aber den beiden anderen Typen wird's an den Kragen gehen, und das gönne ich denen.«

Georg nickte. »Ich auch. Aber wo? Lassen Sie uns mal sehen.«

Wir beugten uns über die Karte. Da gab es eine ganze Menge zur Auswahl. Der I WO tippte auf eine Insel vor der Küste.

»Am besten hier, vor der Ile d' Ouessant. Da bleibt uns genügend Raum, um schleunigst wieder zu verschwinden.«

»Das ist die Idee! Und dann gegen Mitternacht oder während der Hundewache, da ist eine vorzeitige Entdeckung am unwahrscheinlichsten. Ich weiß allerdings nicht, wie es dann mit den Gezeiten bestellt ist. Aber das werden die Obersteuerleute ausrechnen. So, meine Herren, dann wollen wir uns mal die fünf Halunken vornehmen.«

Die Stoker hatten gründliche Arbeit geleistet. Alle fünf saßen auf dem Boden, an Händen und Füßen gefesselt. Nur von der Stetten trug keine Handfessel, der konnte ja beide Hände nicht gebrauchen. Schußwaffen brauchten die beiden Wachposten nicht. Die mächtigen Schraubenschlüssel in ihren Händen wirkten viel bedrohlicher.

Sie nahmen militärische Haltung an. »Keine besonderen Vorkommnisse, Herr Kaleu!«

Georg dankte mit einem Nicken. »Und was ist das da auf der Back für ein Krempel?«

»Das sind die Klamotten der Badegäste. Wir haben sie gründlich gefilzt. Keine weiteren Waffen, Herr Kaleu, dafür aber eine Menge Geld, Schmuck und Gold in Münzen und kleinen Barren.«

Georg warf einen Blick darauf und pfiff überrascht durch die Zähne. »Mein lieber Mann, da ist ja allerhand zusammengekommen!«

»Ich protestiere gegen die entwürdigende Behandlung!« begehrte von der Stetten auf. »Jetzt fehlt bloß noch, daß Sie uns ausplündern lassen! Bei der Marine ist ja alles möglich!«

»Halt das Maul, sonst poliere ich dir hiermit die Schnauze!« Der Posten hob drohend den Schraubenschlüssel.

Georg winkte ab. »Niemand wird sich an Ihren Habseligkeiten vergreifen. Mit dem Zeug werden Sie ohnehin nicht weit kommen, wenn wir Sie heute nacht an Land setzen.«

»An Land setzen?« wiederholte von der Stetten erschrokken. »Sie wollen uns an Land setzen? Was haben Sie mit uns vor?«

»Wir machen mit Ihnen das, was man früher mit Meuterern gemacht hat. Wir setzen Sie aus, Herr von der Stetten, obwohl Sie und Ihre Kumpane den Tod verdient haben. Das werden andere für uns besorgen, sobald man Sie geschnappt hat!«

Es dauerte eine ganze Weile, bis er begriff, was das bedeutete. »Sie liefern uns aus! Das können Sie doch nicht machen! Wir verlangen eine ordentliche Gerichtsverhandlung in Irland!«

»Auf einmal? Sie vergessen, wo Sie sind! Hier an Bord bin ich der Kommandant, mein Wort ist das Gesetz! Geht das noch immer nicht in Ihren Schädel hinein? Sie können froh sein, daß ich Sie und Ihre Kumpane nicht auf offener See über Bord werfen lasse! Ich hätte dazu das Recht auf meiner Seite!«

»Das zahlen wir Ihnen heim!« geiferte Kunze plötzlich los. »Unsere Rache wird Sie treffen, wo immer Sie sich auch verstecken mögen! Unsere Kameraden werden Sie finden! Tod allen Verrätern!«

Kopfschüttelnd wandte sich Georg ab. »Gehen wir. Was zu sagen war, ist gesagt. Ich werde jetzt die Besatzung informieren.«

»Herr Kaleu!« meldete sich Hansemann plötzlich zu Wort. »Bitte, Herr Kaleu, das war doch alles nicht so gemeint! Wir drei haben uns von den beiden dummerweise bequatschen lassen. Dafür möchten wir uns entschuldigen. Wir wissen ...«

»Hören Sie auf, Hansemann! Auf Ihre Entschuldigung pfeife ich!« fuhr ihm Georg grob über den Mund. »Sie waren HJ-Führer und sind lange genug bei der Marine, um zu wissen, was auf Befehlsverweigerung und Meuterei steht. Fragen Sie die Posten nach der Meinung der Besatzung. Die hätte Sie am liebsten sofort über Bord geschmissen!«

Hansemann und Bartsch hatten in der Besatzung offensichtlich keine Freunde, mit Fuhrmann sah das dagegen ganz anders aus. Jedenfalls kam der Smadding nach der Rede des Kommandanten mit einem nachdenklichen Gesicht zu mir in das Offizierslogis.

»Störe ich dich, Robert?« druckste er herum.

»Du störst nicht. Der Tatbericht, an dem ich gerade sitze, kann warten. Was hast du auf dem Herzen?«

»Ja, weißt du, der Fuhrmann. Also, es ist so, an mich sind ein paar Männer wegen Fuhrmann herangetreten. Die finden es ja ganz richtig, daß Hansemann und Bartsch so hart bestraft werden, von den SS-Typen gar nicht zu reden. Die haben genau gewußt, was sie da machen und was ihnen blüht, wenn es schiefgeht. Aber der Fuhrmann, der ist doch da bloß mit reingeschlittert und hat gar nicht gewußt, was ...«

»Moment mal, Ulli, bloß reingeschlittert?«

»Fuhrmann ist doch der Moses hier an Bord, gerade achtzehn Jahre alt und voller Bewunderung für die beiden großmäuligen Hauptgefreiten, die seit Kriegsbeginn zur See fahren. Das hier ist sein erstes Bordkommando, da hat er sich natürlich geschmeichelt gefühlt, daß die in ihm nicht nur den blutigen Anfänger sahen. Findest du da nicht auch, daß die Strafe für ihn mehr als hart ausfällt? Außerdem ist er ein Wackes.«

»Ein Wackes? Lieber Himmel, was ist das denn? Eine religiöse Sekte?«

»Kennst du nicht? Ein Elsässer ist das, die nennt man so, hat man mir gesagt. Was meinst du, was die Franzosen mit dem anstellen, wenn der ihnen in die Finger kommt! Du duzt dich doch mit dem Alten, kannst du nicht ...«

»Stopp, Ulli, das sind zwei verschiedene Stiefel! Alles schön und gut, aber das mußt du schon allein dem Alten verklaren. Schließlich haben die Männer mit dir gesprochen. Ich kann bestenfalls meinen Senf als II WO zugeben, mehr nicht. Also?«

»Meinst du, es hat Sinn?«

»Mensch, du kennst ihn doch auch! Sinn hat das bei ihm immer,wenn du ihm die Fakten so schilderst. Von einer Bestrafung abrücken kann er nicht, sonst geht es hier morgen vielleicht schon drunter und drüber, aber mildern kann er sie. Komm, gehen wir rüber! Der sitzt jetzt in seiner Kammer.«

»Vielleicht sollte ich vorher lieber noch mit dem I WO reden, meinste nich'?«

»Jetzt kneif nicht, komm!«

Georg sah vom Kriegstagebuch auf, als wir eintraten. Über sein Gesicht flog ein Lächeln.

»Ist das Gedankenübertragung, Nummer Eins? Eben wollte ich Sie rufen lassen. Ich brauche Ihren Rat, wie wir das deichseln können, wenn wir die Halunken aussetzen. Die machen bestimmt Theater.« Er bot uns mit einer Handbewegung Platz an. »Aber zuerst zu Ihnen. Was haben Sie auf dem Herzen?«

»Ja ... das ist so, Herr Kaleu ... der ...« stotterte er.

Ich verpaßte ihm einen Knuff in die Rippen, der half.

Er wiederholte, was er mir gesagt hatte, und schmückte es noch mit entsprechenden Details aus. Indessen meldete sich auch bei mir so etwas wie Mitleid mit Fuhrmann. Der war wirklich ein unreifer, gutgläubiger Trottel, den die beiden anderen schamlos eingewickelt hatten. Ein Wackes, das ging mir nicht aus dem Kopf. Dieser arme Hund war dann schlimmer dran als der Haupträdelsführer Hansemann.

»Lieber Panse, alles schön und gut, aber mitgegangen, mitgehangen!« unterbrach Georg meine Gedanken. »Wo sehen Sie da 'ne Möglichkeit, sein Verhalten anders zu bewerten, damit es nicht zu einem Präzedensfall wird?«

Ulli ließ die Schultern hängen. »Keine, Herr Kaleu. Ich ...«

»Es gibt eine, Herr Kaleu!« unterbrach ich ihn. »Kunze und von der Stetten werden von den Alliierten gesucht.«

Ich setzte den beiden auseinander, wie Fuhrmann seinen Kopf aus der Schlinge ziehen könnte, obwohl er mit den anderen den Franzosen ausgeliefert wurde. Als ich endete, herrschte einen Augenblick verblüfftes Schweigen. Das wunderte mich nicht.

»Mann, Robert, das ist ja raffiniert!« rutschte es Ulli bewundernd heraus. »Auf die Idee wäre ich nie gekommen!«

»Ich auch nicht, Robby! Hast du die Liste noch?«

»Na klar, sie liegt irgendwo zwischen meinen Papieren.«

Ich hatte sie aus einer der Zeitungen ausgeschnitten, die Sander seinerzeit zu uns an Bord gebracht hatte. Warum, das wußte ich selbst nicht mehr. Es war einfach so eine spontane Idee gewesen.

»Mensch, dann hol sie her!« Georg war sichtlich erleichtert. »Dem Fuhrmann wird sie helfen, und wir wahren damit vor der Besatzung das Gesicht! Bloß wie bringen wir es dem Knaben bei, ohne daß die vier anderen davon erfahren?«

»Ach, da wird sich schon noch 'ne Gelegenheit finden«, sagte ich zuversichtlich. »Die müssen ja alle einzeln nach oben, wenn wir sie aussetzen. Da schicken wir ihn einfach als letzten an Deck.«

Ich schob ab, um die Liste zu holen. Ich mußte eine ganze Weile suchen , bis ich sie in dem Papierwust wiederfand, der sich in meinem Schapp angesammelt hatte. Zu lange, denn inzwischen besprachen Georg und Ulli, wie das Ausbooten erfolgen sollte, und ich bekam nichts davon mit.

Die Gelegenheit, uns Fuhrmann vorzunehmen, kam früher, als wir erwartet hatten. Während meiner Wache kam einer der Posten zu mir, der die Meuterer im Deckoffizierslogis bewachte.

»Der Fuhrmann muß aufs Klo, Herr Oberfähnrich. Der macht sich sonst in die Hose. Darf er?«

»Er darf, aber die Tür bleibt auf, und Sie passen auf, daß er keine Dämlichkeiten macht, klar?«

»Jawohl! Aber der macht keinen Mist. Dem geht die Muffe ja die ganze Zeit schon eins zu hunderttausend, so'n Schiß hat der vor den Franzosen.«

»Eben drum sollen Sie aufpassen, Mann! Anschließend bringen Sie ihn zum Kommandanten, der hat noch ein paar Fragen.«

Er klappte die Hacken zusammen und verschwand im Gang. Ich wandte mich an Larsson.

»Übernehmen Sie bitte mal 'nen Augenblick für mich? Ich muß zum Alten.«

»Klar, mache ich!« Die Neugier fraß ihn auf. »Is' was mit dem Fuhrmann? Ich meine, weil er doch zum Alten soll.«

»Nur 'n paar Fragen. Der ist doch Elsässer und spricht fließend französisch. Er soll dem Alten was übersetzen, falls wir nach dem Auftauchen angeblinkt werden und antworten müssen.«

Es war eine blöde Begründung, aber er schluckte sie anstandslos, wenn auch mit einer gewissen Enttäuschung. Fuhrmann genoß doch mehr Sympathie in der Besatzung, als wir angenommen hatten.

Georg schickte den Posten ins Logis zurück, bevor er sich an den schlotternden Fuhrmann wandte. »Daß Sie ein hirnloser Trottel sind, haben Sie hoffentlich inzwischen begriffen! Wie sind Sie bloß dazu gekommen, bei denen mitzumachen?«

»Ich hab ja gar nicht geahnt, was die in Wirklichkeit vorhatten, Herr Kaleu! Das schwöre ich! Hansemann hat gesagt, die wollten Sie bitten, uns lieber nach Spanien zu bringen, bevor sie nach Irland verduften, weil wir uns dort der SS anschließen wollten. Als Elsässer bin ich doch französischer Staatsbürger und kann nicht zu meinen Angehörigen zurück, weil das Elsaß jetzt wieder französich ist. Deshalb! Wie die beiden Kerle dann die Pistolen rausgeholt haben, war ich wie gelähmt. Dann kam auch schon der I WO, da war es zu spät.

Das ist die reine Wahrheit, Herr Kaleu! Ich wollte nicht meutern!«

Das kam wie ein verzweifelter Hilfeschrei heraus. Dabei flogen seine ängstlichen Blicke zwischen Georg und mir hin und her. Er zitterte am ganzen Leib.

»Hmmm, Sie wollten nicht meutern, aber Sie sind dabei gewesen, Fuhrmann!« betonte Georg ernst. »Zurücknehmen kann ich deshalb die Bestrafung nicht. Doch es gibt eine Möglichkeit, wie Sie vielleicht Ihren Kopf retten können. Nehmen Sie jetzt all Ihren Grips zusammen, und hören Sie genau zu, was Ihnen der II WO verklart!«

»Daß die beiden Badegäste hohe SS-Leute sind, haben die beiden Ihnen vermutlich selbst erzählt, ja?«

Er nickte.

Ich nahm die Liste von der Back.

»Sie werden von den Alliierten gesucht. Deshalb sind sie hier unter falschen Namen an Bord und nicht, weil sie in Spanien SS-Verbände aufstellen sollen. Das haben die Ihnen vorgelogen. Die beiden stehen mit Ihren richtigen Namen hier in dieser Fahndungsliste. An welcher Stelle, das wissen wir nicht, aber die Franzosen werden das schnell herausfinden.«

Ich sprach bewußt langsam und machte eine Pause, um meine Worte wirken zu lassen; denn der arme Kerl war noch immer ziemlich durch den Wind. Georg ging es wohl zu langsam. Er schaltete sich ein.

»Wenn sie alle an Land aufgegriffen werden, wissen die Franzosen nicht, wer die beiden in Wirklichkeit sind; denn die benutzen falsche Papiere. Die beiden sind den Alliierten wichtiger als Sie, Fuhrmann! Wenn Sie behaupten, Sie sind als Elsässer, wie viele Ihrer Landsleute, in die deutsche Wehrmacht gezwungen worden, und helfen jetzt den Franzosen, die beiden zu entlarven, könnten Sie Ihre Haut retten. Sie müssen es nur geschickt anfangen. Haben Sie das begriffen?«

»Jawohl, Herr Kaleu! Dann brauche ich doch die Liste!«

»Die sollen Sie auch haben. Aber halten Sie den anderen gegenüber ja den Mund, sonst bringen die Sie am Ende um, bevor Sie französischen Sicherheitskräften überstellt worden sind. Den beiden steht das Wasser bis zum Hals, und Hansemann und Bartsch können Sie nicht trauen. Die haben Sie schon einmal reingerissen. Haben Sie auch das kapiert?«

Eine überflüssige Frage. So einfältig war er nun doch nicht. Der griff jetzt nach jedem Strohhalm.

»Jawohl, Herr Kaleu!« Doch plötzlich fand er ein Haar in der Suppe. »Aber wie erkläre ich den Franzosen, warum Sie uns ausgesetzt haben?«

»Mensch, Fuhrmann, denken Sie doch mal ein bißchen nach! Weil Sie, Hansemann und Bartsch gemeutert haben! Aber erwähnen Sie um Gottes willen nicht, daß Sie zur SS nach Spanien wollten. Sie haben meine Befehle verweigert, weil die Wehrmacht aufgehört hat zu existieren, und wollten nach Hause. Das wird man Ihnen abnehmen.«

»Jawohl, Herr Kaleu!« atmete er erleichtert auf. Der Strohhalm wurde zu einem dicken Balken.

Überschwenglich bedankte er sich und hätte vermutlich am liebsten gesungen, als ich ihn zum Deckoffizierslogis zurückbrachte. Noch größer war die Gefahr, daß er sich in seinem Überschwang verplapperte. Dem schob ich einen Riegel vor.

»Wenn Sie jemand fragt, Fuhrmann, Sie haben für uns ein paar Blinksprüche übersetzen müssen, klar?«

Er begriff sofort. »Jawohl, Herr Oberfähnrich!«

Prompt trat das ein, was ich vorhergesehen hatte. »Was hab'n sie denn von dir gewollt?« fragte Hansemann mißtrauisch.

»Weiter nichts als 'ne Übersetzung.«

Die Gezeiten lagen so ungünstig, daß wir die Ile d' Ouessant noch vor Mitternacht anlaufen mußten. Wir gingen getaucht so weit unter Land, wie es ohne Gefahr für das Boot möglich war.

»Alles klar?« fragte Georg nach einem Rundblick durch das Sehrohr. »Dann bringt sie in den Turm. Wir haben keine Zeit zu verlieren. In einer Stunde kentert die Flut. Wer Mätzchen versucht, kriegt eins über den Nüschel und fliegt ohne Schwimmweste über Bord, klar?«

Das war an die Bewacher wie an die fünf Meuterer gerichtet und ließ an Deutlichkeit nichts fehlen. Wortlos stiegen Bartsch und Fuhrmann die Leiter empor, ihnen folgte von der Stetten in einer Transporthängematte, weil er seine Hände nicht benutzen konnte. Kunze wurde wegen seiner lädierten Hand von unten geschoben und von oben gezogen. Wie abgesprochen, wurde Hansemann am Aufsteigen gehindert.

»Hören Sie, Hansemann, Sie sind der dienstälteste Seemann. Wir schleppen das Schlauchboot noch weiter unter Land, damit es nicht in die offene See abgetrieben wird. Zünden Sie die Magnesiumfackeln erst an, wenn wir losgeworfen haben und weit genug ab sind. Wenn Sie sich nicht danach richten, schießt Ihnen eine MP-Salve das Boot unter dem Arsch weg, klar?«

Von Hansemanns Großmäuligkeit war nichts mehr übrig geblieben. »Jawohl, Herr Kaleu! Wird gemacht, Herr Kaleu!«

Der Posten gab ihm einen Stoß in den Rücken. »Los, rauf mit dir, du Arschloch!«

»Auftauchen! Smadding, Deckmanschaft klar zum Aussetzen des Bootes!«

»Deckmannschaft ist klar!«

»Turm kommt frei! Boot ist aufgetaucht!«

»Brückenwache in den Turm! Deckschotts öffnen! FuMO ausfahren. Ich möchte die geringste Ortung gemeldet haben, und sei's ein Faltboot, klar?«

Ich sauste nach oben. Es war eine herrlich klare Nacht mit einer schmalen Mondsichel über dem Westhorizont und unzähligen blitzenden Sternen am Himmel. Wie ein dicker

Klotz lag die Insel vor unserem Bug, an Steuerbord schwamm die Ile Molene im leichten Dunst über dem Wasser, und in der Ferne ahnte man die bretonische Küste.

Mit dem Nachtglas suchte ich den Horizont nach verdächtigen Schatten ab. Nichts! Auch keine Leuchtfeuer, obwohl von den Gehöften Lichter zu uns herüber blinzelten. Unter mir an Deck bliesen die Männer das Schlauchboot auf und schleppten es auf das Achterschiff.

»Keine FuMO- und keine FuMB-Kontakte!« kam die Meldung aus dem BÜ.

»Bringt die Männer zum Boot!« Ullis Stimme klang so laut durch die Nacht, daß ich unwillkürlich zusammenzuckte. »Rein mit ihnen der Reihe nach! Schleppleine ausbringen!«

»Seenotleuchtkugel klar!« klang es aus dem BÜ.

Ich schob die Signalpatrone in die Pistole und sah zum Achterschiff hinunter. Alles lief wie am Schnürchen. Die Deckmannschaft verschwand unter Deck, nur zwei Mann, das Leinenkommando, blieben zurück.

»Achterschiff fluten!«

Langsam sackte das Heck weg. Das Schlauchboot schwamm auf und glitt in die See, während U 4001 Fahrt aufnahm und die Schleppleine abspulte. Das Boot kam frei und folgte uns in unserem Kielwasser. Von den Personen darin sah ich nur schattenhaft die Köpfe. Plötzlich entstand Bewegung im Schlauchboot, eine Gestalt hob sich deutlich gegen den hellen Streifen des Kielwassers ab.

»Ihr Schweine! Verrecken sollt ihr alle! Büßen sollt ihr für diese Gemeinhei …« Ein Platschen ließ Kunzes geifernde Stimme verstummen. Wasser spritzte auf. Verschwunden war die Gestalt.

»Schleppleine kappen! Leinenkommando unter Deck! Klar zum Tauchen!«

Georg kam zu mir in den Schiffsführungsstand herauf. »So ein blöder Hund, dieser Kunze! Brüllt die halbe Welt zusammen! Halbe Kraft voraus! Ruder Backbord zwanzig!«

Ich lachte. »Das Bad wird ihn hoffentlich zur Besinnung bringen.«

Wir drehten nach See ab. Georg beobachtete den Kompaß. »Wie im Frieden, was? Kein Wind, kaum Wellen, aber das Barometer fällt. Ruder komm auf! Recht so! Und nun raus mit dem Notsignal! Noch brennt ja hier und da auf der Insel Licht!«

Ein trockner Knall, fauchend stieg die rote Leuchtkugel hoch in den Himmel. Wenig später ließ ich eine zweite folgen.

»Mal sehen, ob sich was rührt!« Ich richtete das Glas auf die Insel.

Georg lachte auf. »Und ob sich was rührt! Jetzt holen sie den dämlichen Sack ins Boot. Der wird schön bibbern! Hörst du ihn jammern?«

»Da funzelt einer mit 'ner Laterne herum, Georg! Direkt neben der Leuchtturmsilhouette! Ich jag' noch eine hoch!«

Als die Leuchtkugel verlosch, zündeten sie im Schlauchboot die erste Magnesiumfackel an. Deutlich konnte man jetzt die Männer im Flackerlicht der sprühenden Funken erkennen.

»Wenn das nicht genügt, um die auf der Insel zu alarmieren, dann weiß ich auch nicht, Robert.«

Es genügte. Von mehren Seiten liefen Leute zu dem kleinen Hafen, das heißt, wir sahen nur ihre Laternen. Auch die Männer im Schlauchboot schienen das zu beobachten; denn dort flammte eine zweite Fackel auf.

Es wurde Zeit für uns, uns aus dem Staub zu machen. Das blaue Flackerfeuer war das letzte, was ich von den Meuterern sah, dann glitten wir ab in die Tiefe.

Wir brauchten drei Tage, um irische Hoheitsgewässer zu erreichen, obwohl wir die Batterien bei Tag nicht schonten. Es wimmelte im Seegebiet zwischen Irland und Frankreich von beutelüsternen Jagdgruppen, deshalb mußten wir einen zeitraubenden Haken nach dem anderen schlagen.

Sie suchten nach uns, allerdings in der Hauptsache vor Cork und Waterford Harbour. Diese beiden Häfen hatte Georg seinerzeit bei seiner Ansprache genannt, und das bewies uns, daß die Meuterer vor der Ile d'Ouessant aufgefischt worden waren.

Diese Jagd nach uns blieb den Iren natürlich nicht verborgen. Wir erlangten dadurch sogar eine gewisse Berühmtheit. Der irische Rundfunk, den wir regelmäßig abhörten, brachte über uns eine Meldung, in der die Schadenfreude unüberhörbar durchklang:

»Britische Seestreitkräfte suchen noch immer vergeblich nach dem hochmodernen deutschen U-Kreuzer 4001, von dem am fünften Mai vor der französischen Ile d'Ouessant fünf Meuterer ausgesetzt worden sind, darunter zwei hohe SS-Ärzte, nach denen die Alliierten bisher erfolglos gefahndet haben. Das Boot unter seinem Kommandanten Kapitänleutnant Klatte ist angeblich auf dem Weg nach Irland. Es schlägt den Verfolgern ein Schnippchen nach dem anderen und führt sie erfolgreich an der Nase herum.«

Ich schrieb die Nachricht eilig mit und dankte dabei im stillen meinem Lehrer, der mir in der Schule Stenographie beigebracht hatte.

»Was denn, die kennen sogar meinen Namen?« stellte Georg verblüfft fest. »Dann weiß Sander jetzt, daß er mit uns rechnen muß!«

Und das wußte er tatsächlich. Als wir vor der Shannonmündung das verabredete Kurzsignal absetzten, folgte unmittelbar die Bestätigung. Georg entschlüsselte sie mit dem Wallace-Roman, den mir Sander damals gezeigt hatte.

»Er gratuliert uns und schlägt als Treffpunkt die Clew Bay vor«, informierte er uns. »Er will wissen, wann etwa er mit uns rechnen kann.«

»Was ist der Sander eigentlich?« wollte der I WO wissen. »Der reagiert so prompt, als habe er ganz Irland hinter sich.«

Georg zögerte mit der Antwort einen Augenblick. »Hat er

wohl auch. Oder besser, seine Partei, die Sinn Fein, hat die irische Bevölkerung hinter sich, und in der Partei spielt er eine führende Rolle.«

»Sinn Fein, ulkiger Name. Noch nie gehört.«

»Das ist Gälisch, Herr Oberleutnant, und heißt ›Wir selbst‹ Die Sinn Fein steht der irischen Untergrundarmee IRA nahe, die für die Unabhängigkeit von England gekämpft hat. Ich glaube, in der hat Sander großen Einfluß.«

»Hört, hört, was unser Paddy alles weiß!« spottete der LI.

Am Schott erschien Funkmaat Weber mit einem Funkspruch in der Hand. »Eben eingegangen, Herr Kaleu!«

Georg jagte ihn durch die Schlüsselmaschine. »In Reims ist die deutsche Gesamtkapitulation unterzeichnet worden. Sie tritt heute nacht um null Uhr in Kraft. Das wär's ja dann wohl, meine Herren! Ich bin froh, daß wir in irischen Gewässern sind. Morgen mittag ist alles vorbei!«

Er schrieb das Funksignal an Sander auf und gab es Weber. »Senden Sie das ab, Weber, und warten Sie auf Bestätigung.«

»Willst du das Boot übergeben, Georg?«

»Nein, was sollen die Iren denn damit? Die liefern es am Ende den Tommies aus, und das will ich nicht. Wie und wann wir es versenken, sprechen wir noch ab, Klaus. Inzwischen soll die Besatzung ihre Klamotten zusammenpacken und sich zum Aussteigen fertig machen, I WO! Und Sie, Flemming, veranlassen, daß der Smut' bis dahin das beste Essen auf den Tisch bringt, das unsere Vorräte hergeben, klar?«

Am 09. Mai 1945 erreichten wir nach unserem letzten gemeinsamen Mittagessen an Bord die Clew Bay und steuerten langsam die Schraubengeräusche an, die das GHG seit geraumer Zeit auffing. Georg fuhr das Sehrohr aus und nahm einen Rundblick.

»Heringslogger, ein ganzer Schwarm. Nun verrat mir mal einer, wer davon zu unserem Empfangskommitee gehört.« Kopfschüttelnd fuhr er das Periskop wieder ein. »Aber auch nicht schlecht, bieten wir ihnen ein schönes Schauspiel. Wir haben ja genügend Zuschauer. Klarmachen zum Aussteigen! Auftauchen!«

Der LI ließ die Tauch- und Untertriebszellen nicht vollständig ausblasen. Dadurch kamen wir mit leichter Schlagseite und einem tiefer liegenden Heck hoch. Das spielte jedem uneingeweihten Zuschauer ein schwer angeschlagenes U-Boot vor und lieferte uns das unwiderlegbare Alibi, warum wir es den Iren nicht mehr hatten übergeben können.

»Turm kommt frei! Boot ist aufgetaucht!«

»Alle Mann an Deck!«

Die Deckschotts und Luken flogen auf. Fluchtartig verließ die Mannschaft mit angelegten Tauchrettern das Boot und sammelte sich lärmend auf dem Vorschiff. Der Smadding feuerte eine rote Leuchtkugel mit der Signalpistole ab und ließ sofort eine zweite folgen. Unser Nebelhorn heulte auf und gab SOS.

Es war eine perfekte Vorstellung. Alle Aufmerksamkeit richtete sich auf uns. Die Zeitungen würden morgen voll davon sein.

Es klappte. Schon nahmen ein paar der Logger Kurs auf uns und steuerten den Bug an, an dem sich am leichtesten anlegen ließ.

»Alle Mann von Bord, sobald die Logger ran sind, Leute!«

Dann ging alles ganz schnell. Schlagartig leerte sich das Vorschiff. Die irischen Fischer schnatterten aufgeregt von Boot zu Boot miteinander, jeder wollte schließlich ein paar von den ›brave german boys‹ retten. Darum machten sie fairerweise immer schnell dem nächsten Logger Platz.

Der I WO und ich warteten, bis der letzte Mann von Bord war. Ein Zeichen zum Kommandanten. Der LI und seine Männer öffneten sämtliche Ventile und rissen die Tauchzellen auf. Dann sprangen wir alle auf das Loggerdeck.

»Hurry up!« rief ich dem irischen Steuermann zu. »Leave the submarine! It's sinkin' fast!«

Das war nicht zu übersehen und auch nicht zu überhören; denn das Ende für U 4001 kam schnell. Fauchend entwich die Luft aus den offenen Luken und Deckschotts. Immer schneller sackte das Boot über den Achtersteven ab und glitt mit wehender Kriegsflagge in die Tiefe der Clew Bay. In einem Anflug von Wehmut legten wir alle die Hand grüßend an die Mütze.

Ein paar Luftblasen blubberten in dem Strudel noch an die Oberfläche, dann war auch dieser Augenblick vorbei. U 4001 gab es nicht mehr.

Die Logger brachten uns nach Westport, und damit hatte der kleine Hafen seine Sensation. Es mußte sich wie ein Lauffeuer herumgesprochen haben, daß ein deutsches U-Boot in Seenot geraten war; denn auf der Hafenmole erwartete uns eine dichtgedrängte Menschenmenge, und es wurden immer mehr Zuschauer.

Als der erste Logger an den Kai schor, klang laut Beifall auf. Er galt gleichermaßen unseren Rettern und auch uns, die wir unrasiert und noch immer mit den angelegten Tauchrettern und mit kümmerlichem Gepäck an Deck der Logger standen und winkten. Es war vermutlich das erstemal, daß sie den berühmtberüchtigten deutschen U-Bootfahrern von Angesicht zu Angesicht gegenüberstanden.

Für mich war dieser unerwartete Empfang trotzdem eine herbe Enttäuschung. Ich ging von Bord wie in Trance, schüttelte unendlich vielen Menschen die Hände und suchte dennoch in der Menge vergeblich nach bekannten Gesichtern.

Polizisten tauchten auf, hießen die Menge zurücktreten, damit wir uns formieren und in den alten, klapprigen Autobus steigen konnten, der uns in die Stadt bringen sollte.

Da ahnte ich zum erstenmal, daß Sander und seine Freunde hinter allem steckten. Die Bestätigung dafür kam in dem alten, Fehlzündungen stotternden Ford meines Bruder, den ich schon meilenweit hörte, bevor er auf der Mole hielt.

Wenig später drängten sich Sander, mein Bruder, unser Smutje und zu meiner größten Überraschung little Jennifer durch die Menge.

»Sorry, we are late, Sir!« sagte Sander zu Georg und umarmte ihn freundschaftlich. »But I hope, we're not too late!«

Mein Bruder trat auf mich zu und drückte mich an sich. »Du blöder Hund, das hättest du alles schon viel früher haben können!

Jemand schob ihn zur Seite. Es war Jennifer. »Welcome to Ireland, Robby!«

Sie strahlte mich an und drückte mir einen Buschen Klee in die Hand. »Good luck to you and all german sailors!«

Die Menge schrie vor Begeisterung auf. Der irische Klee, das *shamrock*, war nicht nur – wie bei uns – ein Glücksbringer, sondern für die Iren das Symbol der Selbstbehauptung, unter dem sie jahrhundertelang den Briten getrotzt hatten.

Alle Sorgen über meine Zukunft fielen plötzlich von mir ab. Ich wußte, hier waren wir gut aufgehoben.

Glossar:

Aal	Torpedo
AK	Äußerste (Maschinen-)Kraft
ASDIC	Ortungsgerät (Sonar) *deutsche Version*: USG, S-Gerät
Aufklarer	Offiziersbursche
Bach	Meer
Back	1. vorderer Teil des Oberdecks 2. Tisch an Bord, davon abgeleitet: Backskiste = Sitztruhe am Tisch Backen und Banken = Aufruf zum Essen Backschafter = Essenholer aufbacken = auftischen
B.d.W.	Bootsmaat der Wache
belegen	1. Leine festmachen 2. Befehl widerrufen
Besanschot an!	Schnaps- oder Bierausgabe
Besteck	Schiffsortbestimmung
Bilge	unterster Teil des Schiffsinneren
Bold	eine Substanz, die ASDIC-Ortung irre führt
B. Ü.	Befehlsübermittlung(-sgerät), auch Befehlsübermittler (Posten)
Bucht	Schlaufe im Tau, Seilschlinge

Crew	1. Mannschaft (engl.) 2. Offiziersjahrgang
curragh	keltisches Fischerboot
Deckoffiziere	Feldwebel, Oberfeldwebel, Fähnriche
Dwars	querab
E. S.	Erkennungs-Signal
Etmal	in 24 Std. zurückgelegte Strecke, von Mittag zu Mittag gemessen
Feuerlee	dem Beschuß abgekehrte Seite
FuMB	Funkmeßbeobachtungsgerät, erkennt RADAR-Ortung
FuMO	Funkmeßortungsgerät = deutsches RADAR
GHG	Gruppen-Horch-Gerät
HJ	Hitler-Jugend
I WO	[II WO/III WO]1. [2./3.] Wachoffizier
K an K!	Kommandant an Kommandant, Anruf
Kimm	Horizont
Kinken	Seilschlinge, auch: gefährliche Lage
Klappbuchs	Signal-/Morselampe
Knoten	hier: Schiffsgeschwindigkeit in Seemeilen
krängen	Schiff legt sich auf die Seite
Kriegswache	Bereitschaftswache auf den Gefechtsstationen
lenzen	auspumpen (Lenzpumpe)
Läufer	Bote
LI	Leitender Ingenieur, techn. Offizier
LM	Leitender Maschinist, Feldwebelrang
Marketenderware	Sonderzuteilung von Genuß-/Lebensmitteln bei oder nach Fronteinsatz
M-Bock/M-Boot	Minensucher
Miefrolle	Hängematte
Mittelwächter	Imbiß/Getränk für die Wache ab 0°° Uhr

Mixer	Mechaniker, z. B. Torpedomixer
MKS	Marinekriegsschule
Nock	äußerster Teil der Brücke, einer Rah etc
NSFO	nationalsozialistischer Führungsoffizier, Politoffizier
O-Messe	Offiziersmesse
OF-Raum	(Ober-)Feldwebelraum
Päckchen	1. Bordkleidung, z. B. Lederpäckchen 2. Boote liegen Bord an Bord
peilen	sichten, messen
Peilung	*Kompaßpeilung:* Winkel zwischen 0° und dem Objekt, z. B. Boje, Landmarke etc. *Schiffspeilung:* Winkel zwischen Schiffslängsachse (Bug = 0°) und Objekt
purren	wecken
Rapport	zur Bestrafung vorführen
Salvengeschütz	feuert Wasserbomben über den Bug in einer Salve ab (engl. Hedgehog)
Schapp	kleiner Raum, auch Fach, Schrank
Seemännische Nr. 1	Oberbootsmann, der für den gesamten seemännischen Bereich an Bord verantwortlich ist, auch Smadding genannt.
Spring	vordere/achtere leichte Trosse zum Kai
Stelling	auch Gangway = Steg vom Schiff zum Kai
Stoker	Heizer, allgemein: Maschinenpersonal
Tampen	Leine, Seil
Tanks peilen	Verbrauch feststellen
torfen	schlafen
ULD	U-Bootlehrdivision = U-Bootschule
V-Boot	Verkehrsboot (Motorboot, Barkasse)
VP-Boot	Vorpostenboot

Verschlußzustand	Schließen der wasserdichten Türen (=Schotten) im Schiff bei Gefahr
Wabos	Wasserbomben
Wache	Besatzung ist in Steuer- und Backbordwache eingeteilt, wechseln alle vier Stunden. Ausnahme: von 12 bis 16 Uhr wechseln sie im Zwei-Stunden-Rhythmus
Wackes	Spottname für Elsässer
Wahrschau	Warnruf, bedeutet: Achtung, aufgepaßt!
Zentrale	Kommandoraum des U-Bootes, geschützt durch Kugelschott, letzte Zuflucht bei Havarien

In Hochspannung eintauchen
Die erfolgreichen U-Boot-Romane von C. H. Guenter

Herr der Ozeane: U 500
ISBN 3-548-25909-X
Das Santa-Lucia-Rätsel
ISBN 3-548-25334-2
U-Boot-Einsatz in der Todeszone
ISBN 3-548-26136-1
(April 2005)
U-Boot unter schwarzer Flagge
ISBN 3-548-25647-3
U 136 in geheimer Mission
ISBN 3-548-24635-4
U 136: Flucht ins Abendrot
ISBN 3-548-25207-9
U 77: Gegen den Rest der Welt
ISBN 3-548-25727-5
U-Kreuzer Nowgorod
ISBN 3-548-26128-0
U-XXI: Die erste Feindfahrt war die letzte
ISBN 3-548-25769-0
U-Z jagt Cruisenstern
ISBN 3-548-25440-3